HERBERT BECKMANN

Mark Twain unter den Linden

IM DEUTSCHEN CHICAGO Berlin, 1891. Der Kaiser steht stramm, um Mark Twain zu empfangen. Wissenschaftler wie Virchow und Helmholtz schmücken sich mit seinem Besuch. Und beim amerikanischen Botschafter geht er mitsamt seiner Familie ein und aus. Als Mark Twain im Herbst und Winter des Jahres 1891 in Berlin lebt, kann er sich über öffentliche Würdigungen nicht beklagen.

Doch über das unkonventionelle Verhalten Twains und seinen Humor kann nicht jeder lachen. Nicht der hohe politische Beamte Franz von Rottweil, auch nicht der Verehrer von Tochter Clara – ein junger deutscher Offizier – und schon gar nicht der Kaiser, der den berühmten Autor zu einem Bankett eingeladen hat. Nicht mal in seiner eigenen Verwandtschaft, bei seiner Cousine Alice und ihrem Mann, General von Versen, kommen Mark Twains Scherze immer gut an.

Als der Schriftsteller zudem von einer fremden Frau verfolgt wird, und auch die Berliner Unterwelt sich auf einmal für ihn und seine Familie zu interessieren scheint, ist das Maß voll …

Mark Twain unter Preußen! Sein Aufenthalt in Berlin ist heute weitgehend vergessen, jedoch historisch verbürgt. Die unbekannte private Seite aber, zugleich mysteriös und rätselhaft, schildert in diesem Roman Harris, Mark Twains Sekretär: ungeschminkt, ungerecht, unfreiwillig komisch. Gespickt mit Anekdoten über die Familie Twain und zahlreiche ungewöhnliche Personen, die ihnen in der Stadt begegnen.

Herbert Beckmann wurde 1960 geboren und lebt mit seiner Familie in Berlin. Er veröffentlichte bereits zahlreiche Sachbücher, Hörspiele und Geschichten für Kinder und Erwachsene. 2007 folgte sein erster Kriminalroman (»Leas Plan«). Er ist Mitglied im Verband deutscher Schriftsteller Berlin/Brandenburg. Mit »Mark Twain unter den Linden« erscheint sein zweiter historischer Roman im Gmeiner-Verlag.

Bisherige Veröffentlichungen im Gmeiner-Verlag:
Die indiskreten Briefe des Giacomo Casanova (2009)

HERBERT BECKMANN

Mark Twain unter den Linden

Roman

GMEINER *Original*

Besuchen Sie uns im Internet:
www.gmeiner-verlag.de

Im Ehnried 5, 88605 Meßkirch
Telefon 0 75 75/20 95-0
info@gmeiner-verlag.de

2. Auflage 2010

Lektorat: Claudia Senghaas, Kirchardt
Herstellung: Daniela Hönig
Umschlaggestaltung: U.O.R.G. Lutz Eberle, Stuttgart
unter Verwendung des Bildes von Bildpostkarte:
Unter den Linden mit Brandenburger Tor / www.zeno.org
Druck: Fuldaer Verlagsanstalt, Fulda
Printed in Germany
ISBN 978-3-8392-1051-2

Ich glaube nicht, dass es irgendetwas auf der Welt gibt, das man in Berlin nicht lernen könnte – ausgenommen die deutsche Sprache.

Mark Twain

Historische Personen

Mark Twain (1835–1910), alias Samuel Langhorne Clemens, geb. in Florida, Missouri, gestorben am 21. April 1910 in Redding, Connecticut

Olivia (1845–1904), ›Livy‹, Langdon Clemens, mit Mark Twain verheiratet seit Februar 1870

Susie (1872–1896), Olivia Susy Clemens, älteste Tochter von Mark Twain und Olivia

Clara (1874–1962), mittlere Tochter

Jean (1880–1909), Taufname Jane, jüngste Tochter

Katy Leary (1863–1941), dreißig Jahre lang Hausangestellte bei den Twains/Clemens'

William Walter Phelps (1839–1894), amerikanischer Botschafter in Berlin von 1889 bis 1893

Ellen Maria ›Loodleloo‹ Phelps (1838–1920), Frau des Botschafters

Marian Phelps (1868–1922), ihre Tochter

Henry W. Fisher (1856–1932), amerikanischer Journalist, Korrespondent in Berlin

Alice von Versen (1850–1912), geb. Clemens, Kusine Mark Twains, verheiratet mit Max von Versen

Maximilian von Versen (1833–1893), preußischer General der Kavallerie

Paul Lindau (1839–1919), Journalist und Schriftsteller

Heinz Tovote (1864–1946), Schriftsteller

Theodor Mommsen (1817–1903), deutscher Altertumswissenschaftler

Wilhelm II. (1859–1941), Friedrich Wilhelm Viktor Albert von Preußen, letzter deutscher Kaiser, Regent von 1888 bis 1918

Auf nach Berlin

Es muss sein

»Packen Sie Ihre Siebensachen, Harris. Wir verreisen«, sagte Mark Twain zu mir.

Es war der Morgen des 5. Juni 1891.

»Wer ist wir, Mr. Twain?«

»Na, wir alle: ich und Mrs. Twain, Susie, Jean, Clara, Katy. Die ganze Bagage eben. Und Sie, Harris.«

»Aha. Vielen Dank, dass ich das erfahre, Sir.« Und, dass Sie sich zuerst nennen, mich aber zuletzt. »Wohin soll die Reise gehen?«

»Nach Europa, Harris. Deutschland. Berlin.«

Ich hätte es mir denken können. Die gesamte Familie Twain bestand ja aus Deutschlandfanatikern. Deutsche Zeitungen, deutsches Kindermädchen, deutsche Lieder, täglich Deutschunterricht für die Töchter. Mrs. Twain beherrschte Deutsch fließend, und Mark Twain schrieb sogar gern Notizen und Briefe in dieser Sprache, obwohl er sie schrecklich fand, nämlich schrecklich schwierig.

Meine eigene Begeisterung hielt sich dagegen in Grenzen.

»Europa, Sir, Deutschland, Berlin, muss denn das sein?«

Mir war, als fühlte ich die Strapazen unserer letzten Europareise vor nun bald anderthalb Jahrzehnten noch immer in den Knochen.

»Ja, Harris«, knurrte Mr. Twain. »Es muss sein.«

»Aber warum, Sir?«

»Ich muss Geld sparen. Amerika ist zu teuer geworden.«

Ha, das war schön ausgedrückt. Amerika zu teuer. Pleite war der Herr! Jedenfalls, wenn die Geschäfte weiter so miserabel gingen. Und Mr. Twain noch mehr so nützliche Erfindungen unterstützte wie ein vorgummiertes Einklebealbum, das die Seiten auf ewig zusammenheftete, Eisenbahnbremsen, die den Zug schon am Losfahren hinderten oder kindersichere Rasiermesser, die keine Torte teilen konnten. Vor allem aber eine Setzmaschine, die angeblich die beste ihrer Zeit war, aber niemals fertig wurde.

»Und wann soll die Reise losgehen, Sir?«, fragte ich mit der Begeisterung in der Stimme, die dieses Unternehmen verdiente.

»Noch in diesem Jahr 1891, Harris. In diesem Monat. Am 6. Juni, um genau zu sein.«

»Oh, tatsächlich?« Ich muss zugeben, ich war überrascht. »Morgen schon. Da freu ich mich aber, Mr. Twain.«

»Ja, Harris, die Freude ist allgemein«, sagte er und seufzte.

Schlagartig wurde mir klar, warum Susie sich in ihrem Zimmer verbarrikadiert hatte, um es mit Tränen unter Wasser zu setzen, Clara schon seit Tagen Wilhelm, den Kater, umklammerte, von dem sie sich nicht trennen mochte, und Jean ihr Lieblingsspielzeug, den deutschen Kaufladen, zertrümmerte. Nur Mrs. Twain ließ sich nichts anmerken, doch das wunderte mich nicht. Ich war sicher, dass sie selbst das Grab schätzte wegen des Privilegs, sich zu nichts mehr äußern zu müssen. Mr. Twain allerdings sah es umgekehrt: »Nur die Toten genießen das Vorrecht, alles sagen zu dürfen. Merkwürdig, dass sie so wenig davon Gebrauch machen. Finden Sie nicht auch, Harris?«

»Meine lügen Schätzebolde«

Die Reise begann, wie angedroht, am 6. Juni 1891 mit der *Gascogne*. Oder hieß sie *Bourgogne*? Nein, so hieß der Lieblingswein des Kapitäns, den er schon vor dem Frühstück leerte, damit der Steuermann, der ein Alkoholproblem hatte, ihn nicht fand.

Im New Yorker Hafen zählte Mr. Twain noch einmal durch, ob auch alle an Bord waren: »Guten Morden, meine lügen Schätzebolde, mall sehn, ob ihr allen da seins«, rief er in seiner persönlichen Version des Deutschen. »Also: Sam und Livy und Jean und Clara und Susie und Mark und Ben und Olivia. Außerdem Katy. Und Harris. Aber Harris ist ja irgendwie immer dabei.«

Jedenfalls waren wir sieben Personen mit zehn Namen. Mark, das war Mr. Twain selbstverständlich. Und Sam, das war ebenfalls er, Mark Twain; Sam Clemens war sein bürgerlicher Name, ich benutzte ihn jedoch nie, und er legte auch keinen Wert darauf. Jean, die jüngste Miss Twain, sie war elf, hieß am Taufbecken noch Jane, aber wen kümmerte das in dieser Familie? Ben, siebzehn, hieß den Papieren nach Clara und war zwei Jahre jünger als Susie, die Älteste. Livy, das war Olivia, Mark Twains Ehefrau.

›Außerdem Katy‹, die unvergleichliche Katy Leary, seit elf Jahren Mädchen für alles bei den Twains: »Am meisten freu ich mich auf Deutschland, Mr. Harris!«, verkündete sie vor unserer Abreise. »Stellen Sie sich bloß mal vor, die Barbarischen Alpen und alles!«

»Sie meinen die Bajuwarischen Alpen, Katy?«

»Nee, die mein ich nicht. Wo stehen die denn, Mr. Harris?«

»Gleich neben den Barbarischen, Katy. In der Schweiß.«

Und schließlich gehörte auch ich, Harris, zu unserer kleinen Reisegesellschaft. Aber zu mir ist alles gesagt, auch, dass ich schon 1878 dabei war, als Mark Twain Europa bereiste.

Nun, und da Sie sich in dieser Familie unmöglich so auskennen können wie Katy in Europa, wollen wir uns an dieser Stelle ein für alle Mal auf folgende Namen einigen: Olivia, Susie, Clara, Jean und Mark Twain. Ganz gleich, wie sie sich selber rufen.

Wie eine Fahne im Wind

Die Schiffsreise dauerte acht Tage und verlief recht einförmig, was mich betraf. Ich verbrachte die meiste Zeit mit Gleichgesinnten an der Reling, riss den Rachen auf und starrte an der Bordwand entlang steil ins Meer hinunter, das eine Menge schlucken kann. Es war ein Fest für die Möwen, die sich auf die Brocken stürzten und vor Freude kreischten. Einmal trat Katy Leary kurz neben mich und schüttelte den Kopf.

»Sie sehen ja ganz grün aus, Mr. Harris, fast schon schimmelig.«

»Tatsächlich?« Ich hielt es für den Ausdruck ihrer Anteilnahme, ehe sie hinzufügte: »Wusste nicht, dass Sie so'ne Memme sind. Schauen Sie Mr. Twain an!«

Ich hatte gerade anderes zu tun, wusste aber dennoch, was sie meinte. Mark Twain genoss die Schiffsreise. Er verbrachte die eine Hälfte des Tages unter Deck beim Billard. Die restliche Zeit stand er wie festgewachsen in seinem verschossenen schwarzen Serge-Anzug an Deck, rauchte Zigarre und blickte mal wild, mal mild in Richtung Osten, als kämen ihm von dort, aus Europa, die Geldscheine zugeflogen. Nach einer Weile stampfte er dann, die mit den Jahren weiß gewordene Löwenmähne wie eine Fahne steif im Wind, in seinem typischen schwerfälligen Flussschiffergang übers Deck, als wäre er selbst der Kapitän. Wenigstens besuchte er Brown, so hieß der Kapitän, jeden Vormittag noch vor dem Frühstück.

»Brown hat den Steuermann mal wieder vor dem Alkohol bewahrt«, erklärte er seiner Frau, wenn er bestens gelaunt zurückkehrte. »Ich half ihm dabei.« Oder: »Brown und ich haben ein wirklich gutes Werk getan. Einfach köstlich. Es hieß Chateau Lafitte 1886.« Oder: »Auf Brown ist Verlass. Wirklich ein Kapitän, der diesen Namen verdient, Livy. Zwei Literflaschen Brown Beer, die er dem Steuermann unter Einsatz seines Lebens entreißen konnte. Er bat mich, sie mit ihm zu vernichten.«

Nur nachts traten die üblichen Probleme auf.

»Wirst du wohl still sein, du verfluchtes Biest? Ich will endlich schlafen«, drang seine wütende Stimme aus der Suite der Twains. »Andernfalls hacke ich dich in Stücke!«

Die mondbleichen Gesichter meiner Leidensgenossen starrten mich entsetzt und fragend an.

»Jemand sollte etwas unternehmen«, befand mein Nachbar zur Linken an der Reling. »Ihn erschießen, den gottlosen Zausel!«, bekräftigte die zarte Dame zu meiner Rechten. »Arme Mrs. Twain«, schüttelte sie den Kopf noch einmal, bevor sie sich entleerte.

Hier war Aufklärung nötig. »Sie missverstehen die Situation«, erläuterte ich den Herrschaften. »Mr. Twain beschimpft lediglich seinen rheumatischen Arm, der ihm seit Jahren Schmerzen bereitet.«

Die Dame wandte mir kurz ihr seekrankes Gesicht zu und blickte sich dann suchend um, als wolle sie sich vergewissern, ob nicht doch ein Arzt in der Nähe sei. Einer für mich.

In dieser und noch manch anderer Nacht konnte man Mark Twain schlimme Dinge brüllen hören, mit denen er seinen Rheumatismus zu bekämpfen suchte. Im Grunde war das aber die einzige Aufregung während der gesamten Überfahrt. Wenn man davon absieht, dass wir einige Tage vor der französischen Küste hin und her kurvten, ehe Steuermann und Kapitän den Hafeneingang fanden. Nach Auskunft von Mr. Twain handelte es sich bei dem Hafen um Le Havre in Frankreich. Ich kümmerte mich nicht darum, da er den Ehrgeiz besessen hatte, die Reiseroute selbst zu planen.

Unser eigentliches Ziel sei nach wie vor Berlin, bekräftigte er. Doch lägen noch einige interessante Stationen auf unserer Reiseroute zur deutschen Reichshauptstadt. Nun, Umwege erhöhen bekanntlich die Ortskenntisse. Dennoch beschränke ich mich im Folgenden auf die Höhepunkte. Wenn sie aussehen wie Tiefpunkte, so liegt das nicht an mir.

Kein sehr frischer Friedhof

Aix-les-Bains, das wir als eine der ersten Zwischenstationen ansteuerten, war ein Kurort, an dem die kranken Opfer zuerst mit einem harten Wasserstrahl wehrlos gemacht, danach von groben, bösen Männern durchgehauen, in einen Teppich gerollt und von vier Sargträgern in einer ›Sänfte‹ durchgeschüttelt wurden, bis sie bereit waren, das Heilwasser zu trinken, das aus einer nahe gelegenen Quelle sprudelte. Angeblich. Doch jeder sah, dass etwas mit dem Wasser nicht stimmte. Katy war überzeugt, dass es sich »bei der Brühe um nichts anderes als Pferdepisse« handelte. Mark Twain glaubte der Kurleitung zwar, dass das Wasser genug Schwefel enthielt, um selbst Tote wieder zum Leben zu erwecken. Er hielt aber doch den umgekehrten Weg für wahrscheinlicher.

»Das Wasser muss direkt von einem Friedhof abgeleitet sein«, befand er. »Und zwar von keinem sehr frischen Friedhof.«

Sankt Wagner

Unser nächster längerer Aufenthalt galt Bayreuth. Dort wurden soeben die aktuellen Wagner-Festspiele gegeben. Mr. Twain meinte, Wagners Musik sei vermutlich besser, als sie klinge, aber mir reichten schon die Walkürenklänge, die wir am Bahnhof in Nürnberg aus Richtung Bayreuth herüberdonnern hörten. Clara und Susie, die beide eine Karriere als Musikerin anstrebten, waren begeistert. Nur ihretwegen hatte ihr Vater die Karten für »reines Gold«, wie er behauptete, gekauft. War das zu fassen, er hatte sie bereits in Amerika vorbestellen müssen! Ich stimmte Katy zu, die wusste, dass Mr. Twain Wagner liebte »wie Scheiße am Schuh« und fand, dass Bayreuth »bloß ein ödes kleines Nest in den Barbarischen Bergen« war und weiter nichts.

Die Deutschen dagegen spielten verrückt und kauften nicht nur Konzertkarten ihres Opernheiligen, sondern auch Wagner-Mützen, Wagner-Krawatten, Wagner-Fotografien und sicher auch Wagner-Unterwäsche. Mark Twain sagte: »Wenn ich das Geld dazu hätte, würde ich alle verfluchten Wagner-*Noten* aufkaufen und sie einbruchsicher verschließen!«

In Bayreuth tat sich aber zunächst ein viel handfesteres Problem auf. Wo sollten wir wohnen? Es war einfach kein Hotel zu kriegen. »Die verdammten königlichen Hoheiten!«, tobte Mr. Twain. »Immer sind sie vor mir da!« Olivia erstarrte vor Schreck, weil ihr Mann fluchte, entgegen seinem Hochzeitsversprechen, und das auch noch vor den Mädchen. Aber es stimmte, Sankt Wagner wirkte auf die Adligen ganz Europas anscheinend »wie die Scheiße auf Fliegen« (Katy). Nirgends eine freie Suite, kein Tisch für uns in den Restaurants, immer waren die Hoheiten schneller. Und es kamen immer mehr von ihnen. »Kriegen ihre zweihundert Koffer am Zug zuerst und nehmen mit ihren Schleppen und Sänften und Dienern sowie Dienern von Dienern die ganze Straße ein«, polterte Mr. Twain.

Mrs. Twain fand schließlich eine kleine Pension, und ich kaufte uns Frankfurter Würstchen an der Straße. Mark Twain ernährte sich dagegen lieber von Cornedbeef, das man in Bayreuth leichter bekam als einen Teller Suppe.

Wir hörten zwei Wagner-Opern im Werte von

einem Dutzend der üblichen Sorte. Ihre Wirkung blieb auch dieses Mal nicht aus. Alle heulten: Clara und Susie vor Ergriffenheit noch während der Show, die kleine Jean, nun, weil ihre großen Schwestern weinten, Mrs. Twain in der folgenden Nacht, weil sie fürchterliche Albträume bekam, und Katy, weil ihr Alberich, »der arme Zwerg«, so leid tat.

Mark Twain fand schon früher die Idee einer Wagner-Oper ganz ohne Musik und Gesang einen erheblichen Gewinn. Und diesmal hatte er mit sorgsam verstopften Ohren durchaus seinen Spaß an der Pantomime. Auch ich hatte keinen Anlass zum Weinen. Ich war zu Hause geblieben. Im Caféhaus war ich mit einem Musikkritiker bekannt geworden, einem erfahrenen älteren Journalisten aus Berlin. Er klärte mich darüber auf, dass Wagner-Opern nur derjenige genießen könne, der ihren Text auswendig kenne und mindestens sechsunddreißig Stücke des lauten Meisters verdaut habe. Ich fragte den Experten, ob er jemanden kenne, der ein solches Martyrium überlebt habe. Es fiel ihm niemand ein.

Wilde und Bosie

Marienbad, ein böhmischer Kurort auf halbem Weg zwischen Bayreuth und Prag, war die letzte Station auf unserem Weg nach Berlin. Der Ort gehörte zur Monarchie Österreich-Ungarn, präsentierte sich aber mit so wenigen Uniformröcken im Kurleben, dass man fast meinen konnte, man befände sich in einer Republik. Elegante Damenröcke beherrschten die Promenaden und Brunnen, oftmals gefolgt von ihren Kurschatten.

In Marienbad hielt sich zur gleichen Zeit Mr. Oscar Wilde auf, ein irischer Schriftsteller. Die Begegnung mit ihm sollte später noch unerwartete Folgen haben. Mr. Wilde hatte seinen Kurschatten gleich mitgebracht, einen sehr schönen jungen Herrn namens Alfred Douglas, den er neckisch ›Bosie‹ nannte. Oscar Wilde trug äußerst zierliche, dottergelbe Schuhe und eine Nelke im Knopfloch, groß wie eine Sonnenblume, die farblich zu seinen Schuhen passte. Er erkannte und grüßte Mark Twain sehr herzlich, was jedoch von diesem ein wenig mürrisch erwidert wurde. Mr. Twain war eifersüchtig, denn seine Familie himmelte auf einmal den falschen Stern an, nämlich den Kollegen aus Irland.

Olivia war schon vorher ganz verliebt gewesen. In Wildes Schriften. Ebenso wie Mr. Twain, aber das gab er jetzt nicht zu. Clara war ebenfalls verliebt. In Bosie. Der zeigte zwar kein Interesse, verhielt sich aber dennoch äußerst liebenswürdig und wie ein vollendeter Gentleman ihr gegenüber. Jean hatte sich am heftigsten verliebt. In Mr. Wildes Schuhe. Sie fragte ihn, wo er sie gekauft habe, und ob es das Modell auch als Damenschuh gebe.

»Nun, ich erstand sie in London, in der Bond

Street. Und es *sind* Damenschuhe, Darling«, erwiderte er mit einem winzigen Lächeln.

Mark Twain diktierte mir später grimmig einen Reisebrief für die New York Sun: »Schreiben Sie, Harris: Die Gesundheitsfabrik. In Marienbad sind alle Kranken nach der Pariser Mode gekleidet, mit Ausnahme irischer Schriftsteller auf der Durchreise zu einem Maskenball. Die Mahlzeiten sind übersichtlich und bestehen aus den Sachen, gegen die der Kranke Vorurteile hat. An einer Tafel mit schlaffem Spargel, knackigen Linsen und aus Versehen einem frischen Pfirsich darf er sich so recht gehen lassen. Sobald die Brunnenkapelle ihre Lieder zu schmettern beginnt, wird er zusammen mit dem Vieh in die umliegenden Berge getrieben, um die gesunde Luft zu atmen, geschwängert mit dem Dunst warmen Kuhdungs. Nachmittags trinkt der Gekränkte das brackige Heilwasser oder suhlt sich darin. Gefördert wird auch das gesunde Gespräch unter den Kranken. Der erwähnte irische Literat befand, in meinem Alter solle mich die Kurleitung doch nicht ganz bis auf die Alm hinauftreiben. Ich antwortete, letzte Woche sei jemand an der Gicht gestorben, der gerade so bunt gekleidet gewesen sei wie er und sogar den gleichen Vornamen trug.«

Der Artikel erschien am folgenden Wochenende, und die New York Sun lag neben Dutzenden anderen Blättern aus der halben Welt im Marienbader Zeitungs-Lesesaal aus. Mr. Wilde blieb ganz die Liebenswürdigkeit selbst, reiste jedoch am folgenden Tag ab, Bosie im Schlepptau. Möglich, dass sein plötzliches Verschwinden aber gar nichts mit Mr. Twain zu tun hatte, sondern mit dem unangekündigten Auftauchen von Eduard, dem englischen Kronprinzen. Von ihrer Lebensart schienen mir die beiden Herren durchaus verwandt, aber ihre Art sich zu kleiden, war unvereinbar. Der Prinz erschien in Frack und Zylinder, deren düstere Erscheinung nur durch eine gestärkte Manschette, das weiße Hemd unter der Weste und eine Gardenie im Knopfloch gemildert wurde.

Der Prinz war offenbar bereit, sich mit Mark Twain zu treffen, nahm jedoch Anstoß an seinen zu kurzen Hosen, seinem altmodischen Gehrock und seinem ausgebeulten Bowler-Hut. »Er sieht aus wie eine Vogelscheuche«, soll er den Gerüchten zufolge am Brunnen gelästert haben. Mr. Twain lachte, als er davon hörte, und rief: »Endlich einer, der meine Bestimmung erkennt!« Am Ende wurde die Vogelscheuche dennoch mit der ganzen Familie von Seiner Hoheit zum Dinner eingeladen.

Die Mädchen waren trotzdem enttäuscht von Eduards eintöniger Erscheinung und trauerten Oscar Wilde nach. Besonders Jean hatte sich einen englischen Prinzen ganz anders vorgestellt und glaubte vielmehr, dass es sich bei Eduard wie in der Geschichte ihres Vaters um einen Bettler handelte, der nur aufgrund einer Verwechslung als Prinz auftrat.

Hohe Tiere

Es war mittlerweile Hochsommer geworden, Ende August, und im Ballsaal des Kurorts ging es jetzt jeden Abend hoch her. Besonders beliebt war der Walzer, auch Katy amüsierte es, wie die Herrschaften ihn tanzten: »Sie flattern umher wie die geköpften Hühner im Hof«, fand sie. Eine zutreffende Beobachtung.

Jean war noch zu jung, um daran teilzunehmen, aber Clara erfreute sich der vielen Verehrer, die bereit waren, sie durch den Saal zu schleudern. Olivia schickte sie daher eines Abends noch vor Mitternacht zu Bett. Eine Maßnahme, die überfällig war, wenn Sie mich fragen. Susie dagegen hätte bleiben dürfen, doch sie begleitete ihre jüngere Schwester nach Hause. Sie hatte bereits den ganzen Abend die Ausstrahlung einer ausgeblasenen Kerze und schien nicht das geringste Vergnügen an den kopflosen Runden übers blanke Parkett zu finden. Ein Schatten lag auf ihrer Seele, seitdem wir Amerika verlassen hatten. Katy fasste es in dem frommen Wunsch zusammen: »Sie soll sich den Schuft aus dem Kopf schlagen!«

Sie meinte den Herrn, dem Susie offenbar täglich schrieb, dessen Adresse sie aber sorgfältig hütete. Nur so viel wusste ich (von Katy): Susie unterschrieb die Briefe mit ›Olivia‹. Das war in der Tat ihr erster Vorname, befremdlich wirkte es aber doch, da alle in der Familie sie Susie nannten und sie selbst bislang auch keine Einwände dagegen vorgebracht hatte. Im Grunde barg Susie nicht ein Geheimnis, sie *war* eines.

Es war am Rande eines solchen Ballabends, dass Mark Twain die Bekanntschaft eines deutschen Adligen machte, eines Fürsten von Hohenross-Steilfeld (die ältere Linie). Der Fürst, ein Mann mittleren Alters mit schlaffen Backen und trübgelben Augen, konfrontierte Mr. Twain im Verlauf des Abends mit einer ziemlich aufgeblasenen Geschichte, wenn Sie mich fragen. Mr. Twain behauptete zwar, ihr nicht im Geringsten Glauben zu schenken. Doch kurze Zeit später bildete sie den Auftakt jener Serie seltsamer Vorkommnisse, die uns im Berliner Herbst und Winter 1891 so zusetzen sollten.

Hohenross hatte den Ausländer an diesem Abend erspäht und ihn mitsamt seiner Sippe zu sich an den Tisch eskortieren lassen. Er tat dies mit der Autorität eines früheren »zweiten Mannes« hinter dem ehemaligen Kanzler Bismarck sowie als Präsident des preußischen Herrenhauses, dem er noch immer vorsaß.

Der Fürst wurde neben einigen Offizieren und vollblütigen Damen auch von seiner betagten, unverheirateten Schwester Eleonore begleitet. Sie dichtete ebenfalls, und zwar geistliche Lieder, die sie mit glühendem Eifer inmitten des Ballgetöses vortrug. Sie handelten, glaube ich, von der Ruhe, die der Mensch in den Wunden des Gotteslammes finde.

Mark Twain gähnte, die Fürstin stutzte, aber Olivia rettete die Situation durch leisen Beifall, den ich durch lautes Tischklopfen mit der Faust zu verstärken wusste. Die Damen separierten sich darauf und unterhielten sich angeregt weiter.

Mr. Twain wurde erst wieder richtig wach, als sich herausstellte, dass Hohenross-Steilfeld einen Verwandten der Twains in Berlin kannte, Maximilian von Versen, einen preußischen Offizier, der Alice Clemens geheiratet hatte, Mr. Twains Cousine.

»Sie besuchen ihn doch, Herr Twain, sobald Sie sich in Berlin befinden!«, donnerte der Fürst. Das war ein Befehl und Mr. Twain nickte erschrocken, beinahe hätte er wohl wie vor einer Waffe die Hände erhoben.

»Ich selbst«, gab der Fürst Auskunft, »lebe ja nun schon seit Jahrzehnten auf Ilsenburg in Ilsenburg, aber früher habe ich eine Weile in der Hauptstadt gedient.«

»Wem?«, fragte Mark Twain.

Der Fürst lachte. Er hielt die Frage für einen Witz. Er sah sich nun vergewissernd um und senkte die Stimme, sodass nur noch Mr. Twain und ich ihn verstehen konnten. »Ich habe da eine Geschichte erlebt, Twain, ich sage Ihnen, das wäre was für Sie als Schriftsteller. Galant, das Ganze, Sie verstehen?« Er erwartete nicht wirklich eine Antwort.

»Wissen Sie, Fürst, es ist schon spät, die Frösche beginnen zu quaken und ich fürchte, ich muss Sie jetzt …«, wagte Mark Twain zu erwidern und erhob sich bereits halb. Hohenross-Steilfeld fuhr seine stark behaarte Hand aus und drückte den Ausländer zurück auf den Stuhl.

»Ich lernte damals in Berlin eines Tages ein junges Mädchen kennen«, brüllte er ihm gegen den Lärm im Saal ins Ohr, »eine Bürgerliche, Sie verstehen. Es war in der Kroll-Oper, ein etwas durchmischtes Etablissement am Rande des Tiergartens. Ich war nun eines Abends dort mit einigen Offizierskameraden, und wie es der Zufall wollte …«

Kürzen wir das Geschehen ab. Der Fürst, als er noch kein Fürst, sondern nur ein dahergelaufener Graf war, lernte eine gewisse Adele kennen, »Direktrice in einem Konfektionsgeschäft, Bänder, Spitzen, Hüte, Capes et cetera pp. für die Damen, Sie verstehen«. Er versprach ihr nicht eben die Ehe, aber offenbar auch nicht sehr viel weniger. »Ewige Liebe, Treue und den ganzen Schnickschnack, nicht wahr.« Sie gingen oft im Tiergarten spazieren, ihr Treffpunkt dort, jeden Sonntag um drei, war eine Bank auf einer künstlich angelegten kleinen Insel, direkt unter dem Denkmal für eine Königin Luise, falls Ihnen das etwas sagt.

»Aber es konnte ja daraus nichts werden, nicht wahr. Bismarck nahm mich in seinen Stab auf, und da sollte ich mit einer besseren Probiermamsell? Unmöglich.«

»Ganz unmöglich«, bekräftigte Mark Twain und schüttelte sich, dass sein Schnurrbart vibrierte.

Nun, der gewesene Graf, jetzige Fürst Hohenross-Steilfeld schied von der Dame, indem er sich einfach nicht mehr mit ihr traf. »Ich mied die Luiseninsel und den Tiergarten und hielt mich dann ja auch kaum noch in Berlin auf. Und wissen Sie was, Twain! Die gute Seele schrieb mir. An meine Garnisonsadresse. Und schwor bei ihrem Leben, was auch immer mich zuletzt davon abgehalten hätte, mich weiter mit ihr zu treffen, sie werde auf mich warten. Auf der Bank der Luiseninsel, sonntags um drei, bei Regen oder Schnee oder Sonnenschein. Bis sie sterben müsse.«

»Was ihr zu wünschen wäre«, raunte Mr. Twain mir zu.

»Na, ist das eine Geschichte für einen Dichter, Twain, was? Und nicht mal erfunden! Alles wahr.« Hohenross-Steilfeld donnerte zur Bekräftigung seine fürstlich behaarte Faust gegen die Adelsbrust, es klang dumpf und hohl und sah auch so aus. »Ich wette, die Dame wartet heute noch auf mich!«

»Ganz sicher tut sie das«, lachte Mark Twain und raunte mir zu: »Und zwar mit der Pistole hinterm Rücken. Geladen.«

So ein Fürst kann einen krank machen. Glücklicherweise erschien in diesem Moment einer der Kurärzte, Doktor Stolberg, mit seiner Frau. Er begrüßte Mr. Twain und mich sehr herzlich mit Handschlag und verbeugte sich gegenüber dem Fürsten, bis er (der Doktor) einen perfekten rechten Winkel bildete.

Seine Gattin hatte zunächst Olivia erkannt und begrüßt und hielt ihre zierliche Hand, gegen die aus ärztlicher Sicht gewiss nichts einzuwenden war, anschließend der Schwester des Fürsten zur Begrüßung hin. Doch Eleonore von Hohenross-Stabreim ignorierte die kleine Hand der Doktorsgattin. Mrs. Stolberg aber dachte, die greise Fürstin habe sie irrtümlich übersehen und hob ihre schmale Hand beinahe bis unter die hohe Nase der Dichterfürstin. Die alte Hochschaumgeborene aber *sah* sie gar nicht. Und zwar so lange nicht, bis der gesamte Ballsaal begriffen hatte, wie schluchtentief sich die Frau des Doktors unter ihrer fürstlichen Würde wand und um die hochwohlgeborene Hand bettelte.

Das Ergebnis war ›verheerend‹, wie die Deutschen sagen, tragisch, wie Mr. Twain es später kommentierte, als wir wieder in unserer Pension waren. Doktors wohnten in einem eigenen, keineswegs kleinen Haus gegenüber unserer Wohnung. Die ganze Nacht hindurch hörten wir Mrs. Stolberg weinen. Mr. Twain war außer sich vor Wut und bereits entschlossen, mir einen geharnischten Brief an die »Kollegin Eleonore«, wie er sie jetzt nannte, zu diktieren. Als Olivia hereinkam, fragte er, was sie davon halte.

Sie sagte: »Schreib ihr, Jungchen – sie nannte ihn oft Jungchen, wie ihr Vater es immer getan hatte –, diktier Harris nur deinen Ärger. Natürlich.« Sie machte eine Pause, in der sie tief Luft holte, und fügte hinzu: »Aber schick den Brief nicht ab.« Damit verließ sie den Raum.

Mark Twain hielt sich an ihren Rat. Und entschied sich für das vorzeitige Ende unseres gemeinsamen Aufenthalts in Marienbad. Am folgenden Tag schon machte er sich auf den Weg nach Berlin, um dort eine geeignete Unterkunft für die Familie zu suchen.

»Einer entzuckende Anblick«

DOCH DIE SUCHE zog sich hin. Berlin sei teurer als angenommen, telegrafierte er nach einigen Tagen. Alle waren wie erlöst, als nach gut zwei Wochen, die seit seinem Abschied verstrichen waren, der erlösende Brief von Mr. Twain aus Berlin eintraf. Dennoch war es ein zweifelhaftes Vergnügen, ihn zu lesen, denn den Anfang des Schreibens hatte er natürlich wieder in seinem geliebten ›Deutsch‹ verfassen müssen:

»Liebe Livy, liebe Susie, Ben, Jean, Ihr Schertze«, schrieb er. »Ich bin beguystert. Berlin ist eine sehr schone Stadt sein, fast so schon wie Chicago. All hier sieht so new aus, man meint, die ganze Stadt ist erst gestern fertig geworden wäre. Die Straßen weit wie Meeresarmen und die ›Burgersteige‹ breiter dann dem Mississippi-Fluss. Die Stadt hat einer Park, der vermutlich bis zur Küsste reicht, ich weiß es nicht genau.

Habe ich mich bislange noch nicht in der Tiergarten, so heißt die ›Park‹, hineingetraut, aus Angst, erst in Amsterdam widder again auf Menschen zu treffen.

Berlin bieten auch in die Nackt einer entzuckende Anblick. Allabend findet einem verschwinderischer Beleuchtung mit Gaslight und elektrischem Light stadt. In die Straße man hat Dobbelreihen glanzende Lichter vor sich, die nach alle Seite in gerader Line weit in der schwarzer Nackt hinauslaufen wurden. Den Plaetzen leuchten im Strahlenglantz und zahlloser Droschke schießt mit seine Lanterns wimmelnd in alles Richtungen wie Schwärme von Leuchtkäfers!

Und nun das Beste« – nämlich, dass er endlich wieder verständlich schrieb statt in seinem ›Deutsch‹: »Ich habe ein ganz bemerkenswertes Heim für uns gefunden.« (Wirklich sehr bemerkenswert, das verspreche ich Ihnen.) »Eine sehr angenehme, sonnige Wohnung.« – Ha! »Sie liegt ebenerdig, die Berliner sagen vornehm Parterre dazu, sehr gebildete Leute.« – Kommt drauf an, was man unter Bildung versteht. »Ein äußerst hilfreicher Menschenschlag. Wie der Wohnungsagent, der mir half, unser neues Heim zu finden. Anfangs war ich noch skeptisch, das muss ich zugeben.

›Das Haus ist hübsch, aber die anderen Gebäude in der Straße sind es nicht gerade‹, stellte ich gegenüber dem Agenten fest.

›Ah, ist Ihnen das aufgefallen, Meister!‹, rief er aus. ›Nun, das ist eben die Vorliebe des Adels.‹

›Des Adels? Wollen Sie sagen, der Adel lebt in dieser Straße?‹

›Na, das möchte ich doch meinen, Meister! Sehen Sie das große Gebäude schräg gegenüber, mit dem Schild im Fenster des dritten Stocks?‹

›Sie meinen das Schild, auf dem steht: Möblierte Wohnungen zu vermieten?‹

›Richtig. Sehen Sie, das ist ebenfalls typisch für unseren alten, ausgesessenen Adel. Auf ihre Marotten, zum Beispiel diese Sache mit den Schildern, sind sie, die Fürsten und Grafen und so weiter, stolzer als auf ihre Titel. Sie alle hängen sie raus, die Schilder, meine ich. Nach einem ungeschriebenen Gesetz: ein Baron darf zwei solcher Schilder aushängen, ein Graf fünf, ein Fürst fünfzehn.‹

›Dann wohnen dort drüben also nichts als Fürsten, ja?‹

›Jawoll. Jeder Einzelne von ihnen. Angefangen beim alten Fürst von Backofenhofenschwartz vorne an der Ecke.‹

›Wohnt er tatsächlich über dem Würstchen-Laden im Keller, ja?‹

›Nein, ein Haus weiter, wo die gelbe Katze den Türvorleger kaut.‹

›Aber *alle* gelben Katzen in dieser Straße kauen Türvorleger, mein Herr!‹

›Richtig. Aber ich meine die achtzehnte. Zählen Sie, Meister!‹

Kurzum, es ist genau das richtige Heim für uns in Berlin!

Damit vorerst Schluss für heute. Goodbye, ihr Lieben. Kommt rasch, ich erwarte euch sehnlichst! Papa.«

Der Brief löste stürmische Begeisterung bei den Mädchen, Stirnrunzeln bei Katy und angstvoll aufgerissene Augen bei Mrs. Twain aus. Ich muss sagen, ich teilte ihre Zweifel. Man konnte diese Zeilen nicht lesen, ohne sich Sorgen um ihren Urheber zu machen.

Umgehend wurden die Koffer gepackt. Doch unsere Abreise verzögerte sich um eine weitere Woche, weil Susie krank wurde. Krank in einem Kurort! Olivia, ihre Mutter, litt an einem schwachen Herzen, das war gewiss, aber Susie hatte jemand das Herz gebrochen.

Ich erkundigte mich nach ihrem Zustand, ich mochte Susie, ihre ruhige, verständige Art.

»Ach, Harris«, seufzte sie, vergraben in den Kissen ihres Betts wie in einer Matratzengruft, als ich vorsichtig ihr Zimmer betrat, »wissen Sie, wie schwer es ist, die Tochter von Mark Twain zu sein?«

»Nun, ich weiß, wie es ist, sein Sekretär und Sündenbock zu sein, Miss Susie.«

Sie lachte. Aber nur matt. »*Sie* sind und bleiben Harris, Harris. Aber ich werde immer nur die Tochter von Mark Twain sein.«

»Sie werden es nicht glauben«, antwortete ich. »Aber manchmal würde ich sonst was drum geben, seine Tochter zu sein.«

Sie lachte wieder. Und jetzt trat auch ein wenig Farbe auf ihre Wangen, die bis dahin farblos wie Pergament gewirkt hatten.

Immerhin, wenn schon nicht der verfluchte Kurort, so tat doch wenigstens die Jugend ihr Werk. Nach zehn Tagen war Susie wieder hergestellt, und wir fuhren ab nach Berlin.

Mittlerweile war es Herbst geworden, September.

Körnerstraße 7

Land der Hohenstelzen

WÄHREND DER ZUGFAHRT forderte Jean ständig, das Abteilfenster einen Spalt breit zu öffnen, weil sie dann die im Fahrtwind zitternden, blauen Kornblumen und lila Herbstzeitlosen besser betrachten könne.

Mrs. Twain erlaubte es ihr nicht, obwohl sie sich gewiss vor einem der Wutanfälle fürchtete, für die Jean bekannt war, seitdem sie vor drei Jahren bei einem Sturz eine schwere Kopfverletzung erlitten hatte.

Ich erklärte dem Kind in meiner geduldigen Art, dass Kornblumen nutzlos und Herbstzeitlose giftig seien. Es beeindruckte sie nicht. Ich stellte mich daher eine Weile neben Jean ans Fenster und blickte mit ihr hinaus. Überraschungen blieben aus, Häuser huschten vorbei, Bäume, Telegrafenstangen, frisch abgeerntete Felder, die wie in Streifen geschnitten aussahen, auf den Weiden standen oder lagen träge rote und rot-weiß gefleckte Kühe.

Wir durchquerten eine wald- und wasserreiche Gegend, und beim Umsteigen bot eine Frau »saure Gorken« und Mohnkuchen an.

Während die Damen lasen und Katy döste, war ich gezwungen, Jean zu unterhalten.

»Heute sind Sie dran mit einer Tatsache, Harris«, behauptete sie. Die Familie hatte seit Langem die Regel eingeführt, dass täglich abwechselnd immer einer den anderen eine Tatsache präsentieren musste.

Aus einem Buch, aus der Zeitung, aus einer beliebigen Quelle.

»Du täuschst dich, Jean, ich bin heute nicht dran. Du selbst musst eine Tatsache nennen.«

»Katy schnarcht.«

»Na, und?«

»Das ist eine Tatsache«, grinste sie frech.

Aber sie hatte recht. Es war eine Tatsache, die nicht zu überhören war.

»Jetzt sind Sie dran, Harris.«

»Bestimmte Wünsche, wovon ich erzählen soll, Miss Besserwiss?«

»Nö.«

»Hm, das macht es nicht leichter, Jean.« Ich überlegte. Und beschloss, dem kleinen Quälgeist eine der langweiligsten Tatsachen aufzutischen, die sie je gehört hatte, damit sie nicht noch auf die Idee kam, eine Fortsetzung zu verlangen.

»Gut, hör zu, Miss Twain, eine wichtige Tatsache über Deutschland, vielleicht die wichtigste, nämlich, wie Deutschland früher mit Namen hieß.«

»Öh, langweilig, das weiß ich schon, es hieß Deutschreich.«

»Irrtum, Kleine, es hieß Land der Hohenstelzen und Hohensteiffen. Diese hohen Familien waren Rauf-Ritter und lieferten sich jahrhundertelang blutige Gefechte mit den Habsgierburgern. Letztere nennen sich heute Osternreiche, aber sie bezahlen nie ihre Schulden, nicht mal zu Ostern. – So, das waren jetzt drei Tatsachen zum Preis von einer, Jean, und deshalb wünsche ich die nächsten zwei Mal, wenn ich angeblich an der Reihe bin, in Ruhe gelassen zu werden.«

Jean kniff die Augen zusammen und sagte: »Ich wette, Sie haben gelogen, Harris. Und ich würde es Papa verraten. Aber ich kann mir die doofen Namen nicht merken, die Sie sich ausgedacht haben.«

Auf dieser Zugfahrt sprach sie kein Wort mehr mit mir. Eine Wohltat.

Friedrichstraße

Am frühen Abend, gegen sechs etwa, erreichten wir den Bahnhof Friedrichstraße in Berlin. Da hatten wir bereits die erste Besonderheit der Stadt: Alle wichtigen Straßen, Brücken, Plätze, Gebäude und Hunde in Berlin hießen entweder nach König Friedrich oder Kaiser Wilhelm oder einer Kombination aus beiden Politikern. Und der Bahnhof Friedrichstraße hatte seinen Königstitel nun wahrlich verdient. Das Gebäude erschien mir so kolossal wie der Buckingham Palace und die tonnenförmige Bahnsteighalle war auf gewaltigen Mauerbögen errichtet worden. Im Vergleich zu diesem Bahnhof wirkten die umliegenden Häuser wie Teile aus einem Spielzeugkasten. Ich bin sicher, die Anwohner kauften die benötigte Menge Tageslicht im Ausland, denn im Schatten dieses Kolosses fanden sie sicher keines.

Wir stiegen die Bahnhofstreppe hinunter, kamen

an einem Zeitungsverkäufer vorbei und blieben zur Orientierung auf halber Treppe vor einem kleinen Zigarrenladen stehen. Darin saß bei funzeligem Gaslicht ein junger Mann, bleich wie ein Gespenst. Vermutlich sah er die Sonne so häufig wie ein Minengaul. Jean rief, er sehe aus wie das Gespenst von Canterville, und die übrigen Damen der Familie Twain seufzten im Chor; Mrs. Twain dachte wohl an Oscar Wildes Geschichte, Susie an Wildes angeblich »brillante Konversation« und Clara an Bosie, Mr. Wildes jungen schönen Begleiter in Marienbad.

Wir gingen weiter mit den anderen Ankommenden, die die Treppe hinunterquollen, an Gesellschaft mangelte es dem blassen Jungen nicht. Unten am Ausgang, noch innerhalb des Gebäudes, hatte ein Blumenhändler kleine Sträuße und einzelne Blumen ausgelegt. Gleich dahinter, aber schon draußen, folgte ein strammer junger Obsthändler, der seine Waden, Entschuldigung: Waren, anbot. Katy zeigte ein gewisses Interesse, das jedoch mehr seiner Muskulatur als seinem Obst galt.

Ich erblickte einen stolz aufragenden, dunkelblau uniformierten so genannten Schutzmann unter einer Pickelhaube, die bei Jean Spekulationen darüber anstieß, was man auf ihrer Spitze besser aufspießen könne, Papierschnipsel oder Fleischstücke oder vielleicht Brezel. Wie alle Schutzmänner, die mir in Deutschland begegneten – ausnahmslos –, trug der Mann einen Schnauzbart, der wie mit Holzleim in Form gebracht aussah, seine äußersten Spitzen strebten steil zum Himmel hinauf. Ihn zog ich ins Vertrauen und fragte ihn nach Dienstmännern und Wagen für die Fahrt durch die Stadt. Er drückte mir eine Blechmarke mit einer Nummer in die Hand und deutete mit dem Kinn auf einen großen dreieckigen Platz, wo eine Wagenburg aus Pferdedroschken auf Fracht wartete. Ich gab einem der heranstürzenden Kofferträger die erhaltene Blechmarke zusammen mit dem Gepäckschein, und wenige Minuten später hievten starke Hände und unbeugsame Rücken unser Kofferarsenal auf einen Gepäckwagen.

Die sparsame Olivia bestieg unterdessen eine altersschwache Droschke zweiter Klasse. Der Kutscher war ein struppiger Geselle, der eine Ledertasche um den Leib geschnallt hatte, die sicher wichtige Dinge enthielt, zum Beispiel seine Tabaksdose oder sein Testament, aber nicht die mir vom Schutzmann angekündigten Fahrscheine zum korrekten Fahrpreis. Nun gut, dann würden wir die Details eben am Zielort klären.

Berlin, musste ich feststellen, stand New York verkehrstechnisch kaum nach. Selbst eine Untergrundbahn, hieß es, sollte gebaut werden. Eine Hochbahn, die im Kreis einmal um die ganze Stadt fuhr, hatten die Berliner schon. Und im Zentrum hockte der Kaiser in seinem Schloss wie die Spinne in ihrem Netz.

Mr. Twain hatte recht, die Straßen waren breit und schnurgerade und reichten von einem Horizont zum nächsten. All die massigen, großen, hellen Häuser sahen aus, als wären sie erst in den letzten drei Stunden fertig geworden. In den Straßenschluchten fuhren Stadtdroschken und Fuhrwagen und Kutschen neben dem Schienengewirr der Pferdebahnen, und zwischen allen blitzten immer wieder die Metallgestänge von Fahrrädern in der sinkenden Abendsonne auf. – So viel war klar: Erholen konnte man sich in dieser Stadt nicht. Also, was zum Teufel suchte Mr. Twain in Berlin? Zumal seine Bewohner von reizbarer Natur zu sein schienen: Am Zielort angekommen, verhandelte ich erneut mit dem Droschkenkutscher wegen der Summe. Er wurde recht grob, hatte aber nicht mit Katy Leary gerechnet. Mit einer Schimpftirade, von der er kein Wort verstand, aber alles begriff, jagte sie ihn auf seinen Kutschbock zurück und gab seinem Gaul einen anständigen Klaps, den dieser ganz richtig verstand und sich gleich mächtig ins Geschirr warf.

Schaut euch nur um

Das Haus Körnerstrasse 7 machte von der Straße aus einen ganz passablen Eindruck. Es war aus roten Ziegeln gebaut, reichte vom Erdboden bis zum Himmel hinauf, und die Fassade nahm beinahe die halbe Straßenlänge ein. Außer dem Eingang gab es zwei bis drei weitere Riesentore, durch die man eine

Herde Elefanten hätte treiben können. Neben einer erwartbaren Zahl Fenster verfügte es über eine Unzahl Türmchen, Spitzen, Pfeilern und Verzierungen aus gelbem Sandstein. Das Haus war äußerlich eine verwirrende Mischung aus altem Adelssitz und modernem Krankenhaus.

Mark Twain erwartete seine Lieben bereits ungeduldig. Er lag im Bett und rauchte und legte den Stift, mit dem er geschrieben hatte, einen kurzen Moment weg, um sich von den Damen küssen zu lassen.

»Schaut euch nur um«, rief er, »alles da, was man zum Leben braucht!«

In der Tat, alles Nötige war vorhanden. Aber noch mehr Unnötiges. Die Wohnung hatte zur Straße hin durch breite Schiebetüren verbundene Räume – Salon, Ess- und Herrenzimmer, in dessen Mitte eine schneeweiße Kaiser-Wilhelm-Büste thronte. Hinten zum Hof hinaus befanden sich die Schlaf-, Kinder- und zwei Gästezimmer, die jedoch für Katy und mich vorgesehen waren. Es gab eine Eingangshalle und zwei, drei stille, aber dekorativ gestaltete Örtchen, die durch breite, rote Läufer mit den übrigen Räumlichkeiten verbunden waren.

Mr. Twain hatte ›nach typisch amerikanischer Art‹, wie es kurz darauf in einer deutschen Zeitung hieß, die gesamte Wohnung komplett möblieren lassen. Die Ausstattung traf sicher haargenau den Geschmack des Agenten, der bereits die Wohnung vermittelt hatte. Im Herrenzimmer versank man in schweinsledernen Klubsesseln, auf unzähligen Etageren, Büffets und Tischchen standen überall französische Bronzen, Kopenhagener und Meißener Porzellan (ich habe nachgeschaut, sie hatten alle einen Herkunftsstempel). Im Salon hingen echte Ölgemälde mit Schlachtenmotiven, ich meine vermutlich vom Agenten ›selbst gemalte‹ Werke, die im Wert nur durch ihre abblätternden Goldrahmen unterboten wurden. Selbst das Kinderzimmer für Jean blieb nicht von einer belgischen Lithografie verschont, die das Männeken Pis zeigte, und zwar frontal. Das Mädchen heulte, weil es das scheußliche Bild in seinem Zimmer natürlich nicht haben wollte.

In der Bibliothek befanden sich die Werke der deutschen Nationalhelden Goethe, Schiller und vom Alten Friedrich, die noch in ziemlich jungfräulichem Zustand waren. Im Gegensatz zu einer abgegriffenen, speckigen Ausgabe von Casanovas Werken mit derben Motiven, die man dekorativ daneben gelegt hatte.

Schon richtig, es war alles da und mehr als das, aber dennoch fehlte etwas: Licht. Vielmehr natürliche Helligkeit, Sonnenlicht. Es war früher Abend, die Sonne war noch keineswegs untergegangen, und doch brannte überall das Licht in den Zimmern – Gaslicht, denn die Elektrizität hatte den Weg in dieses Haus noch nicht gefunden. Ebenso wenig das Telefon. Doch darüber freute sich Mark Twain, denn das unerwartete Klingeln hatte ihn zu Hause in Hartford schier um den Verstand gebracht. Die Erklärung für die Finsternis war einfach: Wir befanden uns im Parterre, und das Sonnenlicht hätte sich seinen Weg vorbei an den himmelhohen Steinmauern ringsum bahnen müssen, um uns zu erfreuen. Daran scheiterte es.

Dafür hatten wir knarzendes Parkett unter den Füßen und genagelten Stuck über den Köpfen, es gab das Mädchen-Gelass und eine Vorratsstube, Schrankzimmer und Speisekammer, Reserveverschlag und Plättraum, ein Badekabinett und einen Flügel, über den sich besonders Susie und Clara freuten, obwohl er verstimmt war. Aber das Allerbeste waren doch die riesigen weißen »Denkmäler«, über die besonders Jean staunte. Ihr Vater klärte uns darüber auf, dass es sich um deutsche Kachelöfen handelte. Im Laufe der Zeit stellten sie sich jedoch mehr als »Fluchmäler« heraus, denn die gekachelten Monster boten dem Dienstpersonal – das Olivia umgehend geordert und eingestellt hatte – beim Versuch, sie in Gang zu bringen, allzu oft Anlass zum Verzweifeln. »Die Biester ziehen nicht«, bemerkte Katy, sie qualmten lieber und stanken, dass man sich bereits Sorgen um seine Gesundheit machte.

Das neue Heim hatte zudem bereits zwei Bewohner, Auguste und Viktoria, die anscheinend Bestandteil der Wohnung waren, eine klare Auskunft darüber blieb Mr. Twain schuldig. Bei unserer Ankunft lagen sie beide mitten auf dem schweren Eichentisch im Salon, die eine grau, die andere rot, und hoben neugierig die Köpfe, mehr aber auch nicht. Allen war schlagartig klar, dass Mr. Twain die Wohnung nur ihretwegen gemietet hatte. Seine Vorliebe für Katzen war berüchtigt, zu Hause in Hartford hießen sie Fräulein, Faul, Buffalo Bill, Wilhelm, Schmeichelsarah, Hungersnot, Cleveland, Streunekätzchen, Satan und Sünde. Die Namen sprachen für sich. In Berlin hatte er sich zumindest mit Viktoria, der Roten, schon so weit angefreundet, dass sie sich zum Dösen gelegentlich wie ein Schal um seine Schultern legte.

Ich richtete mich unterdessen in meinem schmalen Zimmer ein. Aufgrund des Mobiliars konnte mir das nicht schwerfallen. Ein Bett, ein Kleiderschrank, ein Waschtisch und zwei mit Stroh beflochtene Stühle hatten meine volle Sympathie, weil sie keinen Augenblick lang vortäuschten, etwas anderes zu sein als alte, deprimierend dunkle, stocksteife Mahagonimöbel.

Adele

Später an diesem Abend nahm mich Mr. Twain beiseite und fixierte mich auf seine typische, etwas wild anmutende Weise. Ein glimmender Blick aus den engen Schlitzen seiner blaugrünen Augen, der seinen Töchtern, und manchmal selbst Katy, mitunter Angst machte. Dabei schielte er nur, fand ich.

»Ich hab sie gesehen, Harris«, raunte er mir zu, als dürfe er ja nicht laut reden, um kein Unheil heraufzubeschwören. »Sie ist mir begegnet, zweimal.«

»Wer ist Ihnen begegnet, Sir?«

»Adele.«

»Adele, Sir?«

»Verstehen Sie denn nicht, Harris: der Tiergarten, Luiseninsel, sonntags um drei. Adele.«

»Sie ... Sie meinen die ehemals Teuerste von Hohenross-Steilfeld?«

»Richtig.«

»Aber Sir, diese Geschichte des Fürsten war von vorne bis hinten und mittendrin erst recht *erfunden*!«

»Hören Sie zu, Harris.«

Was glaubte er, was ich tat?

»Die Residenz des amerikanischen Gesandten in Berlin befindet sich in der Neuen Wilhelmstraße«, erklärte er mir.

Ich verstand nicht, was das mit dem Lügenbold von einem Fürsten zu tun hatte und erlaubte mir daher einen interessanteren Hinweis. »Typisch, Sir. Kaum hat man in Berlin eine neue Straße geschaffen, nennt man sie Neue Wilhelmstraße.«

»Unsinn«, tat Mr. Twain die Bemerkung mit einer unwirschen Handbewegung ab. »Sie hätte ebenso gut Neue Friedrichstraße heißen können, Harris.

Im Moment ist nur wichtig, dass sie in der Nähe des Tiergartens liegt.«

Er goss uns einen Cognac ein und setzte noch einmal an: »Es war also letzten Sonntag, Harris. Ich besuchte Walt, Walter Phelps, unseren Gesandten, in seiner Residenz an der Ecke zur Dorotheenstraße. Wir machten einen kleinen Spaziergang durch den Tiergarten, der ganz in der Nähe liegt, wie gesagt. Besonders an Sonntagen kann man dort viele hohe Tiere sehen. Phelps schlug einen Weg unter anderem über die Luiseninsel vor. Man findet sie leicht mit dem Kompass, am Ende erreicht man einen kleinen gewundenen Wasserlauf, der eigentlich mehr nutzlos herumsteht. Schließlich geht man über eine kleine Brücke und befindet sich auf einer Insel, so winzig, dass man es kaum merkt. Es war kurz nach drei Uhr. Und Harris: Da sah ich sie! Auf der Bank vor dem Luisendenkmal. Vielmehr, ich sah in ihr zunächst nur eine gewöhnliche Dame in mittlerem Alter. – Oder nein«, sagte er mit gesenkter Stimme und schüttelte lächelnd den Kopf, »gewöhnlich fand ich sie gar nicht.«

Er sah sich um, ob nicht Olivia zufällig hereinkäme. Aber es war nur die übliche Geräuschkulisse der Familie, die an unsere Ohren drang. Wir befanden uns im Herrenzimmer, im Salon hörte man Clara ein flottes Klavierstück spielen, Susie sang ein trauriges Lied dazu, Jean schlug wohl soeben auf Katy ein, die sie zu Bett bringen sollte, oder vielleicht wurde auch nur das Nebengebäude gesprengt.

»Die Dame sah sehr reizvoll aus, Harris«, fuhr Mr. Twain mit gedämpfter Stimme fort. »Helle Kleidung, dunkles Haar, blasser Teint. Ein Buch in der Hand, lesend.«

Eine Frau mit Buch. Was konnte ein Autor sich noch mehr wünschen? Ich sag's Ihnen: Eine Frau, die *sein* Buch las. Doch das hatte er selbst in der Hand gehalten. Phelps hatte ihm das druckfrische Exemplar einer billigen deutschen Volksausgabe von »Leben auf dem Mississippi« geschenkt, einer Übersetzung, von der Mr. Twain bis dahin noch nichts gewusst hatte.

Mark Twain lachte jetzt darüber und wir tranken beide unseren Cognac aus. Er sah sich wieder um und schenkte uns nach, bevor er die Flasche rasch zurückstellte. Susie beobachtete schon seit ihrem dreizehnten Lebensjahr seinen Alkoholkonsum und konnte sehr streng mit ihrem Vater sein.

»Ich konnte mich nicht dagegen wehren«, beteuerte er. »Da saß an diesem Sonntag um drei Uhr eine Frau auf der Bank vor dem Luisendenkmal, im Tiergarten in Berlin, Deutschland, Europa, Erde. Zufällig natürlich, und doch musste ich gleich an die hochalberne Geschichte vom Fürsten, an seine Herzdame denken, die Jahrzehnte auf ihn wartete, und der ganze Unsinn. Nur deshalb schaute ich wohl unwillkürlich etwas genauer zu der Dame hin.« Ich versuchte zu überprüfen, ob er nicht etwa heimlich die Finger hinter dem Rücken kreuzte.

Er trank aus, stellte das Glas geräuschvoll auf

dem kleinen runden Tisch zwischen unseren Sesseln ab und rief dann: »Aber nun kommt es erst, Harris! Die eigentliche Pointe war, dass sie auf einmal den Kopf von ihrem Buch hob, mich erblickte – und erstarrte.«

»Das kann ich mir vorstellen, Sir.«

»Wieso? Was wollen Sie damit sagen, Harris?« Er starrte mich unwirsch an. Nicht nur seine Mähne auf dem Kopf, sondern auch sein stechender Blick glich einem Löwen.

»Sir, ich wollte lediglich andeuten, dass die Dame wohl schlicht überrascht war, urplötzlich einen Löw…, einen Herrn unmittelbar vor sich zu sehen.«

»Nein, nein«, er schüttelte heftig den Kopf. »Es war mehr als das. Sie blickte mich an, als ob … als hätte sie mich bereits einmal gesehen. Als würde sie mich bestimmt kennen. Wiedererkennen.«

Das Rätsel erschien mir einfach zu lösen. Mark Twain war schließlich kein Unbekannter in Europa, schon gar nicht in Deutschland. Davon hatten wir uns bislang überzeugen können. Es gab hierzulande kaum eine Buchhandlung, die seine Bücher nicht führte. Seine Fotografie erschien vielleicht immer mal wieder auch in den deutschen illustrierten Blättern und Zeitungen.

Doch er wehrte ab. »Sie werden in Berlin kein Foto von mir finden, Harris. Die deutschen Zeitungen bilden selbst den Kaiser und seinen Hof nur im Briefmarkenformat ab.«

»Sehr aufschlussreich, Sir, dass Sie sich mit dem Kaiser vergleichen.«

»Und doch war es offensichtlich, dass die Dame einen Schrecken bekam, als sie mich erblickte. Welchen Grund sollte sie dafür haben, Harris?«

Ich ließ seinen eindringlichen, starren Blick unter dem Gefieder seiner wuchernden, dunklen, noch nicht ergrauten Brauen auf mich wirken. Vielleicht, dachte ich, sollte er doch einmal etwas länger in den Spiegel schauen, um eine Ahnung von seiner Wirkung auf andere zu bekommen.

»Und dann«, fuhr er nach kurzem Schweigen fort, »beging ich wohl einen Fehler. Ich ... sprach sie an.«

»Sie sprachen sie an, Sir?«, rief ich aus. »Eine Dame, die zufällig auf einer Bank sitzt und dazu reizvoll aussieht und ...«

»Schscht, Harris, sind Sie wahnsinnig? Wenn Sie weiter so brüllen, müssen wir Deutsch miteinander reden, damit Olivia uns nicht versteht.«

Er hatte recht, Olivias Deutsch war brillant, aber seines so schlecht, dass sie kein Wort davon verstand.

Leise sagte er: »Ich rief sie bei ihrem Namen.«

»Ihrem Na ...«, schrie ich beinahe wieder heraus. »Sie meinen, Sie riefen A ... Adele?«

Er nickte. Schüttelte den Kopf und lachte wieder heiser. »Phelps hat mich genauso begeistert angestarrt wie Sie jetzt, Harris.«

»Und sie, Ade..., ich meine, die reizvolle, das heißt reizende Dame?«

»Klappte ihr Buch zu, sprang auf und lief davon.«

Dafür konnte es nur zwei Erklärungen geben. Entweder flüchtete sie, weil sie Adele war. Oder weil sie es *nicht* war.

»Natürlich ist es absurd, anzunehmen, dass es Adele war, Sir«, sagte ich ihm meine Meinung. »Ich würde ebenfalls davonrennen, wenn Sie mich urplötzlich mit Adele ansprächen.«

»Das sieht Ihnen ähnlich, Harris. – Aber! Zwei Tage später, vorgestern, sah ich sie wieder.«

»Wieder im Tiergarten, Sir?«

»Nein, nicht im Tiergarten. Auf der Potsdamer Straße. Ich befand mich in Begleitung von Fisher, er schreibt für die Sun, wohnt im Hotel de Rome, Unter den Linden. Wir kamen soeben vom Café Josty am Potsdamer Platz und waren auf dem Weg hierher in die Körnerstraße. Da war sie plötzlich wieder.«

»Adele.«

»Wie immer sie heißt. Sie stand auf der gegenüberliegenden Straßenseite, kurz hinter der Potsdamer Brücke. Die Örtlichkeit sagt Ihnen nichts, tut auch nichts zur Sache, aber dort stand sie, ich schwöre, sie war es. Dabei war es Henry, also Fisher, der sie zuerst bemerkte. Er verlangsamte plötzlich seinen Schritt, was nur alle zehn Jahre einmal geschieht, zupfte mich am Ellbogen und wies mit seinem Kinn zu ihr hinüber auf die andere Seite, wo sie stand und uns beobachtet hatte, wie's aussah. Ich sah hin und erkannte sie sofort wieder. Sie mich wohl auch, denn wie schon beim ersten Mal auf der Luiseninsel hoppelte sie wie ein Kaninchen davon in Richtung Landwehrkanal.«

Ein Verhalten, das zumindest rätselhaft war. Zugegeben, sie hieß vielleicht nicht Adele und liebte es nicht, von fremden Herren mit diesem Namen angesprochen zu werden. Aber war das ein Grund, gleich wegzulaufen, nur um bei der nächsten Gelegenheit auf der Straße stehen zu bleiben und ihrerseits fremde Herren zu beobachten? Mr. Twain meinte, sie habe beim zweiten Mal sogar ausgesehen, als hätte sie geradezu auf ihn gewartet. Aber wie konnte sie das? Dazu hätte sie ihn beschatten, wenigstens seine Wohnadresse kennen müssen. Ausgeschlossen.

Ob sie Mr. Twain nun erkannt hatte oder nicht, wie immer man es wendete, ihr Verhalten blieb alles in allem doch merkwürdig.

Das von Mark Twain aber auch.

Wenngleich man wissen muss, dass er für ›Überzufälliges‹ sehr zugänglich war. Er war Mitglied in der amerikanischen Gesellschaft für parapsychologische Phänomene und hatte einen Sinn für alles Übersinnliche. Am meisten aber für Unsinniges. Nicht sein größter, aber auch nicht sein einziger Fehler.

Dennoch, die Sache erschien ein wenig mysteriös. Aber das war erst der Anfang, wie sich bald darauf zeigen sollte. Und leider, darauf möchte ich Sie bereits vorbereiten, trage ich selbst an der Zuspitzung der Ereignisse keinen geringen Anteil. Doch Geduld. Wir sind noch nicht so weit.

Der Adel im Keller

WENN MARK TWAIN bei verschiedenen gesellschaftlichen Anlässen erwähnte, er habe sich mit der Familie in der Körnerstraße niedergelassen, rief dies interessante Reaktionen hervor. Leute, die nur oberflächlich mit den Verhältnissen vor Ort eingeweiht waren, stutzten kurz, nickten bedächtig und sagten: »Ah, ja, Körnerstraße. Gefällt's Ihnen?« Die voll Eingeweihten aber riefen: »Guter Gott! Wie um alles in der Welt sind Sie an diesen Ort geraten, Mr. Twain?«

Die Körnerstraße war eine kleine Parallelstraße zur geschäftigen Potsdamer Straße und lag in einer ruhigen und vornehmen Gegend, wenn man die Begriffe ›ruhig‹ und ›vornehm‹ nicht zu genau nahm. Der ›deutsche Adel‹ in der Straße – Sie erinnern sich an Mr. Twains Hurra-Brief aus Berlin? – liebte es hier offenbar, als gemeines Straßenvolk aufzutreten, als Arbeiter, Bettler, Straßenverkäufer, Lumpensammler. Oder man betrieb Kellergeschäfte und wohnte sogar unter Tage, im vornehmen ›Souterrain‹. Einmal sah ich nacheinander zwölf Personen, Erwachsene und Kinder, aus einer solchen Wohnhöhle herauskommen, allesamt bleich wie Engerlinge. Die matte Herbstsonne blendete sie jedoch so sehr, dass sich einige von ihnen sogleich wieder in ihr Loch zurückzogen.

Die Viktualienkeller in der Körnerstraße – das war praktisch fürs Küchenpersonal – führten Lebensmittel wie Mehl, Kaffee, Gemüse Brot, Bier und Haushaltswaren wie Seife oder Waschmittel. Die innen und außen herumstreunenden wilden oder zahmen Katzen gehörten jedoch nicht ausdrücklich zum Angebot. Die Bewohner der Straße standen täglich mit Flaschen in den Händen an, in die aus einem Fass oder Kanister Petroleum für die Beleuchtung ihrer Wohnung gefüllt wurde.

Katy weigerte sich rundweg, vor »den Höhlen« auch nur Halt zu machen, sie war überzeugt, dass dort selbst den Katzen das Fell über die Ohren gezogen und sie als Kaninchen angeboten würden.

Ich war jedoch neugierig genug, Gretchen, eines der von Mrs. Twain eingestellten Berliner Mädchen, beim Einkauf zu begleiten. Mir stand der Sinn nach Tabak, und Gretchens Zähne sahen aus, als würde sie auf dem Heimweg eine Pfeife mitrauchen. Wir kamen unter anderem an einem Fleischerladen vorbei, vor dem ein Stuhl mit einer weißen Schürze so offensichtlich aufgestellt war, dass man meinte, sich setzen, ausruhen, dann die Schürze überwerfen und warten zu sollen, bis einem die gebratenen Wachteln ins geöffnete Maul hineinflogen.

»Ach, die olle Schürze. Det is' man bloß wegn die früsche Woos«, erklärte mir Gretchen.

»Woos?«

»Na ja, Blut- und Leberwoos. Früsch jeschlachtet iss worn.« Sie seufzte. »Det arme Schwein. Hat ja eijentlich ooch nüscht Böset jetan. Aber schmecken tut et doch, wa.«

Musste man für Viktualien und Kolonialwaren noch die Straßenseite wechseln, so galt das nicht für Milch, Käse, Butter und Sahne. Denn täglich fuhr ein von Pferden gezogener Verkaufswagen durch die Straße, der Fahrer bimmelte infernalisch mit einer Glocke, die vermutlich sonntags Dienst in einem Kirchturm tat, und zog damit die Menschen aus den umliegenden Häusern an wie der Schnaps die gleichnamige Nase. Mark Twain beobachtete einmal vom Zimmerfenster aus die Szene und untersagte den Mädchen, die Milch bei »Bimmel-Bolle« zu kaufen. Er wies sie stattdessen an, mit ihren Töpfen den Händler abzupassen, der mit seinen Milchkannen auf einem kleinen Karren ebenfalls die Straßen auf- und abfuhr. Sein niedriges Fuhrgerät wurde von einem großen, gelben Hund gezogen, der ebenso knochig und bedürftig wie sein Herr aussah. Doch ich wette, Mr. Twains Mitgefühl galt noch mehr dem Hund als seinem Herrn.

»Hunde sind Gentlemen, Harris«, sagte er einmal zu mir. »Das unterscheidet sie vom Menschen. Ich hoffe, ich komme in den Hundehimmel.« Nun, ich denke, das könnte er schaffen.

Am Südende der Körnerstraße schließlich befand sich gegenüber einem Rohbau, der mehr einer Bauruine glich, ein kleiner öffentlicher Platz, auf dem der Magistrat der Stadt Berlin einen stattlichen Sandhaufen hatte aufschütten lassen. So hatten die noch minderjährigen »Engerlinge« in der Straße das Vergnügen, sich durch den Modder zu wühlen, mit Dreck zu bewerfen und Matschpampe zu backen, wie es ihrer Natur entsprach. Mark Twain beobachtete oft diese Kinder und betonte, wie sehr sie ihn an seine eigene Kindheit in Hannibal, Missouri, erinnerten: »Nicht mal von der Sonne lassen sie sich beim Spielen stören!«

Die Bartoscheks

Im Souterrain des Nachbarhauses wohnte ein Handwerker, Mr. Bartoschek, mit seiner unüberschaubaren Familie. Seine Dienstleistungen als Schreiner mussten wir schon bald in Anspruch nehmen. Den ersten Anlass dafür lieferte, wenn ich mich recht entsinne, die Armlehne eines Sessels im Salon. Mrs. Twain hielt sie eines Tages in der Hand, als wäre sie einfach abgefault – und das war sie auch. Mark Twain hob die Hand mit der immer glimmenden Zigarre (einer von vierzig am Tag) und mahnte, das tote Stuhlholz sei ein Gleichnis für den inneren Zustand der Monarchie, nicht nur in Deutschland. Wie schlimm es wirklich mit der Monarchie stand, begriff er selbst kurz darauf am eigenen Leib, als sein Stuhl in der Bibliothek wackelte und per Notoperation ein morsches Bein amputiert werden musste. Kurz darauf brach der Esstisch unter einem – zugegeben – schweren deutschen Frühstück zusammen, eine Kommode bekam Schlagseite, und ein Rahmen wollte nicht weiterhin das Bild einer Alexanderschlacht tragen. Schließlich trat auch Katys Bett in den Streik, es brach zusammen und weigerte sich hartnäckig, vom Boden aufzustehen, obwohl Katy es wüst beschimpfte und zuletzt sogar darauf herumtrampelte.

Um diese und andere handfeste Probleme wieder aus der Welt zu schaffen, war Mr. Bartoschek der richtige Mann, denn er wohnte wie erwähnt gleich im Nachbarhaus, oder vielmehr darunter, in der Kellerwohnung. Die Wohnung der Bartoscheks bestand aus einem einzigen Raum, der somit Werkstatt, Küche, Wohn-, Ess- und Schlafraum sowie Spielzimmer in einem war. Fremde Personen, die zu der Familie hinabstiegen, brauchten eine Weile, um sich in der Dunkelheit zurechtzufinden und nicht versehentlich in einen Nagel zu treten oder in eine Schraubzwinge zu greifen.

Mr. Bartoschek war ein Mann von Ende dreißig, der aussah wie Ulysses S. Grant am bitteren Ende seines Lebens. Mit seiner schmächtigen, aber zäh wirkenden Frau hatte er acht Kinder gezeugt. Mr. Twain nannte sie einmal »die Überlebenden«, weil sie aussahen wie kleinwüchsige Erwachsene, die nur knapp einer Naturkatastrophe entronnen waren.

Das traf sicher besonders auf ein etwa zwölfjähriges Mädchen namens Christine zu. Sie war das fünfte Kind der Bartoscheks, ein für sein Alter ziemlich großes, aber blasses, dünnes Mädchen mit dunkelblonden, straff zurückgekämmten Haaren und einem Gesicht, starr wie eine Totenmaske. Man sah die Kleine immerzu vor dem Haus stehen, aber niemals lachen, niemals weinen. Einmal stürzte sie über einen Stein aufs Pflaster, sie blutete am Knie, verzog aber keine Miene und wischte sich nur den Schmutz ab. Schmerz und Freude, Ausgelassenheit und Frohsinn waren Dinge, die sie nicht zu kennen schien. Jean hatte sichtlich Angst vor ihr und mied sogar den Blickkontakt mit Christine.

Mr. Twain aber interessierte sich für sie und sprach eines Tages mit Christines Vater über das Mädchen. Sehr nachdenklich berichtete er mir am Abend von dem Gespräch mit dem Handwerker: »Christine hatte einen Unfall, als sie vier Jahre alt war. Sie stürzte die Kellertreppe hinunter und erlitt eine Kopfverletzung, die sie nur wie durch ein Wunder überlebte.«

Ähnlich wie Jean, fügte ich in Gedanken hinzu und begriff, warum sein Gesicht einen so finsteren Ausdruck annahm.

»Seitdem ist das Mädchen verändert, meint ihr Vater. Als wäre mit dem Kopf auch die Seele zersprungen«, sagte er in dem für ihn typischen schleppenden Tonfall.

Es war einer von diesen Momenten, in denen ich Mark Twain so tiefernst, ja geradezu traurig erlebte, wie ihn sein Publikum nicht mal ansatzweise kannte. Und wie es ihn auch nicht wünschte. Wenn er ankündigte, sich demnächst aus dem Fenster zu stürzen, würde sein Publikum es sicher solange für einen Scherz halten, bis man ihn tot auf der Straße fände. In seiner Familie war es besonders Susie, die darunter litt, dass die Welt in ihrem Vater immer nur den Spaßvogel sah, aber nicht auch den ernstzunehmenden Schriftsteller. Doch daran trug er letztlich selbst die Schuld; das war meine Meinung dazu.

Die »Potsdamer«

ETWA EINE WOCHE dauerte es, bis sich die Familie in ihrem Berliner Domizil eingerichtet hatte. Und eine weitere Woche, um zu erkennen, dass das »Juwel«, wie das Familienoberhaupt die neue Behausung in der Körnerstraße anfangs bezeichnet hatte, mitten in »Slumland« lag.

Ich schwieg zu dieser späten Erkenntnis, schließlich hatte Mr. Twain auf meine Unterstützung beim Anmieten des Objekts großzügig verzichtet. Jetzt sprachen die Verhältnisse für sich, das hatte er davon. Die düsteren Räume, das geschmacklose und altersschwache Mobiliar und die triste Umgebung spiegelten gnadenlos die finanzielle Situation der Twains wider. Die Lage war schlicht deprimierend.

»Ich verstehe Euch nicht«, warf Mr. Twain seiner maulenden Familie vor. »In einer Wohnung wie dieser wird man hundert Jahre alt. Und zwar schon nach einer Woche.« – Wie tief war der Witz dieses Mannes gesunken!

Von nun an war man am liebsten unterwegs. An einem noch sehr sonnigen Oktobertag, einem Werktag, wünschte Olivia, mit der Familie eine nahe gelegene Kirche zu besuchen. Ja, so weit war es schon gekommen.

Mark Twain fand die Idee großartig und stimmte zu. Schob für seine Person aber eine Besprechung mit Mr. Phelps, dem amerikanischen Gesandten, vor. Er empfahl seiner Familie die nahe gelegene Matthäuskirche, bis zu der er sie zu Fuß begleiten wollte. Nach dem Kirchgang sollten sich die Damen mit einer Droschke zur Residenz des Botschafters fahren lassen.

Ursprünglich war vorgesehen, dass ich die Damen bei ihrem frommen Werk begleiten sollte, doch ich warf Mr. Twain einen flehentlichen Blick zu, der ausreichte, mich davon zu erlösen. – Nicht, dass Sie mich falsch verstehen, ich habe nichts gegen Gott, ich glaube nur nicht, dass es ihn gibt.

»Die Residenz des Botschafters ist allgemein bekannt, sie liegt direkt an der Dorotheenstraße, Ecke Neue Wilhelmstraße«, erläuterte Mr. Twain. »Wenn der Kutscher sie nicht findet, dann sein Gaul.«

»Dorothee und William, das ist doch leicht, Papa!«, rief Jean und wollte wissen: »Waren die beiden ein Königspaar?«

Mr. Twain schüttelte den Kopf. »Nein, ausnahmsweise mal nicht, Schätzchen. Dorothee und William waren die zwei Lieblingskatzen von Friedrich, dem großen König, die ihm an dieser Stelle von der Leine gegangen waren.«

Jean warf einen Blick auf Auguste und Viktoria, die friedlich auf der Chaiselonge dösten, sah dann ihren Vater schief an und meinte, das könne nicht wahr sein, denn wer halte schon Katzen an der Leine fest, das tue doch kein Mensch.

»Doch«, widersprach Mark Twain. »Dieser Friedrich tat es. Aber er war auch kein Mensch. Er war König, das ist etwas anderes. Friedrich hielt das ganze Land an der Leine, Liebes. Warum nicht auch Katzen?« Jean glaubte ihm immer noch nicht. Sie war schließlich schon elf.

Nach diesem Intermezzo konnte es nun endlich losgehen. Doch um zum Matthäikirchplatz zu gelangen, musste man früher oder später ›die Potsdamer‹ überqueren. So nannten die von Mrs. Twain angeheuerten Mädchen – neben Gretchen noch Marie und Elisa – die Straße, aus der man mühelos auch vier der üblichen Breite hätte machen können.

Ich empfehle das Überqueren der Potsdamer jedem Lebensmüden als eine sichere Methode, Schluss zu machen. Sofern man es schaffte, den Droschken erfolgreich auszuweichen, beförderte einen todsicher die hinterrücks heranschleichende Pferdebahn ins Grab. Einem Fuhrwerk ließ sich zwar leicht ausweichen. Doch flugs trachtete einem eine Kutsche nach dem Leben. Und wenn man am allerwenigsten damit rechnete, schossen in ihrem Windschatten die Fahrräder wie aus dem Nichts auf einen los.

Zu alledem war der Lärm ohrenbetäubend. Ein unaufhörliches Rollen von Rädern, Stampfen von Pferden, Geklingel von Wagen, ein Brausen, das nur von einer Wagner-Oper übertroffen werden konnte. Mr. Twain, das muss man zugeben, stürzte sich dennoch immer wieder mutig mitten in den Verkehr. Er wedelte mit den Armen, drohte mit den Fäusten, schleuderte seine Zigarre in den Ring, mit einem Wort, er kämpfte mit dem ihm angeborenen Mut zum Risiko und der Überzeugungskraft des Autors, um für seine Familie eine Schneise über den Fahrdamm zu schlagen. Schließlich musste er seine Niederlage einräumen und schlug ein Picknick am Straßenrand vor. – Nun, ich hatte es ja vorausgesehen, dass Berlin eine schlechte Wahl war. Zumindest, wenn man sich erholen wollte.

Unerwartet erschien dann aber doch die Rettung in Gestalt eines Schutzmanns. Sie erinnern sich, so heißt die deutsche Ausgabe eines Polizisten. Es handelte sich um eine imposante, vollbärtige Erscheinung, ebenso breit wie groß, in einer dunkelblauen Uniform, auf dem Kopf einen Helm mit Schuppenkette und rundem Knauf auf der Spitze, um den Bauch ein schwarzes Lederkoppel, an den Händen weiße Handschuhe. Jean starrte ihn an, als könne er im nächsten Moment Blitze schleudern. Aber er tat etwas sehr viel Schwierigeres, er brachte den Verkehr für einen Moment, nein, nicht gerade zum Stehen, aber doch dazu, sich so zivilisiert zu benehmen, dass selbst eine demokratisch gesinnte amerikanische Familie die tyrannische Potsdamer Straße überqueren durfte. Auf der anderen Straßenseite fielen wir uns alle glücklich in die Arme, die Damen zupften dem Schutzmann liebevoll an seinem Bart, Jean ernannte ihn zum Oberschutzmann, und ich schlug ihm vor, Amerikaner zu werden.

Erst als sich die Freude und die Aufregung gelegt hatten und wir die Opfer zählten, fiel uns auf, dass Mr. Twain fehlte. Der Unglücksrabe befand sich noch immer auf der anderen Straßenseite. Doch seltsam, er machte gar keine Anstalten, seiner Familie nachzueilen oder den Schutzmann den Christopherus spielen zu lassen, um ihn über die Straße zu tragen. Stattdessen verharrte er auf dem Bürgersteig und starrte ganz offensichtlich eine Dame an, die noch einen guten Steinwurf von ihm entfernt war. Einer nicht einmal sehr eleganten Dame mittleren Alters, meiner unmaßgeblichen Meinung nach. Sie trug ein schlichtes beigefarbenes Kleid, ein dunkles Schultertuch und einen kleinen, hellen Hut mit kurzer, schwarzer Feder auf dem Kopf.

Sie stand wie vom Donner gerührt einige Sekunden mitten im Strom der an ihr vorbeieilenden Passanten. Sie kannte oder erkannte Mark Twain ganz offensichtlich, machte dann aber urplötzlich auf dem Absatz kehrt, um davonzueilen, als hätte sie den Leibhaftigen gesehen.

Jean hatte die ganze Zeit den Schutzmann angehimmelt und daher nichts von der Szene bemerkt. Aber das Befremden darüber in den Gesichtern von Susie und Clara, besonders aber in dem von Mrs. Twain, war unbeschreiblich.

Jetzt erst entdeckte auch Jean ihren Vater auf der anderen Straßenseite und winkte eifrig dem Schutzmann, der noch in der Nähe war, er möge ihn ebenfalls hinübergeleiten.

»Er ist eine berumte Man!«, schrie sie ihm gegen den donnernden Verkehrslärm auf Deutsch-Amerikanisch zu. Der Polizist erkannte sogleich, was zu tun war, teilte den Verkehrsfluss wie Jesus den See Genezareth (wenn es der war) und marschierte in aller Ruhe zurück zum anderen Ufer. Als er Mark Twain Zeichen gab, ihm zu folgen, starrte der den großen uniformierten Mann an, als solle er festgenommen werden. Aber dann begriff er doch und stakste neben dem Schutzmann einher wie vermutlich früher als Lotse über das Deck seines Flussdampfers: langsam, eckig und ein wenig schwankend.

Der Schutzmann lachte, als er ihn bei seiner Familie ablieferte und brüllte wie gegen einen Sturm an: »Teufelszeug, der Rum, was?«

»Wer war diese Dame, Jungchen?«, wollte Olivia natürlich wissen, sobald ihr Mann wieder neben ihr ging.

»Keine Ahnung, Livy, ich schwöre es. Aber vermutlich will sie mich bloß heiraten«, antwortete er trocken. »Ich werde ihr sagen, dass es im Moment nicht geht.«

Mrs. Twain, die weit mehr Sinn für Humor hatte, als ihr gewöhnlich zugeschrieben wurde, lachte herzhaft, was offensichtlich auch Clara und Susie beruhigte, die ihren Vater ebenfalls mit Fragen bestürmt hatten. Damit, das wusste er, war das Thema für die Damen erledigt. Für ihn jedoch keineswegs. Ein paar hundert Meter weiter, wir befanden uns bereits in der Viktoriastraße, in Sichtweite der backsteinernen Kirche, raunte er mir zu:

»Das *war* sie, Harris. Adele, Sie verstehen?«

Offen gesagt, ich verstand die Worte, aber einen Sinn erkannte ich nicht darin.

»Sie meinen, die Frau aus dem Tiergarten, von der Luiseninsel, und der ganze Humbug, Sir?«

»Aber sicher, Harris.«

»Wie kommt es, dass sie Ihnen schon wieder begegnet, Sir? Und das an der Potsdamer Straße, diesmal sogar in Rufweite Ihrer Wohnung? Lauert sie Ihnen etwa auf? Aber warum rennt sie dann davon, was will sie von Ihnen?«

»Wie ich vorhin schon sagte, ich will sie heiraten.«

»Sir, Sie sagten, die Dame wolle *Sie* heiraten!«, korrigierte ich ihn.

»Richtig, das wäre die andere Möglichkeit. Aber dazu müsste sie Mrs. Twain aus dem Weg räumen. Daran wird es scheitern«, antwortete er im Tonfall verantwortungslosester Heiterkeit.

Ich wurde nicht schlau aus ihm: Mal nahm er die sonderbaren Begegnungen mit der fremden Frau beinahe allzu ernst, mal erheiterten sie ihn. Mir schien, dass hier allmählich Maßnahmen erforderlich waren, um weitere, womöglich sogar rufschädigende Vorfälle dieser Art zu verhindern. Ich fasste den Entschluss, bei nächster Gelegenheit selbst in das Geschehen einzugreifen.

Der amerikanische Gesandte

Mr. Twain und ich gingen jedoch keineswegs, wie angekündigt, den ganzen Weg zu Fuß weiter. Kaum war seine Familie vom Inneren des Gotteshauses verschluckt worden, verfluchte er den Rheumatismus in seinen Gliedern, hielt seinen Beinen eine derbe, ich vermute altdeutsche Standpauke – ich verstand nämlich kein Wort – und winkte schließlich eine Droschke erster Klasse heran, die sich von einem Gefährt zweiter Klasse in meinen Augen lediglich durch das jüngere Alter der Kutscher unterschied.

Wir rollten bald schon durch das Brandenburger Tor, und Mr. Twain behauptete, er fühle sich behaglich wie Napoleon. Er (Mark Twain, nicht Napoleon) ließ sich auch von der Prachtstraße Berlins, Unter den Linden, beeindrucken: »Schauen Sie nur, Harris, sechs Straßen in einer! Und schnurgerade wie der Weg in die Hölle. Teuflisch gut Maß genommen, das muss man den Preußen lassen.«

»Zugegeben, Sir. Aber die Bäume sind doch recht mickrig, für den Frühherbst viel zu sehr entlaubt. Und der Wandelgang in der Mitte, einfach lachhaft. Dann die Menschen! Zu viele, zu laut.«

»Mag sein, Harris. Aber die Anzahl der Soldatenröcke macht das Gewimmel wieder übersichtlich, finden Sie nicht?«

Dem konnte natürlich kaum widersprochen werden. Stellenweise hatte man den Eindruck, dass das männliche Berlin ganz und gar aus Wilhelms Soldaten bestand. Und das weibliche komplett aus Soldatenbräuten, die wie festgewachsen an ihren Armen hingen. Abgesehen vielleicht von ein paar Graubärten, die übers Pflaster schlichen, Zeitungsjungen, die mit infernalischen Pfiffen gegen die übermächtige Konkurrenz von Zeitungsständen angingen, und dicken Matronen, die den Omnibuskutschern hinterherbrüllten, als hätten sie sie am Straßenrand stehen lassen, nachdem sie ihnen über die Zehen gefahren waren.

Wir erreichten die Dorotheen-, Ecke Neue Wilhelmstraße. Aber die Residenz unseres Botschafters enttäuschte mich. Gewiss, das Gebäude war ebenso neu und prachtvoll wie die umliegenden Häuser. Doch wenn man sich abheben wollte, musste man das anders angehen.

»Was erwarten Sie, Harris«, lachte Mr. Twain. »Wir sind hier nicht in London oder Paris. Jeder amerikanische Gesandte muss seine Residenz neu anmieten, falls er sich nicht sein Heim aus den Staaten nachschicken lässt.«

Das Haus war, wie mir Mr. Twain erklärte, von Mr. Phelps gemietet worden, als er vor zwei Jahren seinen Dienst in der deutschen Hauptstadt angetreten hatte. Mr. Phelps musste dafür tief in die Tasche gegriffen haben. Nicht nur das Äußere des Gebäudes, auch das Innere hätte einem Baron oder Fürsten oder einem, der beides zugleich war, als Domizil gut zu Gesicht gestanden. Die Räume hatten acht Fenster auf jeder Seite und waren groß genug, um sie dutzendweise mit Prinzen und Prinzessinnen zu füllen, samt Hofstaat, Mätressen und Matratzen.

In dem himmelhohen Vestibül der Residenz empfing uns eine mindestens dreißig Fuß hohe Fahne der Vereinigten Staaten, die den Patriotismus des Botschafters hinlänglich unter Beweis stellte.

Mr. Phelps selbst kam uns auf einer breiten, steil in die oberen Stockwerke führenden Marmortreppe lächelnd entgegen. Der mondäne Aufgang, bekannte er später nebenbei im Gespräch, sei ein diplomatisches Problem. Falls es sich um einen ausländischen Gast handelte, galt es stets neu zu entscheiden, von welcher Stufe abwärts der amerikanische Gesandte dem Besucher entgegengehen durfte, das heißt, wie hoch der Botschafter noch über dem Besucher stehen durfte, wenn dieser die Kathedrale des Empfangssaals betrat.

Was Mr. Twain betraf, so stakste Seine Diplomatische Exzellenz jetzt breitbeinig wie ein Stallknecht von ganz oben zu uns herunter. Ich vermutete ein Hämorrhoiden-Leiden. Als er sich auf gleicher Höhe mit uns befand, war er auch nur ein Mensch, schmächtig, mittelgroß, mittelalt, mit schütterem Blondhaar auf dem Kopf und einem wuchernden Backenbart, der ausgereicht hätte, einen Bären auszustopfen. Der Botschafter sah leidend aus, kränklich gelb um die hellen Augen.

Mr. Phelps führte uns in sein Arbeitszimmer, wo er uns einen Whisky einschenkte, den er sich eigens aus den Staaten hatte kommen lassen.

»Ah, Gentlemen«, sagte er genussvoll, »den habe ich nicht mehr getrunken seit damals, als ich noch meine Villa in New Jersey besaß. Den halben Keller voll von dem Saft.«

Mr. Twain kannte die Geschichte seiner Villa bereits, und es wirft ein bezeichnendes Licht auf ihn, wenn man bedenkt, welche Anekdote er später daraus schnitzte. Eine Geschichte, von der er behauptete, sie reiche aus, fünf Jahre lang jeden Sonntagabend ein Lustspielhaus zu füllen. Das Motto:

Schlechte Nachrichten, schonend beigebracht

Ein reicher Landbesitzer, so beginnt die Geschichte, kehrt nach einer längeren Reise zurück nach Hause. Am Bahnhof wird er von seinem Kutscher abgeholt, der ihn zu seinem riesigen Anwesen fährt. »Alles in Ordnung daheim, Henry?«, fragt der Herr den Kutscher. »Alles bestens, Sir«, antwortet der alte Henry und knallt mit der Peitsche. »Fein. Aber warum sind die Hunde nicht mit dabei, um mich abzuholen, Henry?«, wundert sich der Landbesitzer. »Die Hunde sin' krank, Sir.«

»Meine Hunde krank? Wie konnte das passieren?«

»Zu viel gebratenes Pferdefleisch gegessen.«

»Gebra…tenes Pferdefleisch? Wo zum Teufel hatten sie das her, Henry?«

»Der Stall iss nun mal abgebrannt.«

»Was? Der große Stall ist abgebrannt? Mit den Pferden? Aber das Herrenhaus … das Haus ist in Ordnung?«

»Das Haus is' so weit okay, Sir.«

»So weit okay. *Wie* weit, Henry?«

»Die beiden Seitenflügel sind abgebrannt. Mit den Bildern und Puppen und all dem Zeug.«

»Mit den … mit meinen Gemälden und den wunderbaren Skulpturen aus Italien? – Aber meiner Familie geht's gut?«

»Der geht's prächtig, Sir.«

»Die Kinder sind okay, ja?«

»Gesund und munter alle zusammen. Bis auf Jason und Anne, die sin' nun mal verbrannt.«

»Verbrannt? Himmel! Und was ist mit meiner Frau, Henry?«

»Ach, der geht's besser als jedem von uns.«

»Gott sei dank!«

»Ja. Gott hat sie jetzt in seiner ewigen Obhut, Ihre Frau, Sir. Sie is' verdammt noch mal zu Tode verbrannt. Und ich will verflucht sein, wenn sie nich' mit ihrer alten Mutter in den Armen gestorben is', Sir.«

Ganz so schlimm war es für Mr. Phelps damals, als er noch kein Gesandter, sondern bloß ein stinkreicher Bankier in New York war, nicht gekommen. Seine Villa brannte ab, mitsamt einer unschätzbar wertvollen Kunstsammlung. Als er sein ehemaliges Domizil nach einer Reise das erste Mal wieder zu Gesicht bekam, der Rauch stieg noch aus seinen Trümmern auf, da hatte es schon den Spitznamen Phelps' Ruine weg. Die Leute picknickten am Sonntag in ihrer Nähe und ergötzten sich an ihrem pittoresken Anblick.

Seine Familie lebte damals nicht in dem Haus und kam davon. Den Beweis lieferte sie jetzt, als sie in Person von ›Loodleloo‹ Ellen Maria Phelps, der fassrunden Gattin des Botschafters, und ihrer eleganten Tochter Marian zum Lunch erschien. Oben im Gelben Salon, wo das Essen serviert wurde, zu dem dann pünktlich auch Olivia Twain mit Susie, Clara und Jean hereingeführt wurden.

Auf dem Weg die Marmortreppe hinauf, ließ Mr. Twain dem Gesandten gegenüber noch die Bemerkung fallen, dass ihm zufällig »die Dame aus dem Tiergarten« wieder begegnet sei. »Das dritte Mal inzwischen!«

Phelps erinnerte sich offensichtlich sofort an die erste ominöse Begegnung mit ihr auf der Luiseninsel. Er warf die Stirn in Falten und blieb sogar kurz auf einer Stufe stehen. »Zufällig? Dreimal hintereinander?«, bemerkte er skeptisch. Die Nachricht betraf diesmal zwar nicht sein Haus, schon gar nicht seine Familie. Aber doch den prominentesten Amerikaner, der sich derzeit in Deutschland aufhielt. Die Betroffenheit des Gesandten war offensichtlich. – Typisch! Wenn einem Mark Twain mehrfach eine Dame begegnete, die sich auffällig verhielt, wurde gleich eine Staatsaffäre daraus gemacht. Wenn mir das Gleiche passiert wäre – aber es passierte eben nicht.

Gelber Salon

Der Gelbe Salon ließ keine Gelegenheit aus, sich seinen Namen zu verdienen. Die Tapeten waren blassgelb, die Verzierungen der Decke melonengelb, ein Teil der Möbel und selbst die Bilderrahmen waren goldgelb. Nun, wer's nötig hatte. In einem solchen Umfeld wirkten die graugelben Augen des Hausherrn bloß noch müde und kaum noch krank. Und vor dem faden Hintergrund des Salons stachen die frischen Gesichter der Mädchen ab wie Kirschen im Quark. Leider ließ das Verhalten der jungen Damen zu wünschen übrig. Susie und Clara fielen Marian, der einzigen Tochter der Phelps', ungestüm um den Schwanenhals. Ich hätte sie für besser erzogen gehalten. Die drei jungen Frauen kannten sich wie die Erwachsenen bereits von verschiedenen früheren Begegnungen der Familien in den Staaten. Marian war etwa fünf Jahre älter als Susie und wirkte wie ihre natürliche ältere Schwester. Sie war eine erfrischende, auffallend schöne Erscheinung mit dichtem, hochgestecktem Blondhaar und strahlend blauen Augen in einem schmalen, ovalen Gesicht. Sie wirkte zwar etwas statuenhaft, aber man sah doch gleich, dass ihr Schöpfer mehr Raffinesse an dieses amerikanische Mädchen verschwendet hatte als an tausend Berliner Frauen mit Prinzessinnen-Stammbaum. Es ging das Gerücht, Marian Phelps werde bald heiraten. Die Mädchen tuschelten und lachten unentwegt miteinander, ich bin sicher, es ging um nichts anderes als den Auserwählten; selbst Jean beteiligte sich daran.

Mrs. Twain wirkte ebenfalls erholt. Sie unterhielt sich angeregt mit Loodleloo Phelps, deren kompakte, baumrunde Gestalt mich immer zum Anfassen reizte.

Olivias nach dem Kirchgang offenbar wieder gefestigte, ruhige Ausstrahlung machte mich ein wenig neidisch auf den Gott, an den sie glauben konnte. Sicher, auch ihr Mann glaubte. Doch sein Gott hieß Arthur Schopenhauer. Ein weiterer Deutscher, der uns mit dem Pessimismus seiner Nation die Zuversicht raubte. »Glauben Sie mir, Harris«, hatte Mark Twain erst kürzlich unter drei Augen (mein linkes war bereits vor Müdigkeit schlafen gegangen) und über zwei Cognacs gebeugt zu mir gesagt, »es gibt keinen Gott. Kein Weltall, keinen Himmel, keine Hölle. Nicht einmal das Leben gibt es. Alles ein grotesker Traum. Und wir, Harris, wir Menschen sind bloß Gedanken, heimatlose Gedanken, die nutzlos durch leere Ewigkeiten schwirren. Wie sagt Schopenhauer? Er sagt, nun …« Er kam nicht drauf. Aber demnächst, drohte er, werde er in der Königlichen Bibliothek zu Berlin nach der entsprechenden Originalstelle des Meisters suchen und sie mir zeigen. Ich sagte, das hätte noch Zeit.

Man platzierte sich nun recht zwanglos um die schiffslange Tafel im Gelben Salon, und die Unterhaltung nahm in dem Maße Fahrt auf, wie einige Mitarbeiter der Gesandtschaft und verschiedene Gäste eintraten. Darunter Ward Hill Lamon, der frühere Privatsekretär Abraham Lincolns, über den dieser große, stille Mann eine ungeschminkte Biografie verfasst hatte, die der Familie Lincoln jedoch keine Freude machte. Dann war da noch Henry W. Fisher, der unvermeidliche Korrespondent der Dalziel News Company. Fisher bildete sich eine Menge darauf ein, für Harper's Weekly, die New York Times, die London Evening News und andere zweitrangige Blätter zu schreiben. Er war kaum vierzig Jahre alt und brachte das Kunststück fertig, zugleich mager und aufgeblasen zu sein, kleingeistig und groß gewachsen, knochig und hohl. Seine Markenzeichen waren eine stets frisch polierte Glatze und ein Kinn wie eine Sitzbank, gestützt durch einen gigantischen Krawattenknoten. Wo immer wir ihn in den vergangenen Jahrzehnten getroffen hatten, in den Staaten oder in Europa, stets betonte er als Erstes, dass er im teuersten Hotel wohne und über die berühmtesten Leute der Stadt alles außer ihrem Sterbedatum wisse. Ich darf einmal Katy zitieren, wenn ich sage: Ich mochte ihn wie einen Pickel am Hintern.

Kaum war Fisher erschienen, prahlte er damit, dass er im besten Grand Hotel Berlins, dem Rome, wohne. Das berühmte Hotel verfüge über zweihundert Suiten und einen solchen Luxus, dass selbst der vor einigen Jahren verstorbene alte Kaiser, der Großvater des jetzigen Monarchen, wöchentlich einmal seine Bediensteten losgeschickt habe, um sich aus dem Hotel de Rome eine Badewanne zu borgen, da es im Schloss keine gab, in jenem Nobelhotel aber schon. Das war so recht das Niveau, auf dem Fisher weitergemacht hätte, wenn nicht neuer Besuch erschienen wäre.

Vorfahren

Dr. von Rottweil, ein deutscher Adliger, etwa fünfzig Jahre alt, trat mehr auf als ein. Franz Johannes von Rottweil war bis vor Kurzem, wie natürlich wieder Fisher wusste, Geheimer Oberregierungsrat in der Reichskanzlei Bismarcks gewesen. Mit dem Abgang des Eisernen Kanzlers war von Rottweil ins Reichsamt des Inneren gewechselt. Er erschien jetzt in einem hüftlangen Rock, großflächig behängt mit Orden, die aber recht matt schimmerten wie Falschgeld und auf dem Schwarzmarkt sicher nur ein paar Dollar eingebracht hätten. Sie konnten nicht darüber hinwegtäuschen, dass dieses hohe Tier aus dem Reichsamtsinneren ein ungewöhnlich hässlicher Mann war. Sein Gesicht war aufgedunsen und grau, seine gepolsterten Backen – die im Gesicht – hingen ihm wie Lefzen herunter, und seine Brauen waren so breit und buschig, dass es aussah, als müssten alle Gesichtsmuskeln daran arbeiten, sie vorm Abstürzen zu bewahren. Mit kleinen, flinken, blauen Augen taxierte er jetzt blitzschnell die Anwesenden im Salon.

Jean, die von Fisher den Titel Geheimer Rat aufgeschnappt hatte, fragte mich leise: »Wenn er geheim ist, warum weiß *Mr. Fisher* es dann?« Ich muss gestehen, ich blieb ihr die Antwort schuldig.

Inzwischen bemühte sich Mr. Phelps um von Rottweil wie um einen Prinzen und bot ihm sogar den Ehrenplatz am Kopf der Tafel an. Aber kurz darauf setzte Fisher, der diese Bevorzugung an seiner Person vorbei wohl nicht ertrug, die Nachricht in Umlauf, dass von Rottweil früher eine Weile in London gelebt und dort eine Engländerin geheiratet habe. Doch sein Englisch und vielleicht noch manches andere sei so miserabel gewesen, dass sich die junge Frau von ihm schleunigst wieder getrennt habe.

»Sie hieß übrigens Marian, die geschiedene Mrs. Rottweil«, fügte er leise mit einem süffisanten Lächeln hinzu. Und lauter: »Wie unsere Botschaftsschönheit hier.« Er hielt das für ein elegantes Kompliment und sagte es direkt an Marian Phelps gerichtet, die in der Nähe saß. Sie blühte auf wie gekochter Hummer. Und Susie und Clara, rechts und links neben ihr, verfärbten sich aus Solidarität mit ihrer Blutsschwester gleich mit.

Aus irgendeinem Grund griff Mark Twain diesen verunglückten Ball von Fisher auf und fragte Marian laut und scheinbar arglos nach ihren beiden Verlobten. Im Oktober letzten Jahres habe er davon in der New York Times gelesen und er gratuliere ihr zu diesem schönen doppelten Erfolg, der ihrer würdig sei. Marian lachte lauthals. Natürlich hatte sie ebenfalls davon gelesen, aber nun musste sie doch einiges klarstellen (bevor Fisher sich dazu aufschwang): »Mr. Twain, Sie wissen genau, dass dort stand, ich sei mit Herrn von Reuter verlobt. Und meine jüngere Schwester mit Herrn von Witzleben. Beide Herren seien Offiziere der Königlichen Garde. Als ob es das besser machte.«

»Aber du hast doch gar keine jüngere Schwester«, warf Clara ein.

»Eben«, nickte Marian, immer noch amüsiert. »Und einen Herrn von Reuter kenne ich schon gar nicht. Ganz zu schweigen von einem Herrn von Witzleben.«

»Nun, was nicht ist, kann ja noch werden«, witzelte Fisher und verschaffte Marian damit erneut Hummerröte im Gesicht. Auf Herrn von Rottweil wirkte das Geplänkel jedoch wie ein Startsignal zu eigenen Einlassungen zum Thema.

»Ich bin sicher, die beiden Herren würden sich glücklich schätzen, in Ihre Familie einheiraten zu dürfen«, sagte er an Mr. Phelps gewandt. »Doch die Familienherkunft dieser angeblichen Offiziere erscheint mir durchaus zweifelhaft«, fügte er abschätzig hinzu. Und als wollte er nun seine eigene tadellose Person ins Spiel bringen, kam er auf seinen Rassestammbaum zu sprechen, den er auswendig bis zurück in die Steinzeit herunterbeten konnte. Zu seinen frischeren Vorfahren, die sich übrigens stets auf der Siegerseite des Lebens befanden, zählten unter anderem der General Francis de Rottweil und die angeblich allerorten bekannte Charlotte Ida de Bouillon. Beides aber offenbar verkannte Berühmtheiten, da keiner aus der Runde je von ihnen gehört hatte. Nur Fisher tuschelte leise dazwischen, dass Rottweil in Wahrheit bloß der Sohn eines gewöhnlichen Kaufmanns und Getreidemaklers aus Danzig sei, und der gute Franz Johannes sei von Bismarck nur deshalb in den Adelsstand erhoben worden, weil der frühere Reichskanzler eine bekannte Vorliebe für die gleichnamige Hunderasse gehabt habe.

Mit Interesse beobachtete ich unterdessen Olivia

Twain, die ihrerseits mit Sorge im Blick ihren Mann fixierte. Beide fragten wir uns wohl, womit er sich diesmal zu blamieren gedachte. Mark Twain ließ uns nicht lange im Unklaren darüber. Er machte auf einmal eine Geste, als falle ihm zufällig in diesem Moment ein Bild an der Wand auf, ein schlampiger alter Kupferstich aus irgendeinem der vergangenen Jahrhunderte. Es zeigte eine Handvoll Richter in langen schwarzen Roben und mit schlecht sitzenden weißen Perücken.

Mit aufreizender Nachlässigkeit wedelte Mr. Twain, die Gabel noch in der Hand, in Richtung des Bildes und sagte: »Einer der Richter dort auf dem Stich, Herr von Rottweil, der mit der Perücke oben links, ist einer von *meinen* Vorfahren. Fleißige Leute. Sie haben in ihrer Amtszeit nicht weniger als zweihundertsiebenunddreißig Adlige, fünfzehn Könige und sechsundneunzig Prinzen aufs Schafott geschickt. Kein schlechter Schnitt, wie ich finde.«

Herr von Rottweil mahlte mit den Kiefern und rieb seinen verschwitzten Nacken. Hätte er den Kupferstich genauer betrachtet, wäre ihm aufgefallen, dass es sich in Wahrheit um eine Abbildung der Richter handelte, die nur *einen* König, nämlich Karl I. von England, unters Beil gebracht hatten.

Mark Twain dagegen schien von Rottweils Verärgerung nicht zu bemerken und setzte noch nach: »Im Grunde nicht der Rede wert, mein Herr, ich habe noch andere solche Vorfahren. Ebenso tüchtige Königsmörder wie diese.«

Franz Johannes von Rottweil erhob sich mit wutrotem Gesicht und brachte die ganze träge Masse seines Körpers in heftige Schwingung. Ohne ein Wort verließ er den Salon.

Der schweigsame Ward Hill Lamon eilte ihm mit weit ausholenden Schritten hinterher. Fisher dagegen, der mit seinen Sticheleien nicht unwesentlich zu dem diplomatischen Desaster beigetragen hatte, lachte hinter vorgehaltener Hand. Mr. Phelps und seiner Frau fiel die undankbare Aufgabe zu, die Reste der Tafelrunde noch ein wenig zu unterhalten und bald aufzulösen. – Nein, ich bin doch froh, dass aus mir kein Botschafter geworden ist.

Sie ist ein Kind

Für den Weg der Familie zurück zur Körnerstraße orderte Mr. Twain eine Droschke, und mir fiel auf, dass sein Späherblick umso aufmerksamer die Bürgersteige auf- und abwanderte, je mehr wir uns unserem Ziel näherten. Kein Zweifel, dass er nach der mysteriösen Dame Ausschau hielt, der er nun schon dreimal binnen kürzester Zeit auf so sonderbare Weise begegnet war. Dass er Adele jetzt in dem Berliner Verkehrsgewimmel nicht entdeckte, bedeutete freilich nicht, dass sie sich nicht vielleicht doch darin verbarg. Ich erinnerte mich an einen Reiseschriftsteller, der in Australien ein

Flussgebiet durchwanderte, das als durchseucht mit lauernden Krokodilen galt. Er kehrte jedoch wider Erwarten gesund und munter zurück in die Stadt und prahlte gegenüber dem Ureinwohner, den er als Führer durch das Gebiet verschmäht hatte, *er* habe keine Krokodile gesehen. »Das glaube ich Ihnen«, antwortete der Führer gelassen, »aber ich bin sicher, dass die Krokodile *Sie* gesehen haben. Vermutlich waren sie aber schon satt.«

Auch vor unserem Haus in der Körnerstraße erwartete uns keine Unbekannte, sondern nur Christine, die Tochter des Handwerkers im benachbarten Souterrain. Die Kleine stand dort unbewegt wie eine Statue und beobachtete stumm, mit wächserner Miene, wie wir ausstiegen und ins Haus gingen.

»Das arme Mädchen«, sagte Mrs. Twain. »Ich bin sicher, dass sie leidet.«

»Sie ist mir unheimlich«, bekannte Susie.

»Hat je irgendjemand Christine sprechen gehört?«, fragte Clara.

»Sie ist ein Kind«, bemerkte Mr. Twain.

»Aber ein doofes«, schimpfte Jean und erhielt dafür einen Rüffel von ihrer Mutter. Zu Unrecht, wie ich fand. Ich verstand Jean.

Christine war jedoch rasch vergessen, denn im Haus wartete die nächste Überraschung auf uns.

Nerz oder nackt

Ein dürrer grosser Schutzmann in voller Montur stand in der Diele, den Knaufhelm auf dem Kopf, die Hände im Rücken gefaltet, eine Art Schleppsäbel an der Seite. Sein Gesicht musste vom aufregenden Schutzmannleben eine ordentliche Anzahl Falten und Runzeln bekommen haben. Seine Augen lagen tief im Schatten ihrer dunkel umrandeten Höhlen, doch wie zum Ausgleich wurde der Vorgebirgszug seiner kantigen Nase noch übertroffen von den Enden seines buschigen Schnauzbarts, der die Stirnlappen fast erreichte.

Laut Katy war er ohne Ankündigung erst unmittelbar vor unserem Eintreffen aufgetaucht und ließ sich nicht abwimmeln. Mr. Twain nahm sich der Sache an, nachdem die Damen im weiten Bogen um den Polizisten herum in den Salon geflüchtet waren. Abgesehen von Jean, die ihn mehrfach umkreiste wie ein Insekt, das nach der passenden Stelle zur Landung auf ihm suchte. Sie erntete jedoch nur seinen stechenden Blick und wurde von ihrem Vater zu den anderen geschickt; unter lautem Protestbrummen verschwand sie im Salon.

»Worum es geht, Officer?«, sprach Mr. Twain den Schutzmann an, der bei der Anrede ziemlich runde Augen machte.

»Sie sind der Schriftsteller Tween, mein Herr.«

»Wenn Sie es sagen, Schutzmann.«

»Sind Sie's nu oder nicht?«, wurde er gleich familiär im Ton.

»Ich gebe es zu, ja.«

»Ausländer?«

»Nein.«

»Nicht? Na, wat denn sonst?«

»American.«

»Det is' bei uns in Deutschland detselbe wie'n Ausländer, Herr Tween.«

»Bei uns in America nein, Herr Schutzmann.«

Der Schutzmann zuckte die Achseln und sagte: »Ick mache Sie druff uffmerksam, det Sie Steuern zu entrischten haben.«

»Steuern? Ich bin Gast in Berlin.«

»Eben desterwejen, mein Herr.« Er zückte ein Notizbuch und einen Stift. »Wie hoch ist Ihre Miete?«

»Neunhunderts.«

»Hm.« Er schrieb es auf, schien aber noch unzufrieden. »Wie viel verdienen Sie so Pi mal Daumen?«

»Kommt auf der Daumen an, Schutzmann.«

Die Miene des Schutzmanns verfinsterte sich wieder, wenn das noch möglich war. »Wo druff kommt det an, Herr Tween?«, knurrte er.

»Darauf, wie viel ich schreiben getan, Schutzmann. Das Anzahl der Worten, Sie verstehen?«

Nein, er verstand nicht, das sah man ihm an, auch ohne dass er den Kopf schüttelte. Mr. Twain erklärte es ihm: »Ich bekommen ein ganzer Cent für jeden

Wort, das ich zum Papier bringt. Das sind … well, etwa vier Pfennigs.«

»Vier Pfennje für jedet Wort?« Die grauen Schutzmann-Augen fuhren Karussell in ihren Höhlen.

»Ja«, nickte Mark Twain, »vier, egal wie lang das Wort. Ob nun bloß ›ich‹ oder ›du‹ heißt. Oder ›EinManndieAngstvorseinesSchwiegermutterhaben‹.«

Ein neues Wort formte sich soeben für den Schriftsteller, ganz kostenlos: DassichtiefrotvorZornfärbendedeutscheSchutzmanngesicht. »Ick fordere Sie auf, unverzüglich die zu entrichtende Gemeinde-Einkommenssteuer bei der Steuer-Annahmestelle drei, Blumenthalstraße vier, zu entrichten.«

»Gern. Wie viele Pfennigs, Herr Schutzmann?«, erkundigte sich Mr. Twain.

Der Polizist zerrte einige abgegriffene Papiere aus seiner Manteltasche und zog dabei behaglich seinen Schleim die Nase hoch bis ins oberste Stockwerk. »Vierzig. Aber Mark, nicht Pfennje. Det dürfte anjemessen sein«, sagte er dann. »Ick mache Sie außerdem druff uffmerksam, dett eine Verzögerung eine Mahnjebühr nach sich zieht, und außerdem …«

Mr. Twain unterbrach ihn mit erhobener Hand und heftigem Nicken und gab mir bereits Zeichen, den Schutzmann wieder an die Berliner Luft zu setzen. Doch dieser war noch nicht fertig.

»Und nun zu Ihre Meechen«, sagte er im Triumphgefühl seines bereits errungenen Sieges. »Sie haben doch welche?«

»Ich habe drei Tochter getan«, antwortete Mr. Twain erstaunt.

»Ihre Töchter meine ick nich'. Ick spreche von Ihre Meechen – Meedchen!«, wurde der Mann überdeutlich. »Die Anjestellten in diese Wohnung hier.«

»Ah, Sie meinst Gretchen, Elisa und Maria!« Mr. Twains Gesicht hellte sich auf. »Die Maidchen hat heute frei sein. Mein Frau hat sie eingestellt. Also frag besser die Missus, Schutzmann.«

»Ick mache Sie darauf aufmerksam, dett Sie als Haushaltsvorstand laut Paragraf …« – er zitierte vermutlich einen aus der Veterinärordnung – »in Erfahrung zu bringen haben, ob die Meechen, die Sie beschäftijen, jeimpft sind oder nicht.«

Mark Twain lachte laut auf. »Sie halten mir ernsthaft for das Haushaltsvorstand, Schutzmann?« Er schüttelte heftig den Kopf. »Davon abgesehen«, fuhr er fort, »woher soll ich gewissen, ob die Maidchen geimpft wären. Ich konnte nicht mal sagen, ob sie for gewohnlich tragen Nerz oder bloß nackte Haut.«

Der Schutzmann blieb unbeeindruckt wie ein Baum. »Sie haben also keene Impfungen an den Armen der Meechen bemerkt?«, stellte er fest.

»Nie. Ich schwore«, versicherte Mr. Twain.

»Mansche von die Frauen sind so verrückt, sich an die Beene impfen zu lassen«, meinte der Schutzmann.

»Mag sein so«, räumte Mr. Twain ein. »Aber ich

habe nicht die Armen des Maidchen untersuchen noch unter ihres Rocke geschauen. Ich denke aber, dass sie Beine *haben.*« Mr. Twain räusperte sich, ein Zeichen, dass er kaum noch an sich halten konnte. »Ich mache Sie einen Vorschlag, Schutzmann. Sie besuchen uns morgen noch einmal, dann werden die Maidchen hier gewesen. Und da dann untersuchen Sie personlich die drei an alle Korperstellen, die Sie sehen wunschen.«

Mit diesen Worten führte Mr. Twain ihn kurzerhand zur Tür und fragte ihn in einem beiläufigen Tonfall, ob es eigentlich einen Grund gebe, dass er ausgerechnet heute, so unvermittelt, ganz ohne Ankündigung bei ihm aufgetaucht sei.

Der Mann kratzte sich ein wenig verlegen unter seiner Knubbelhaube und gab zu, dass es sich in der Tat um eine »Anordnung von ganz oben« handele, die seine Vorgesetzten und ihn längstens vor einer Stunde erreicht habe. »Mit Rohrpost.«

»So, und kennen Sie denn auch die anderes Ende von das Rohrpost, wovon die Anordnung auf das Reise geschickt wurde, Schutzmann?«, wollte Mr. Twain wissen. Er senkte die Stimme noch mehr und raunte: »Innerei des Reichsamt, Schutzmann?«

Der Polizist zuckte zusammen und schwieg beredt. Im nächsten Moment schlug er die Hacken gegeneinander, als würde er seine Füße hassen und verließ die Wohnung.

»Allmählich beginnt es ungemütlich in Berlin zu

werden, Harris«, sagte Mark Twain und schlurfte nachdenklich in sein Arbeitszimmer.

Die Frau konnte ebenso wenig schwimmen wie ich

DEN TAG, AN dem ein Mann eine Dame, absichtlich oder nicht, ins Wasser treibt, vergisst er im Allgemeinen nicht. In meinem Fall war es ein Dienstag, ein täuschend schöner Tag, die Oktobersonne stand blank am Himmel, aber was sollte sie auch sonst tun, nachdem die Wolken des Vortags verschwunden waren.

Mark Twain befand sich bis zum frühen Nachmittag im Bett. Egal in welchem Erdteil er sich aufhielt, er schrieb am liebsten halb sitzend, halb liegend zwischen seinen Kissen und Laken. Und ich finde, man merkt das seinen Geschichten auch an. Faulheit und Genie in einer Person, daraus kann nichts werden.

Gegen drei Uhr war Mr. Twain aber doch gezwungen aufzustehen. Zum einen, um Clara und Susie zwecks Gesangsunterricht zu einem Musik-Institut, das sich in Rufweite der Potsdamer Brücke befand, zu begleiten. Zum anderen hatte er sich mit Fisher mal wieder im Café Josty am Potsdamer Platz verabredet. Der Journalist wollte ihn mit zwei deutschen Schreibern bekannt machen. Sicher wieder eine der Luftnummern, mit denen Mr. Henry W.

Fisher sich in alle vier Himmelsrichtungen wichtig zu machen wünschte. Ich war sehr erpicht darauf, das zu erleben, und Mr. Twain hatte auch gar keine Einwände, dass ich ihn begleitete. Es ist ja immer von Vorteil für die großen Herren, wenn sie einen Harris haben, dem sie es in die Schuhe schieben können, falls sie zu spät kommen.

Susie und Clara, Mr. Twain und ich eilten die Körnerstraße in nördlicher Richtung hinauf, das Musik-Institut lag jedoch keine fünf Minuten entfernt. Ein einmaliges Gebäude übrigens. Einmalig schäbig. Wäre *ich* Vater, würde ich *meine* Töchter nicht in einem großen, grauen Steingebirge zum Singen abliefern. Schon gar nicht bei einem Lehrer mit unaussprechlichem Namen, der zur Begrüßung kaum die wertvollen Sangeslippen auseinanderbrachte, obwohl sein meterlanger Bart sicher schwer an ihnen zog.

Nun gut, wenn Mr. Romanow oder wie immer der Lehrer hieß, schwieg, bis wir gegangen waren, so will ich es ihm jetzt gleich tun und ihn nicht mehr erwähnen.

Bis zum Potsdamer Platz waren es eigentlich nur wenige Minuten zu Fuß, aber Mr. Twain drückte sich, kaum hatten wir das Musik-Institut verlassen, den Bowler tief in die Stirn und schritt entgegen seiner Veranlagung jetzt zügig voran. Für den betäubenden Verkehrslärm der Potsdamer Straße, das Klingeln, Rasseln, Rattern und Poltern, hatte er anscheinend kein Ohr. Kein Auge für den endlosen Strom der Pferdebahnen- und Omnibusse, der Droschken, Zwei- und Dreiräder, für Wagen aller Art. Wie immer waren auch die Bürgersteige belebt, Massen kamen uns entgegen und waren nur selten bereit, auch nur einen Fuß breit zu weichen.

An der Potsdamer Brücke wurde es nicht besser. Im Gegenteil. Die Brücke stellte trotz ihrer Bedeutung als Übergang von einer Verkehrsschlagader zur nächsten eine überraschende Engführung dar. Seltsame Stadt, die doppelt breite Straßen, aber nur halb so breite Brücken wie nötig baute.

Ein Pferdeomnibus mit dem Fahrziel Oranien-Platz, wie ein Schild auf dem Oberdeck verriet, hielt soeben auf der linken Seite der Brücke, ein anderer kam aus der Gegenrichtung. Mark Twain schenkte jedoch nicht den aus- und einsteigenden Menschen, sondern lieber zwei Hunden Beachtung, die sich am Rande des Bürgersteigs beschnupperten und einander umkreisten. Ein kleines Mädchen in einem marineblauen Kleid, mit einem zu großen Hut auf dem Köpfchen, beobachtete das Spiel der beiden Hunde ebenso fasziniert wie Mr. Twain und noch ein weiterer Herr auf der Brücke, der mit seinem leichten Stock nichts Besseres zu tun zu haben schien, als die Zeit totzuschlagen.

Am Brückengeländer hatten sich mindestens zwei Dutzend Passanten versammelt. Wenn das Berliner Publikum nicht weiß, was es mit seinem Leben anfangen soll, geht es offenbar hinaus in die Stadt und schaut sich ein Schiffsmanöver auf dem nahe liegenden Kanal an. Wahrscheinlich in der Hoffnung auf eine schöne Havarie. Ich verstehe das.

Jetzt aber schien es einer Dame zu reichen. Sie war ein unauffälliges, blasses, keineswegs mehr junges Geschöpf in leichter, beigefarbener Kleidung und mit einem kleinen dunklen Hut auf dem Kopf, vermutlich irgendeine Angestellte, die – aber war das nicht …? Doch natürlich:

»Adele!«, rief ich laut.

Mark Twain, der mit seinen Gedanken wohl schon im Café Josty oder noch bei seinen Schulden war, fuhr herum und schaute mich staunend an. Doch dann folgten seine Augen meinem Blick zu der Frau, die jetzt wie versteinert auf der anderen Seite der Brücke stand und ebenfalls zu uns herüberschaute. Ihr starrer Gesichtsausdruck zeigte, dass sie Mark Twain offenbar auch jetzt, mitten im unablässigen, dichten Verkehrsstrom, sofort erkannt hatte.

Mr. Twains Gesicht verzog sich zu einem Lächeln; es war daran zu erkennen, dass sich sein Schnauzbart bewegte wie ein Mäusenest. Doch mir kamen Zweifel, ob Wiedersehensfreude hier angemessen war. Diese so genannte Dame begegnete Mr. Twain nun schon das vierte Mal innerhalb kürzester Zeit. Mr. Phelps hatte recht, das *konnte* kein Zufall sein. Spätestens jetzt nicht mehr. Sie musste uns beobachtet haben und uns bis zu der Brücke gefolgt sein. Die Menschentraube, die sich dort wegen des Schiffsmanövers auf dem Landwehrkanal gebildet hatte, kam ihr gerade recht, um sich darin zu verbergen. – Nur Pech für sie, dass ich sie entdeckt hatte. Was immer diese Frau von Mark Twain wollte, ich würde es jetzt herausfinden!

Ich hob meinen Arm, wedelte heftig mit dem Rohrstock in der Hand, und schon im nächsten Moment eilte ich unter Lebensgefahr über die Straße. Es gelang mir jedoch nicht, die Frau die ganze Zeit im Blick zu behalten, und als ich die andere Seite erreichte, war die Person selbstverständlich verschwunden. Ich blickte mich nach Mr. Twain um, der mir vielleicht ein Zeichen geben konnte, wohin sie geflüchtet war. Er wedelte jedoch nur wild mit seiner freien Hand in der Luft, sodass es leider keine Hilfe für mich war.

Ich wandte mich rasch wieder um. Die Szene am Brückengeländer war unverändert, doch mein Instinkt sagte mir, dass die Frau sich nicht wieder in der Traube neugieriger Gaffer am Brückengeländer versteckte. Zu riskant. In nördlicher Richtung war sie mir sicher ebenso wenig entkommen. In den abfahrenden Omnibus war sie nicht eingestiegen und der entgegenkommende hielt erst in diesem Moment. Doch ich sah sie nicht einsteigen. Sie musste also nach Westen, am Kanal entlanggeeilt sein. Ich spähte in diese Richtung, ließ meinen Blick über die schon weitgehend entlaubte Baumreihe am Kanalufer schweifen – und da sah ich sie. Sie befand sich kaum einen Steinwurf entfernt in Höhe eines Obstkahns. ›Werder'sche Obst-

und Südfrüchte-Handlung‹ stand auf einem großen Holzschild des lang gestreckten Kahns, auf dem Obst, Kartoffeln und Gemüse in Dutzenden großer geflochtener Weidenkörbe zum Verkauf angeboten wurden.

Die Flüchtige blickte sich jetzt um, sah zuerst aber nur zwei Jungen, die vom Ufergeländer aus Steinchen die hohe Böschung hinunterwarfen. Gelegentlich zielten sie aber auch gegen den Kahn. Der Händler warf ihnen bereits böse Blicke zu. Doch war er zu sehr damit beschäftigt, für zwei Kundinnen Obst abzuwiegen.

Im nächsten Moment entdeckte sie mich. Sie staunte nicht schlecht über meine Hartnäckigkeit, selbst aus dieser Distanz war zu erkennen, wie ihr förmlich die Augen überliefen und ihr Mund sich vor Schrecken weitete. Doch sie verlor keine Zeit, das muss man ihr lassen, sie raffte ihre Röcke und eilte davon. Nicht übertrieben schnell, denn das erlaubten ihr die Kleider nicht, aber doch mit erstaunlicher Energie.

Ich folgte ihr im gleichen Tempo. Sie warf einen Blick auf die andere Seite der Straße, doch der dichte Verkehr ließ es im Moment nicht zu, dass sie den Fahrdamm überquerte. Sie blieb kurz stehen und wandte sich jetzt nach rechts, um unmittelbar am Kanalufer entlang davonzueilen.

Das hätte sie besser nicht getan. Das Ufer war voller Laub und vermutlich glitschig. Mir schien, ich hatte diese Frau vielleicht doch ein wenig zu sehr bedrängt und schrie ihr (aus reiner Sorge) hinterher: »Stop! Stop it, Lady!« In meiner Aufregung war ich reflexartig ins Englische gefallen.

Sie warf einen äußerst überraschten Blick über die Schulter zurück, ging aber mechanisch ein paar Schritte weiter. Und im nächsten Moment war sie weg, das heißt meinem Blick entschwunden. Das Nächste, was ich hörte, war ein grauenerregendes Geräusch, das in mir das Bild erzeugte, wie sie vermutlich halb aufrecht, halb fallend die Böschung hinunterschlitterte und dann mit einem deutlichen Klatschen ins Wasser fiel. Das schreckliche, nackte Geräusch hob sich deutlich vor der Lärmkulisse des Hintergrunds ab.

Ich lief entsetzt zu der Stelle, wo die Dame die Böschung hinabgestürzt war und sah jetzt ein wirres Kleiderbündel, das im Wasser rotierte, und dünne, schwanweiße Frauenhände, die wild um sich schlugen.

Ich hätte ihr nach, ins Wasser springen und sie retten müssen, das ist richtig. Aber ich kann nicht schwimmen. Habe stets die Leute bewundert, die diese Kunst beherrschen.

Ich rief um Hilfe, und in kürzester Zeit stürzten Menschen herbei und sahen mit dem gleichen Entsetzen wie ich das Kleiderbündel im Wasser, das auf und wieder abtauchte. Diese Frau konnte jedenfalls ebenso wenig schwimmen wie ich.

Wie auf Kommando stockte nun der Verkehr der Uferstraße und auf der Potsdamer Brücke. Pferdebahnen hielten und Omnibusse. Hinter dem Geländer auf der Brücke reckten die Leute ihre Hälse und zeigten mit den ausgestreckten Armen auf die Unglückliche im Kanal.

Seltsamerweise fand sich kein Schwimmer, der ins Wasser sprang, um Adele zu erretten. Stattdessen ging ein Mann mit der Andacht eines Beerdigungsunternehmers auf einen Rettungsball zu, der in der Nähe an der Böschung festgemacht war, löste ihn und warf ihn der Untergehenden zu.

Ich konnte nicht mehr erkennen, ob sie in der Lage war, danach zu greifen, denn mittlerweile drängten mich die ärgsten Schaulustigen zur Seite und boxten mich zurück auf die billigen Plätze der hinteren Ränge.

Plötzlich war auch Mark Twain wieder an meiner Seite. Sein Gesicht war aschfahl, es zeigte eine Mischung aus Entsetzen und Wut, die ich bisher nur einmal an ihm beobachten konnte. Als man ihm nämlich mitteilte, dass sich seine Schulden wegen der Setzmaschine demnächst auf eine Höhe von hundertsechzigtausend Dollar belaufen würden.

»Was geht hier vor, Harris? Was, zum Teufel, tun Sie?«, brüllte er mich an.

Ich hielt den Moment nicht für geeignet, ihm den genauen Hergang zu schildern.

»Die bewusste Dame … Ade… Adele. Sie ist ins Wasser gestürzt, Sir.«

»Adele? Ins Wasser? Ist sie … hat sie sich etwa selbst … oder … Harris, Sie sind doch wirklich …«

Er kam nicht mehr dazu, sein Kompliment zu vollenden, weil wir von neuen Schaulustigen angepöbelt wurden, die fanden, wir sollten nicht unnütz die Aussicht versperren, wenn ich ihre Beschwerden richtig deutete.

Jemand im vorderen Rang streckte jetzt den Arm aus und schrie: »Da, sie machen den ollen Rettungskahn los!« Ich folgte der Richtung, in die der Mann zeigte. An der Potsdamer Brücke stakste tatsächlich ein kleiner Trupp Männer in geordneter Ruhe eine schmale Treppe hinunter – es kam ja auf ein paar Minuten nicht an. Es waren drei Männer, die ein rot in der Sonne leuchtendes Boot, das am Ufer befestigt war, von der Kette ließen und entschlossen in den Kahn stiegen. Entschlossen, in den nächsten Stunden einen genauen Plan zu entwerfen, wie der zappelnden Frau im Wasser wohl am besten geholfen werden konnte.

Unterdessen wurden Mr. Twain und ich von den herandrängenden Massen immer weiter abgedrängt. Wir befanden uns bereits am Straßenrand, wo die haltenden Fahrzeuge den Verkehr vollständig zum Erliegen gebracht und zugleich ein Unwetter aus Flüchen und Verwünschungen deswegen ausgelöst hatten.

Plötzlich hörten wir die Menge lustvoll aufschreien, jemand rief: »Du, der is' rinne, der packtse jetze!«

Kurz darauf klatschten Leute Beifall. Entweder, weil »er« Adele tatsächlich errettet hatte. Oder weil im selben Moment ganz unerwartet ein Schutzmann erschien. Er war sicher in der Lage, die Ertrinkende mithilfe seines gewichsten Schnurrbarts aus dem Wasser zu ziehen.

Der Lärm schwoll an, einzelne Fahrzeuge fuhren wieder los, und Mark Twain, offenbar vollkommen entnervt, zog mich nun fort, zurück zur Potsdamer Brücke. Doch auch dort war die Menschentraube jetzt so dicht wie auf einer Aussichtsplattform, sodass für uns kein Platz mehr war. Aber auf einmal löste sich die Wand aus Leibern auf, Männer und Frauen setzten sich von ihr ab wie Schmeißfliegen, die genug von einem alten Schinken hatten.

Die Erklärung dafür war einfach. Das Schauspiel war aus. Alles schien wie vorher, vor Adeles Sprung ins Wasser, als wir endlich ungehindert ans Brückengeländer treten konnten. Zwar sah man drüben, hinter dem Obstkahn, noch Leute beieinander stehen, aber von Adele war inzwischen nicht mal mehr ein nasser Rockzipfel zu entdecken.

Die Zuschauer auf der Brücke hatten sich unterdessen so weit zerstreut, dass die Verbliebenen, die wir nach dem Ausgang des Dramas fragten, keine genaue Auskunft geben konnten. Einige meinten, die Dame sei ertrunken, andere sahen sie munter auf einer Bahre zappeln und wieder andere machten den Eindruck, als hätten sie bereits ihre Seele zum Himmel auffahren sehen.

»Ich will zu Ihren Gunsten annehmen, dass nicht

wirklich Sie es waren, Harris, der die Ärmste in den Kanal getrieben hat!«, sagte Mr. Twain schließlich.

»Aber keineswegs, Sir!«

»Sind Sie sicher, dass es Adele war?«

Ich war mir sicher.

Er schüttelte den Kopf, wirkte verwirrt und erschöpft. »Lassen Sie uns endlich zum Josty gehen, Harris«, sagte er schließlich. »Fisher und die beiden Herren warten sicher schon.«

Der Mann hatte Sorgen. *Ich* hatte soeben eine Frau ins Wasser getrieben. Was zählten dagegen drei unruhige Herren?

Café Josty

Bei den beiden deutschen Herren handelte es sich um die Autoren Paul Lindau und Heinz Tovote. Sie waren mir aufgrund der noch frischen Ereignisse auf der Potsdamer Brücke im Moment herzlich gleichgültig. Fisher sowieso.

Lindau war ein schmächtiger Mittfünfziger mit Halbglatze, kariertem Anzug und weiß getüpfelter, dunkelroter Fliege. Tovote, Anfang vierzig, war ein Mann mit viel Kopf und wenig Gesicht hinter einem buschigen dunklen Vollbart mit vollem, wirbelndem Haarschopf und großem Zwicker auf der Nase.

Wenn die Herren gewartet hatten, so ließen sie

es sich jedenfalls nicht anmerken. Aber sie wurden durch Adeles Geschichte, die ihnen Mr. Twain nun spontan auftischte, ohnehin reichlich entschädigt. Er warf ihnen, kräftig durcheinandergemengt und manches hinzugefügt, die noch tropfnassen Versatzstücke der Dame vor die Füße. Das war so seine Art, mit seinen Erlebnissen umzugehen. Er erfand sie sich neu.

Meine Rolle dabei, im feuchten Finale an der Potsdamer Brücke, sparte er dankenswerterweise aus. Er begann zwar mit dem Fiasko am Ende, dem »törichten Sprung der Dame ins Wasser«, sprang dann aber zum Anfang der Geschichte, indem er die Bank auf der Luiseninsel erwähnte und sie mit dem Hohenfürsten und der »Kroll-Oper« in Verbindung brachte und so weiter. Sein Gedächtnis für Details war phänomenal, seine Erfindungsgabe noch mehr. Man sah den Herren nun förmlich an, wie es klick machte hinter ihren Schreiberstirnen. Sie haben ihn alle, den spezifischen Blick. Es ist dieser abwesende, mild geisteskranke Ausdruck in den Gesichtern von Autoren, wenn sich eine neue Geschichte in ihren sich warm laufenden Hirnen zusammenbraut. Achten Sie einmal darauf.

Wir befanden uns im Café Josty, aber gastliche Ruhe und Entspannung sollten uns damit noch keineswegs vergönnt sein. Das stellte sich bald in gleich mehrfacher Hinsicht heraus. Das Kaffeehaus lag direkt am Potsdamer Platz, flankiert von Hotels, die sich nicht einmal ein Mr. Henry W. Fisher leisten konnte. Das Lokal war recht weitläufig, doch trotz der vielen Reihen kleiner gusseiserner Tische mit runder Marmorauflage voll besetzt. Die Stimmung war belebt, man unterhielt sich lautstark, las Zeitung, trank seinen Kaffee, seinen Cognac, rauchte. In den Räumlichkeiten hingen die Rauchschwaden so dicht wie der Morgennebel über dem herbstlichen Hudson-River, doch hinter einem Glasvorbau des Cafés hatten wir freien Blick hinaus auf die Pferdebahnen und Omnibusse, die aus allen Richtungen den Platz kreuzten. Die Fahrzeuge schienen ständig bedrohlich aufeinander zuzufahren. Vielleicht hatte ich die Vision aber auch nur, weil meine Nerven noch angegriffen waren. Ich machte mir Gedanken um Adeles Schicksal, ich hätte doch zu gern gewusst, ob sie noch lebte.

Aber man soll nicht unnötig Trübsal blasen, das ist ein Motto von mir. Sicher war Adele noch rechtzeitig aus dem Kanal gefischt worden. Und war sie nicht letztlich selbst daran schuld, dass sie hineingefallen war? Hatte ich sie nicht sogar gemahnt, vorsichtig zu sein?

So versuchte ich denn, meine Aufmerksamkeit auf die Dinge zu lenken, die mich an diesem Ort umgaben. Zum Beispiel auf die »Blumenmädchen« draußen am Platz. Die eine Hälfte von ihnen hatte struppige Bärte und bestand aus Männern in knielangen Mänteln, die andere Hälfte waren verhärmte, knöcherne Frauen mit runzeligen, blicklosen Gesichtern, die bereits alles gesehen hatten. Die Schnittblumen schienen echt zu sein und wurden in breiten, flachen Körben angeboten. Allerdings habe ich für Blumen nichts übrig. Zu vergänglich.

Fisher fing meinen Blick auf und sagte mit wichtiger Miene: »Ist Ihnen aufgefallen, Harris, dass die Ärmsten bereits mit beiden Beinen im Rinnstein stehen, um ihr Zeug anzubieten?«

Ich hatte bisher nicht darauf geachtet, behauptete aber: »Sicher ist mir das aufgefallen, Mr. Fisher. Wieso?«

»Polizeibestimmung. Ambulante Händler dürfen ihre Geschäfte hier nicht auf dem Bürgersteig verrichten. Ihre Tiere schon.« Er wies mit seinem Kinn, das sich durch seine Ausmaße selbst ein Denkmal setzte, wieder nach draußen. Dort entleerte sich soeben unmittelbar vor einem Blumenhändler ein mittelgroßer schwarzer Hund aufs Trottoir.

Ich genoss den Vorgang eine Weile und lenkte dann meine Aufmerksamkeit auf Mark Twain. Er saß, die ausgestreckte Hand auf dem Tisch abgelegt und auch sonst in mumiensteifer Haltung auf dem Stuhl. Nur mit den Augen verfolgte er eine Fliege, die ihn frech umkreiste. Er wartete, bis sie sich lässig, im Grunde nachlässig, in der Schale seiner Handinnenfläche niedergelassen hatte, um sich zu putzen und zu frisieren. Im nächsten Moment schnappte die Falle zu, schnell, aber eigentlich ohne Hast. Wie der Kelch einer dieser Fleisch fressenden Pflanzen, schloss sich die Hand. Jetzt brummte die Fliege wütend in Mr. Twains Hand.

Fisher und die zwei Deutschen starrten ihn an. Ich blieb gelassen, denn das Spiel kannte ich schon von ihm.

»Bitte öffnen Sie ein Fenster, Henry«, bat er. Fisher gehorchte, stand auf und öffnete eines der kleinen Fenster des Glasvorbaus. Mr. Twain folgte ihm mit der fluchenden Fliege in seiner Faust, die er erst wieder öffnete, als er sie aus dem Fenster hielt. Ein Ausruf der Erleichterung hallte über den Potsdamer Platz und Mr. Twain schloss befriedigt das Fenster.

»Ich lernte das von Tolstoi«, erklärte er den verblüfften Schreibern an unserem Tisch. »Er hat dasselbe mit Mäusen gemacht und sie eigenhändig hinaus in den Wald getragen, um sie freizulassen.«

Die Herren runzelten die Stirn. Dass Tolstoi die Nächstenliebe predigte, wussten sie. Aber dass er die Tiere darin einschloss, schien ihnen vielleicht doch zu viel des Guten.

»Warum sollte ein Mensch kleine Tiere töten?«, rief Mark Twain herausfordernd. »Nur weil ein Tiger mich fressen würde, wenn er mich in die Klauen bekäme, muss ich bei einer Fliege ja nicht den Tiger spielen.« Die Herren lachten, allerdings etwas unsicher, ob Mr. Twain es nicht vielleicht doch ernst meinte. Ich wusste, *dass* es ihm ernst war.

Mr. Lindau erkundigte sich nun, wie es Mark Twain in Berlin gefalle. Dieser lobte es über die Maßen: »Die Straßen hier werden wirklich sehr sauber gehalten. Aber nicht mit schönen Worten wie in New York, sondern durch tägliche Arbeit mit Besen und Kratzbürste. Ich bewundere das. Ebenso eure Rettungstrupps. In Reih und Glied marschieren die Männer ans Werk, ruhig und ernst wie die Heilsarmee. Am Erstaunlichsten ist aber doch eure Polizei. Ihre verfluchte, unerschütterliche Sturheit. Ich bin sicher, die Berliner Polizei würde selbst ein Erdbeben dazu bringen, Schadensersatz zu zahlen, nachdem es sich ausgetobt hat.«

Die Herren lachten. Fisher nahm den Ball auf, vermutlich ertrug er es nicht, dass nur Mark Twain glänzte. Ein weiterer Vorzug Berlins, meinte der Journalist, seien die vielen Festlichkeiten in der Stadt. »Ständig«, prahlte er, »bekomme ich Einladungen zu Ehrungen und Festivitäten aller Art. Erst neulich wieder zum Festakt für Virchow, der demnächst, glaube ich, siebzig oder hundertsiebzig wird, hähä.«

»Mr. Twain hat ebenfalls eine Einladung zu dem Festakt bekommen«, klärte ich Fisher auf.

»Oh, habe ich wirklich?«, rief Mark Twain mit ehrlichem Erstaunen. Die Zahl der gesellschaftlichen Einladungen in Berlin für Mark Twain übertraf alles, was wir in Europa bisher erlebt hatten. Er selbst hatte längst den Überblick darüber verloren, es waren Olivia und ich, die diese Dinge für ihn verwalteten.

»Wirst du hingehen zu Virchows Festakt, Mark?«, wollte Fisher wissen und richtete sein Paar aufdringlicher Stielaugen wie ein Opernglas auf Mr. Twains

Gesicht. Der zuckte die Achseln, blickte mich an und sagte: »Wer weiß.« Mit ›wer‹ war ich gemeint. Ich sagte: »Selbstverständlich wird er da sein.«

»Fein. Außer Virchow soll nämlich auch Helmholtz geehrt werden. Und sicher wird auch Mommsen kommen«, rief Fisher mit einer Begeisterung, die sicher mehr seinem Wissen um das Gerücht als der genannten Person galt.

»Ah, Mr. Mommsen!«, wiederholte ich entzückt mit gleicher Lautstärke. Wenngleich etwas voreilig. Denn wer war eigentlich dieser Mommsen?

Das Aas. Ich meine Fisher. Als hätte er meine Gedanken gelesen, fragte er mich jetzt ironisch, ob ich Theodor Mommsen etwa persönlich kennen würde. Und bevor ich: ›Ja natürlich, was denken Sie alter Besserwisser von einem Klatschkolumnisten denn!‹ hätte sagen können, fing er an, ein Loblied auf den »großen Theo Mommsen« anzustimmen. Auf einen deutschen Historiker also, dessen Geschichte Roms mich so brennend interessierte wie das Leben der Fliegen auf Neufundland.

Ganz anders Mark Twain, beim Stichwort Rom ging geradezu ein Ruck durch ihn. »Ich wollte einmal ein richtiges Reisehandbuch-Kapitel über Rom schreiben«, rief er lachend aus und schüttelte den Kopf über dieses Unternehmen. »Unmöglich«, bekannte er. »Ich kam mir vor wie ein Junge im Süßwarenladen. Riesige Auswahl, aber unfähig zu wählen. Nein!«, sagte er entschieden. »Der einzige

Weg, aufzuhören über Rom zu schreiben, ist – aufzuhören!«

So wenig mich das Thema interessierte, so sehr erregte es die Aufmerksamkeit von vier Herren, die zwei Tische entfernt saßen und anscheinend einzelne Brocken unseres Gesprächs aufgeschnappt hatten. Allerdings schien es sie nicht zu erheitern, denn die Blicke, die sie uns zuwarfen, wirkten alles andere als freundlich und zustimmend. Ein Mann mit blassem Vogelgesicht und fliehendem Kinn unter einem Schnurrbart, breit wie Adlerschwingen, fiel mir besonders auf. Er fixierte Mark Twain, der mit dem Rücken zu ihm saß, als würde er seinen Augen nicht trauen. Er starrte ihm aufs langhaarige Hinterhaupt wie seinem Todfeind ins Gesicht. Ein bohrender, geradezu hasserfüllter Blick aus farblosen, diamantharten Augen.

Die beiden deutschen Schriftsteller aber lenkten nun das Gespräch wieder auf Dinge, die sie offenbar mehr interessierten als das alte Rom.

»Wie haben Sie so … nun ja, wie haben so markant Deutsch sprechen gelernt? «, wollte Mr. Tovote von Mark Twain wissen.

»Eure schöne verrückte Sprache? Die habe ich natürlich von Heinrich *Heine* gelernt!«, rief Mr. Twain stolz aus. Den Namen Heine stieß er dabei so laut hervor, dass die vier Herren vom Nachbartisch wieder wie von der Tarantel gestochen ihre Köpfe zu uns herum warfen und Mark Twain mit unverhohlenem Abscheu in den Gesichtern anstarrten.

Mr. Twain bemerkte nichts davon und redete unterdessen weiter: »Apropos Fliege«, erinnerte er wie nebenbei an seine Großtat von vorhin. »Ich wollte, ich würde nicht nur Heines Sprache beherrschen, sondern hätte manchmal auch eine ›Mouche‹ wie er. Ich meine die menschliche Ausgabe einer Mouche. Wegen der Bequemlichkeit, nur so zum Anlehnen. Es gibt in Berlin zwar ein paar amerikanische Mädchen, aber sie finden leider nicht den Weg zu mir in die Körnerstraße.«

»Ah, Sie wohnen in der Körnerstraße«, bemerkte Mr. Tovote.

»Um Gottes willen, Herr Twain, wie sind Sie denn in diese Gegend geraten?«, rief Mr. Lindau überrascht aus.

Doch Mr. Twain kam nicht mehr dazu, ihm zu antworten: Inzwischen nämlich hatten die vier Herren am Nebentisch gezahlt. Wie ein Mann erhoben sie sich, die Stühle schabten hässlich über den Boden. Einer nach dem anderen marschierten sie mit durchgedrücktem Rücken an unserem Tisch vorbei in Richtung Ausgang. Ihr polternder Abgang hatte etwas Demonstratives, im Geiste einer Militärparade. Als Letzter defilierte der blasse, dünne Mann mit dem fliehenden Kinn und den farblosen Augen an uns vorbei. Plötzlich, eigentlich war er schon fast draußen, blieb er stehen, wandte sich um, fixierte Mark Twain wieder wie vorhin mit seinem Diamantschneiderblick und giftete ihn an: »Sie sind eine Schande, mein Herr!

Leute wie Sie brauchen wir im Deutschen Reiche nicht!« Damit wandte er sich wieder dem Ausgang zu und verschwand draußen mit den anderen Herren der Gruppe in Richtung eines der beiden Torhäuschen, die den Potsdamer vom angrenzenden Leipziger Platz symbolisch trennten.

Wir alle waren zunächst sprachlos. Selbst Fisher schwieg schockiert. Was hatte diesen Mann, der anfangs – wie auch seine Tischgenossen – doch einen ganz zivilisierten Eindruck gemacht hatte, zu einer derartigen Reaktion veranlasst? Wie war dieser plötzliche Ausbruch von Hass und Abscheu zu erklären? War es etwa verboten, in Deutschland vom alten Rom und von Heine oder auch nur von dessen geliebter ›Mouche‹ zu schwärmen? Der Vorfall war sonderbar, rätselhaft, in jedem Fall bedrückend und vollkommen unerklärlich.

Und wieso, fragte ich mich, diese offensichtliche Wut gegen Mr. Twain, den der Mann angriff, als würde er ihn persönlich kennen – und sogar auf eine besondere Weise verachten?

Wir schauten uns ratlos an. Mark Twain aber senkte den Kopf und schüttelte ihn leicht hin und her wie ein Kind, das zu Unrecht gestraft wurde. Wir bestellten jeder noch einen Kaffee und lösten bald die Runde in äußerst gedrückter Stimmung auf.

Es dämmerte bereits, als ich mit Mr. Twain zurück in die Körnerstraße kam (ich vermeide das Wort: heim). Vor dem Nachbarhaus stand wie üblich die kleine Christine, dünn wie ein Faden, stumm wie ein Grab. Im Haus warteten Jean und Olivia im Salon.

Jean hatte sich ein Wollkleid von Katy erbettelt und wollte nun, dass ihr Vater ein ›klassisches‹ Stück mit ihr spielte. Susie hatte es schon vor einigen Jahren geschrieben, inzwischen war es öfter aufgeführt worden als die Weihnachtsgeschichte. Es gab darin Todesurteile im Sekundentakt und zeigte Mary Stuart und Queen Elisabeth in Höchstform, die Köpfe plumpsten wie reife Früchte. Allerdings brauchte es mindestens *einen* ruchlosen Mitspieler. Es lag nahe, dass Jeans Wahl auf ihren Vater fiel. Zumal Katy bereits abgesagt hatte.

Mr. Twain zeigte sich keineswegs abgeneigt. Sofern er die Hauptrolle spielen durfte, war er sich schon früher, als Susie und Clara noch klein waren, für keine Theater-Rolle zu schade. Doch aus dem Spiel sollte an diesem Abend nichts werden.

»Ich muss mit dir reden, Jungchen«, sagte Mrs. Twain streng. Mark Twain legte die Ohren an, man sah es daran, dass seine Haarpracht seitlich in sich zusammensackte. Man hörte die beiden später im Arbeitszimmer lautstark miteinander reden. Katy forderte mich auf, Mr. Twain zu Hilfe zu eilen, bevor er gelyncht würde, doch ich weigerte mich.

»Möglich, dass Lynchen in Deutschland ein Verbrechen ist, Katy. Aber ich fühle mich nur Amerika verpflichtet.«

»Was hat das damit zu tun, Mr. Harris? Sie sind bloß feige, sind Sie.«

»Keineswegs, Katy. Haben Sie je gehört, dass bei uns in den Staaten das Lynchen verboten wäre?«

Sie überlegte nur kurz und schüttelte den Kopf. »Nee, weiß Gott nich', Mr. Harris.«

»Na, sehen Sie. Außerdem geht es hier um Geld, Katy.« Das war aus dem Arbeitszimmer deutlich zu vernehmen. »Und davon verstehe ich nichts.«

»Na und? Mr. Twain doch auch nicht«, kommentierte Katy. Sie musste immer das letzte Wort haben.

Es war unschwer zu verstehen, dass es mal wieder um das Dollargrab ging, die Setzmaschine, in die Mr. Twain bereits das halbe Vermögen der Familie investiert hatte. Und nun hatte er offenbar auch noch versucht, die verbliebene Hälfte anzuzapfen, indem er Mr. Charles Langdon, Olivias Bruder, um Geld für das Projekt anging. Denn Mr. Langdon verwaltete das Vermögen seiner Schwester aus dem Erbe ihres verstorbenen, steinreichen Vaters. Er weigerte sich hartnäckig, es seinem Schwager, Mark Twain, zu überlassen.

Und ich verweigerte mich jetzt Jean, die meinte, ich müsse als Ersatz für ihren Vater herhalten, um einen abgehalfterten Francis Bacon in Susies blutrünstigem Stück zu spielen. Aber was blieb mir am Ende anderes übrig?

»Ich wusste, dass die Kleine sie weich klopfen würde, Mr. Harris«, behauptete Katy nach der Generalprobe. »Und wissen Sie was, Sie haben gar kein Talent. Ich hab Sie durch den Türschlitz gesehen. Das wird nichts.«

»Ich wäre Ihnen sehr verbunden, Katy, wenn Sie das der kleinen Mary Stuart erklären könnten!«

»Ach, seien Sie nicht gleich beleidigt, Mr. Harris. Anderen in der Familie geht's viel schlechter als Ihnen.« Sie zog ein zerknülltes Stück weißes Briefpapier aus ihrer Tasche und zeigte es mir. »Das da lag neben dem Papierkorb in Miss Susies Zimmer.«

»Ein Brief? Von Susie?« Ich war entsetzt. »Sie lesen Miss Susies Briefe, Katy?«

»Nu' spulen Sie sich nicht gleich auf, Mr. Harris. Ist ja gar kein richtiger Brief draus geworden. Sie hat ihn schließlich weggeworfen. Außerdem hab ich ihn gar nicht richtig gelesen, und jetzt tu ich ihn wo hin, wo ihn keiner findet.«

»Wohin denn?«

»Na, wo's Papier ist für die Denkmäler. Für morgen, fürs Anzünden.«

Später am Abend kam ich an dem Weidenkorb mit dem Papier zum Anfachen der Öfen für den nächsten Tag vorbei. Es stimmte, Katy hatte den Zettel dort hineingetan, ihn außerdem zur Sicherheit zweimal zerrissen. Ich konnte ihn trotzdem zusammensetzen und las: ›Mein Liebling, wenn du hier wärst, würde ich dich ganz fest auf diese kleine Stelle küssen, die so gut schmeckt, du weißt schon … Du bist so süß, so lieblich – und du tust mir weh. Du schreibst, meine Briefe aus Europa seien so vage geworden. Ach, Liebling, nie hätte ich gedacht, dass Du so empfinden könntest! Lass dir also sagen, der Grund dafür, mein Herz, ist: Das, was ich dir sagen möchte, geht einfach nicht aufs Papier. Wir waren bisher nicht ›intim‹. Aber du weißt so gut wie ich, wenn wir die Möglichkeit dazu haben, wird es geschehen. Ich liebe dich mehr als sonst jemanden auf der Welt, mehr als mein Leben. Und ich habe solche Angst, dass du deine hot peanut eines Tages vergisst. Bitte schr…‹

Hier brach der Brief unvermittelt ab. Vermutlich war Susie gestört worden. Die Zeilen waren alarmierend. Musste man das Mädchen nicht schützen? Vor sich selbst und vor ihrem Verführer? Wäre es nicht meine Pflicht, Mr. Twain zu informieren? Dann allerdings hätte ich erklären müssen, wie ich an mein Wissen gekommen war. Ein wenig schämte ich mich nun doch, dass ich Susies unbeholfene Zeilen gelesen hatte. Aber letztlich ging das auf Katys Konto.

Umberto

Die Twains waren für den Nachmittag des darauffolgenden Tags von der Berliner Verwandtschaft, den von Versens, zum Nachmittagstee eingeladen worden. Nachdem Katy Mr. Twain wie jeden Morgen den Kopf massiert hatte – er hatte eine unbeschreibliche Angst vor Glatzenbildung und hielt Katys Behandlung für vorbeugend –, nutzte er den Vormittag noch, um der belasteten Stimmung in der Familie zu entfliehen, indem er sich bei Mr. Fisher ins Hotel de Rome einlud. Er wusste, dass Fisher seine Artikel am liebsten vormittags schrieb, sie am Nachmittag kabelte und am Abend auf die Pirsch nach neuen Gerüchten ging.

»Es dürfte aber kein Verlust sein, wenn wir ihn jetzt stören«, befand er, als wir um zehn die bestellte Droschke bestiegen. »Sollte er den Faden verlieren, erfinden wir zusammen rasch eine neue Nachricht für ihn. Merkt kein Mensch«

Das Rome lag verkehrs-, aber gewiss nicht preisgünstig Unter den Linden, an der Ecke zur Charlottenstraße. Es verfügte über einen hydraulischen Personenaufzug und einen Telegrafen, über Sprachröhren und eine durch Druckluft betriebene Hotelrohrpost. – Trotzdem, mir wäre so ein Hotel zu groß. Was will ich mit einem fünfgeschossigen Gebäude inklusive Ballsaal für eine Armee von Hoheiten und einem Restaurant, so vornehm, dass einem nicht erst im Magen, sondern schon auf der Zunge die Brocken stocken?

»Hier trifft sich der Adel! Sieht man gleich, oder?«, prahlte Fisher und tat so, als dürfe er seine eigene Fragwürdigkeit dazurechnen. Er stolzierte, als wir eintraten, im seidenen Morgenrock, den Billardstock noch in der Hand, durch seine Suite, die mir groß wie ein Tanzsaal vorkam. Für die nächste Stunde verschwand er mit Mr. Twain im Billardzimmer am Ende des Flurs.

So sah also der arbeitsame Vormittag des Henry W. Fisher aus!

Ich hielt inzwischen die Stellung im Salon. Fishers Suite bot vom Fenster aus einen interessanten Blick auf ›die Linden‹. An diesem Vormittag besonders. Der italienische König Umberto I. fuhr auf dem Weg zum Schloss in einem feierlichen Zug am Hotel vorbei, um seinen deutschen Amtskollegen zu besuchen. Ich machte mich auf den Weg zum Billardzimmer, um Mr. Twain und Fisher davon zu unterrichten.

Fisher schlug sich mit der flachen Hand gegen die Stirn: »Der gute Umberto!«, rief er. »Den hatte ich völlig vergessen.«

Kurz darauf lagen die beiden Herren am Fenster und begutachteten den Aufzug der Majestäten unten auf der Straße.

»Prima Pferdefleisch«, sagte Mr. Twain. »Die Hottehüs vorne sind besser im Fell und sehen glücklicher aus als das ganze rausgeputzte Königtum dort hinter der Kutsche.«

Der geschmückten, von zwölf Pferden gezogenen Karosse folgten nämlich Reiter in jeder nur denkbaren Ausgabe. »Jung und alt, bunt und mausfarbig«, stellte Mr. Twain fest.

»Aber das sind die deutschen Fürsten und Prinzen, Mark«, erklärte Fisher beinahe erschrocken. So als könne das Sprachrohr im Zimmer jeden gesprochenen Satz hinunter in die Hotelhalle tragen. Konnte es etwa?

Mark Twain machte sich solche Gedanken nicht. »Lasst uns die verdammten Hoheiten zählen«, schlug er vor. Wir kamen auf ungefähr zwanzig gekrönte Häupter. Der Zug nahm schier kein Ende, doch Mr. Twain hatte genug gesehen. Er zog sich seufzend vom Fenster zurück und nahm vom Kaffee und Kuchen, den Fisher inzwischen hatte bringen lassen. Nachdenklich saß er eine Zeit lang in seinem Sessel, bis Fisher ihn fragte, worüber er sich den Kopf zerbreche.

»Ich musste daran denken, wie klug die Welt doch eingerichtet ist«, sagte Mr. Twain. »Stellt euch vor, die Vorsehung hätte den Äquator durch Europa statt durch den Pazifik geführt, oder wo immer er zurzeit verläuft. Wenn der Äquator nämlich zufällig in der Alten Welt läge, würde jeder dieser Hoheiten, die wir gesehen haben – ganz zu schweigen von all den anderen, die's noch geben soll – danach gieren, das Blut seiner Untertanen wie Wasser zu vergießen, um die dumme Linie, den Äquator, in Besitz zu nehmen.«

Fisher hatte dem nichts hinzuzufügen, und so tranken wir schweigend den Kaffee. Schließlich wanderten die Herren Autoren ausgeruht zurück zum Billardzimmer, um ihr Spiel wieder aufzunehmen. Ich vertrieb mir unterdessen die Zeit damit, die aktuellen Berliner Zeitungen durchzublättern, die ich in Mr. Fishers Suite haufenweise fand. Aber der Vorfall an der Potsdamer Brücke, Adeles Sturz in den Kanal, wurde nirgends auch nur mit einem Wort erwähnt.

Später, am frühen Nachmittag, auf unserer Rückfahrt vom Rome, überquerten wir wiederum die Potsdamer Brücke, und ich hielt beinahe schon gegen meinen Willen Ausschau nach Adele. Denn natürlich war es äußerst unwahrscheinlich, ihr zufällig mitten im Stadtgewimmel zu begegnen – falls sie noch lebte. Aber nachdem mich zuvor die beinahe tägliche Begegnung mit ihr befremdet hatte, beunruhigte mich jetzt ihr Fehlen.

Mr. Twain dagegen schien die sonderbaren Begegnungen mit der fremden Dame inzwischen vollkommen vergessen zu haben. Er achtete vom Wagen aus auf ganz andere Dinge. Ihm fiel ein Straßenverkäufer am Potsdamer Platz auf, der mitsamt seinem haushohen Turm von Hüten wegen eines dahertänzelnden Offiziers wie vorgeschrieben in die Straßenrinne auswich.

»Was kann aus einer Nation noch werden, Harris, deren Bürger für das Militär in die Gosse steigen?«, sagte er stirnrunzelnd. Er schien nichts Gutes zu ahnen.

Für den Nachmittag desselben Tages stand der schon erwähnte Verwandten-Besuch bei der Familie von Versen auf dem Plan. Maximilian Felix Christoph Wilhelm Leopold Reinhold Albert Fürchtegott von Versen war General, ein großes Tier in der preußischen Armee. Aber körperlich kleiner als die Reihe seiner Vornamen, wenn man sie hochkant stellen würde. Er war schmächtig, hatte helle, lichtblaue Augen und abgesehen von ein paar blonden Strähnen auf dem Kopf wuchsen ihm im Gesicht nur noch dünne Fussel um den Mund herum.

General von Versen hatte zwar keine nennenswerte Schlacht gewonnen, dafür aber Alice Clemens zur Gattin. Sie war Mr. Twains entfernte Cousine, dürr, sehnig, agil und siebzehn Jahre jünger als ihr General, der ihr auf einer Amerikareise vor vielen Jahren befohlen hatte, ihn nach Deutschland zu begleiten. Nun lebten sie in einer herrschaftlichen weißen Villa am Rande des Tiergartens, die aussah wie im Märchen. Als unsere Droschke vor ihrem Portal hielt, bekam Jean den Mund kaum noch zu, und sie rief: »Ist das Schloss echt?«

Es war echt. Zwei Säulen flankierten eine Eingangstür, die einer Kathedrale Ehre gemacht hätte. Durch sie betrat man eine große Halle und von dort schwang sich eine breite Marmortreppe vom Erdgeschoss die oberen zwei Etagen hinauf. Jedes Stockwerk hatte vierzehn Zimmer, hieß es. Ich schätze, sie reichten aus, um einen General, seine Frau und sechs Kinder zwischen sieben und siebzehn darin unterzubringen. Merkwürdig war, dass keines der Kinder anwesend war, dafür aber die mindestens sieben mal siebzehn zählende Dienerschaft der von Versens.

Man ließ die Treppe links liegen und führte uns in einen Salon, dessen Ausstattung mit lauter Palmen mich mehr an einen Botanischen Garten denken ließ. Der General hatte in seiner Jugend die Tropen bereist und sich infolgedessen offenbar auch daheim ein Stück Urwald gönnen wollen.

Im Botanischen Salon stellten wir fest, dass wir keineswegs die einzigen Gäste waren. Die von Versens hatten an diesem Nachmittag außer den Twains auch die Familie des Botschafters Phelps eingeladen, was von Susie und Clara lebhaft begrüßt wurde. Sie stürzten sich auf Marian wie auf einen Rettungsring.

Aus unerfindlichen Gründen befand sich auch der uns schon bekannte Franz Johannes von Rottweil unter den Gästen, die sich nun um die erdkreisrunde Tafel verteilten. Er verzog keine Miene, begrüßte Mr. Twain jedoch mit den üblichen militärischen Ehren, das heißt mit einer tiefen Verbeugung aus der steifen Hüfte heraus und einem Zusammenschlagen der Absätze seiner Stiefel. Man erschien in Gala-Uniform, von Rottweil ebenso wie der General und ein weiterer Offizier – jedenfalls nehme ich an, dass er Offizier war, da von Versen ihn als seinen Adjutanten Sowieso von Irgendwo vorstellte.

Vor allen Dingen aber war Sowieso jung, kaum älter als zwanzig, außerdem groß, breitschultrig und verliebt. Vielleicht war er es schon vorher, verliebt meine ich, aber spätestens bei Claras Anblick war er geliefert. Sie begriff es sofort, denn sie wurde lachsrot, sobald sich ihre Augen mit seinen trafen, und sie trafen sich in den folgenden Stunden so häufig, dass man die wenigen Sekunden, da sie es nicht taten, getrost vernachlässigen kann.

Beim Tee übernahm die Generalin, Mrs. Alice Clemens von Versen, sogleich das Kommando. Sie gab eine Anekdote zum Besten, deren ›Pointe‹ sich aus einer neuen Kleiderordnung bei Hof speiste. Das heißt, wenn Mr. Twain die Geschichte erzählt hätte, würde man von einer Anekdote sprechen. Mrs. von Versen aber hatte die Gabe, daraus einen Irrgarten unnötiger Windungen und überflüssiger Kurven zu konstruieren. Wir hätten zwischendurch getrost in die Oper gehen können, Sie und ich, ohne das Ende ihrer Wirrungen zu verpassen. Dabei handelte es sich im Kern nur darum, dass Maria de Penalver, die junge Frau des kubanischen Gesandten in Berlin, wiederholt gegen die höfische Etikette verstoßen hatte.

»Bloß weil sie von der Natur mit schönen Schultern gesegnet ist, trägt sie immerzu Kleider, die an den Oberarmen abschließen. Dazu das tiefstmögliche Dekolleté«, giftete die Generalin.

»Aber ist das nicht Pariser Mode zurzeit?«, fuhr Clara ihr in die Parade. Sie erntete strafende Blicke ihrer Mutter, ein abschätziges Mundzucken ihrer Tante und ein strahlendes Lächeln ihres jungen Verehrers.

»Mrs. de Penalver wurde zum *Stadt*gespräch, meine liebe Clara«, klärte die Tante sie nun auf.

Nun, ich kenne Damen, die *alles* tun würden, um genau das auch nur für einen Tag zu werden. Die reizende Kubanerin schaffte es deshalb, weil der Kaiser sie nach dem erneuten Verstoß gegen die neue Verordnung zur Bekämpfung schöner Schultern und tiefer Dekolletés bei Hofe am Schluss einer Parade persönlich ansprach.

»Er kam von seiner erhöhten Rampe herunter«, ereiferte sich Mrs. von Versen, deren Verwandtschaft mit den Twains mir immer rätselhafter erschien und deren amerikanisch-demokratische Herkunft ein Versehen sein musste. »Er ritt die Terrasse entlang, auf der sich das Diplomatische Corps befand«, fuhr sie im gleichen Ton fort, »und sah sich genötigt, die Dame zurechtzuweisen.«

Mit dem Verweis kam die Kubanerin davon. Vermutlich ließ sie Wilhelm auf seinem hohen Ross tief blicken. Ihre Reize, witzelte Mr. Phelps, der bisher tunlichst geschwiegen hatte, habe schon so manche Verheerung im Diplomatischen Corps angerichtet. Loodleloo Phelps fand die Bemerkung ihres Gatten jedoch unpassend und zog ihre Augenbrauen hoch wie eine Zugbrücke; so schwieg auch er wieder.

Mark Twain hatte währenddessen kein Wort geäußert. Als Mrs. von Versen allerdings zu einer weiteren Windung ihrer Anekdote Anlauf nahm, beugte er sich plötzlich zum General, der rechts neben ihm saß, hinüber und platzte mit der Bemerkung heraus: »Ich bin doch froh, General, dass unsere liebe Alice noch nicht dabei war, als Gott sagte: Es werde Licht. Andernfalls wäre er wohl kaum zu Wort gekommen und wir säßen heute im Dunkeln.«

Doch Mrs. von Versen hatte seinen Scherz auf ihre Kosten sehr wohl gehört. Sie unterbrach sich mitten im Satz, und man hätte aufatmen können, wenn danach bei Tisch nicht auf einmal eine lähmende Beklommenheit geherrscht hätte. Mrs. Twain versuchte, ihre Verwandte rasch in ein Zwiegespräch zu verwickeln, und Mr. Franz von Rottweil fühlte sich nun dazu ausersehen, das Tischgespräch an sich zu reißen.

»Was, wenn ich mir die Frage erlauben darf«, rief er Mr. Twain über die blütenweiße Tischlandschaft hinweg zu, »halten Sie als Amerikaner eigentlich von unserem ausgeklügelten europäischen Gleichgewicht, mein Herr?«

Mark Twain überlegte kurz, legte den Kopf ein wenig schräg und antwortete schließlich, er könne ihm seine Ansicht zu dem Problem nicht direkt erklären, aber vielleicht zeigen.

»Zeigen?« Mr. von Rottweil machte ziemliche Froschaugen. »Wie das, Herr Twain?«

»Bitte einen Moment Geduld, Exzellenz«, antwortete Mr. Twain, erhob sich von seinem Stuhl und schlurfte schaukelnd in seinem Lotsengang unter den staunenden Augen aller Anwesenden zum hinteren Bereich des Salons. Dort postierte er sich vor der Palmenplantage, oder wie soll ich dazu sagen? »Und nun, Harris«, rief er mir zu, »bringen Sie mir die Tasse Tee des Herrn, bitte.«

»Sir?«

»Sie haben ganz richtig verstanden, Harris. Nur zu, die Teetasse von Herrn von Rottweil!«

Mr. von Rottweil erstarrte, deshalb war es leicht, ihm die noch halb gefüllte Teetasse fortzunehmen – »Den Unterteller auch, Harris!« – und beides zu Mr. Twain unter den Palmen zu tragen.

Ich hörte Jeans Kichern in meinem Rücken, wagte aber nicht, irgendein anderes Mitglied der Familie Twain anzusehen. Das war auch nicht nötig. Ich wusste, dass Olivia und ihre älteren Töchter soeben im Boden versanken, während Jean sich endlich nicht mehr langweilte. Über die Stimmung aller anderen Anwesenden wage ich keinerlei Mutmaßung, aber ich spürte die Eiseskälte, die von ihren Plätzen ausging.

Mr. Twain nahm in aufgeräumter Stimmung die Teetasse entgegen und wandte sich wieder an Mr. von Rottweil.

»Ich werfe Ihnen nun Ihre halb gefüllte Teetasse plus Untertasse zu, Herr von Rottweil, und ich bitte Sie, beides mit dem Teelöffel in der Hand aufzufangen. Sehen Sie zu, dass Sie dabei keinen kostbaren Tropfen verschütten, und fangen Sie dann an, die Tasse auf dem Löffel fünf Minuten lang rotieren zu lassen. Wenn Ihnen das gelingt, ohne dass der Tee auch nur ein Grad Fahrenheit seiner Temperatur verliert, ziehe ich meinen Hut, Mr. Rottweil, und bin zuversichtlich, dass Ihr Politiker das mit dem europäischen Gleichgewicht genauso hinbekommt.«

Von Rottweil stand diesmal nicht auf, um wortlos zu verschwinden, sondern – applaudierte. Wenngleich mit der Miene eines Raubtiers, das sich überlegt, wo es sein Opfer am besten zu fassen kriegt, im Genick oder an der Gurgel.

Mark Twain aber ließ mich den Tee zu Mr. Rottweil zurücktragen und ging sichtlich zufrieden an seinen Platz zurück. Ich fragte mich jedoch, wie viel Whisky er am Vormittag mit Fisher zusammen am Billardtisch wohl getrunken hatte, vor und auch nach der Parade des italienischen Königs.

Nun schlug die Stunde des Hausherrn. Seine schmalen Lippen verzogen sich zu einem Lächeln, dünner als Papier: »Apropos Gleichgewicht«, sagte er, »ich wundere mich, Twain, dass Sie unseren guten Rottweil mit dem besten Porzellan jonglieren lassen wollen. Am Ende würden Sie ihn gar noch aufs Veloziped steigen lassen, was?« Der Versuch des Generals, die gereizte Stimmung zu entschärfen, war offensichtlich, wenngleich etwas plump. Mr. Twain schien den Ball dennoch bereitwillig aufzunehmen, den ihm der Hausherr zugespielt hatte.

»Aufs Velo? Ja, warum eigentlich nicht«, erwiderte er in vollem Ernst. »Wie kommen Sie darauf?«

Der General fühlte sich seinerseits durch die Frage ermutigt, genauer zu werden und ein Thema anzuschlagen, das ihm offenbar generell am Herzen lag. »Wissen Sie, Twain«, sagte er, »noch vor dem Lawn Tennis, das jetzt alle Welt treibt, ist in Berlin das Velofahren zur größten Plage geworden. Diese teuflischen Fahrgeräte, wenn sie einem auf den Straßen begegnen, machen selbst die stoischsten Pferde scheu. Als Reiter – und ich darf sagen, als einer, der seit seinem achten Lebensjahr nicht mehr abgeworfen wurde – sehe ich in der Tat nicht, warum ein vernünftiger Mensch aufs Velo umsteigen sollte.«

»Ein vernünftiger Mensch sicher nicht«, sagte Mark Twain. »Aber ein unvernünftiger Mensch sollte es unbedingt tun.«

»Ach, und warum, bitte?«, biss überraschend von Rottweil wieder zu.

»Nun, aus dem einzigen Grund, den ich gelten lasse: Weil es Spaß macht«, gab Mr. Twain in ruhigem Ton zurück.

»Aber Mark«, mischte jetzt auch Alice von Versen wieder mit. »Weißt du denn gar nicht, wie gefährlich das Velofahren ist?«, ereiferte sie sich. »Es ist schädlich fürs Herz und für die Nieren und eine Gefährdung für alle auf der Straße, nicht nur für die Pferde!«

»Ich verstehe, du spielst auf die Hunde an, liebe Alice«, stimmte Mr. Twain ihr scheinbar zu. Ihr Blick verriet jedoch, dass sie an diese Tiere keineswegs gedacht hatte. »Ich meine«, fuhr Mr. Twain unbeirrt fort, »wenn man Hunde überfahren *will*, sehen sie's dir an und weichen lässig aus. Aber wenn du sie *nicht* überfahren willst, erwischst du sie garantiert, weil sie dich nicht ausrechnen können und dir todsicher vors Rad laufen.«

Olivia erbleichte. Susie und Jean aber, begeisterte Radlerinnen, hörten gespannt zu, was ihr Vater zu sagen hatte. Clara hörte vermutlich gar nichts mehr, sie hatte nur noch Augen. Augen für den jungen Sowieso, der in seinem rasant fortgeschrittenen Zustand von Liebesblödheit zurzeit sicher keinen Krieg gewinnen würde.

Mr. Phelps wiederum hatte die Augen geschlossen, heute war sicher einer seiner anstrengenderen Botschaftertage. Man sagte, die Gesandten der Stadt, wenn sie ihre Ruhe haben wollten, mussten sich zu dem Zweck sommertags im Tiergarten und zur Winterzeit in einem der zahlreichen Museen Berlins verkriechen. Loodleloo hielt ihrem Gatten die Hand und schenkte an seiner Stelle der Tisch-Gesellschaft ein diffuses Lächeln, das ihrem mondrunden Gesicht einen Zauber gab, den ich ihr gar nicht zugetraut hätte.

Marians meerblaue Augen betrachteten unterdessen merkwürdig scharf die massige Gestalt Franz von Rottweils, der seit dem verlorenen Gefecht mit Mr. Twain wie unter Hochspannung auf seinem Stuhl saß.

»Ich besitze ein Hochrad, General«, erklärte

Mark Twain inzwischen dem staunenden Hausherrn. »Kein ausgewachsenes Hochrad, das nicht. Es ist mehr ein Fohlen. Aber immer noch ein Fünfzigzöller, durch die Pedale auf achtundvierzig reduziert. Doch ich kann Ihnen versichern, es stimmt nicht, dass das Absteigen das Schwierigste am Hochradfahren sei.«

»Nicht?«, wunderte sich von Versen.

»Nein, gar nicht«, bekräftigte Mr. Twain. »Das Absteigen ist das Einfachste an der Sache. Man braucht dabei weder einen Helfer, noch muss man es sich bis zum Schluss aufsparen.«

»Das stimmt«, platzte Jean lachend heraus. »Papa ist immer schon gleich zu Anfang runtergefallen!«

»Du hast das mit angesehen, Jane?«, rief Mrs. von Versen erschrocken. Sehr im Unterschied zu den Twain-Töchtern, die nichts weiter dabei fanden, ihren Vater gelegentlich aus dem Sattel stürzen zu sehen.

»Ein zweifelhaftes Vorbild für die Familie«, giftete von Rottweil vor sich hin, ohne Mr. Twain dabei anzusehen.

»Nun, Twain, Sie werden aber doch zugeben«, lenkte der General ein wenig um, »dass das Velo wenigstens kulturell betrachtet enormen Schaden anrichtet. Man hat Statistik geführt in Berlin. In der beobachteten Zeit von zwei Monaten, da einem Tausende Velofahrer auf den Straßen begegnen, sind es nicht mal hundert Menschen mit einem Buch unterm Arm. Das muss gerade Sie als Schriftsteller doch beunruhigen!«

»Nein, gar nicht«, entgegnete Mr. Twain. »Ich bin sicher, dass das Ergebnis umgekehrt wäre, wenn man sein Rad unter den Arm klemmen müsste, und ein Buch Räder hätte, um einen fortzutragen.«

Jemand lachte. Der General war es nicht, seine Frau ebenfalls nicht. Ebenso wenig von Rottweil. Um jene auszuschließen, die ohnehin nicht verdächtig waren, über Mr. Twains Bemerkungen lachen zu können. Nein, es war Loodleloo Phelps, die sich über seine letzte Bemerkung herzhaft ausschüttete.

Der Nachmittag endete also in einer Stimmung, vergleichbar der nach der Schlacht am Little Bighorn. Mr. von Versen machte ein Gesicht wie der von allen guten Geistern verlassene General Custer am Last Stand Hill. Franz von Rottweil sah aus wie Custers Adjutant, und zwar nachdem die Cheyennes ihm seine Backenbärte aus dem Gesicht geschnitten hatten. Die übrige Gesellschaft verteilte sich anschließend im Garten der Villa wie die versprengten Reste des 7. US-Kavallerieregiments in den Weiten Dakotas.

Er spricht kein Englisch

WENIGE TAGE NACH dem Besuch bei den von Versens erschien ein junger deutscher Offizier in der

Körnerstraße. *Der* junge Offizier, Mr. Sowieso von Irgendwo, den Clara beim Tee durch ihre pure Gegenwart um den Verstand gebracht hatte.

Er wurde von Katy eingelassen, nachdem sie sicher eine gründliche Leibesvisitation an ihm vorgenommen und seinen Säbel von ihm gefordert hatte. Ich hörte, wie sie ihm befahl, an der Tür stehen zu bleiben und sich ja nicht von der Stelle zu rühren. Anschließend ging sie Clara suchen und fand sie mit uns anderen im Salon.

»Miss Clara, da ist ein Sowieso von Irgendwas an der Tür. So ein Junge in Uniform. Fürchte, der will zu Ihnen. Zumindest hat er Ihren Namen genannt.« Mich wunderte, dass er in Gegenwart von Katy Leary dazu noch fähig war, das sprach für die Tapferkeit des deutschen Offiziers.

Clara wurde tomatenrot, dann totenbleich. »Zu mir will er, Katy?«

Katy zuckte die Schultern. »Sagt er, ja. Soll ich'n wegschicken?«

»Nein, nein, ich … führen Sie ihn in die Bibliothek.« Sie stutzte einen Moment und blickte mich dann fragend an. »Oder arbeitet Papa gerade, Harris?«

Ich nickte. »Ja, er arbeitet, Miss Clara.« Ich schüttelte den Kopf. »Aber nicht in der Bibliothek, sondern …«

»Im Bett«, ergänzten Susie und Clara wie aus einem Mund.

»Also führen Sie den Herrn in die Bibliothek, Katy«, sagte Clara. Sie warf den Kopf verwegen in den Nacken. »Ich werde ihn dort empfangen.« Wie sie das sagte, klang es stolz und vornehm und gar nicht anzüglich.

Keine Viertelstunde später jedoch schwirrte sie aufgeregt zurück in den Salon und schwankte zwischen Lachen und Weinen.

»Er spricht kein Englisch, Harris. Und richtiges Deutsch auch nicht. Ich verstehe ihn einfach nicht.«

»Dann ist er Berliner, Miss Clara. Machen Sie sich nichts draus, so geht's uns allen«, tröstete ich sie.

»Aber was soll ich nur tun? Ich weiß nicht, wie ich mit ihm reden soll. Sie müssen mir helfen, Harris. Bitte!«

»Sie meinen, ich soll ihn dazu bringen, dass er mir den Hof macht statt Ihnen?«

»So was in der Art, Harris«, antwortete sie trocken, ganz die Tochter ihres Vaters. Ich ging hinaus. Aber nicht in die Bibliothek, sondern ans Bett von Mr. Twain, um ihm das Problem mit dem Offizier zu erläutern. Er schaute kaum auf von seinen Papieren, nickte nur andeutungsweise und bat mich dann, den jungen Mann zu ihm zu führen.

Der Ärmste schwitzte bereits sehr in seiner blütenweißen Garde-Uniform und sprang auf, als ich die Bibliothek betrat, vergaß aber, die Hacken gegeneinander zu schlagen. Ich bedeutete ihm, er könne sich entspannen, da ich in keiner Weise mit der Familie verwandt sei. Allerdings wolle der Prinzipal ihn sehen. Keine Ahnung, ob er mich verstand, aber er folgte mir gehorsam wie ein Schatten zum Schlafzimmer von Mr. Twain. Ich öffnete ihm die Tür und ermunterte ihn wie jemanden, der das Schafott betritt, aber zurückschreckt, sobald er den Henker erblickt: »Nur zu, nur zu. Es wird nicht wehtun.«

Nicht, dass ich mit Absicht an der Tür lauschte, ich blieb nur einfach davor stehen. Ich konnte die Worte nicht genau verstehen, die Mr. Twain für den jungen Mann fand, nur hin und wieder etwas in der Art wie: »Dann jage ich Ihnen eine verdammte Kugel durch ihr Schürzenjägerhirn« oder »Sittlichkeitsverbrecher, uniformierter« et cetera.

Vielleicht übertreibe ich im Rückblick. Aber nicht sehr. Sicher ist, der junge Sowieso verließ nach wenigen Minuten das Zimmer mit zerknirschtem Gesicht. Und dann seine Augen, so voller Hass.

Clara fing ihn im Flur ab und redete ihm gut zu, das schien zu helfen. Es war, als würde man einem Leichnam dabei zusehen, wie er ins Leben zurückkehrt, zwar hängen die Hautfetzen noch überall, aber die Augen leuchten wieder. Dann aber, nach lautstarker Anweisung aus dem Schlafzimmer, funkte Katy dazwischen, der Offizier fing seinen Säbel auf, den sie ihm zuwarf, und ergriff die Flucht.

Ich überlegte kurz. Bisher, schien mir, hatten wir uns in Berlin nicht allzu viele Freunde gemacht, oder?

Zirkus

Am frühen Abend desselben Tages besuchte die ganze Familie den Zirkus Salamonski, der ein festes Haus unweit des Spreeufers betrieb. Leider schloss sich uns auch der unvermeidliche Fisher an, der einen Bericht über die Vorstellung plante. Behauptete er wenigstens. In Wahrheit plante ein Fisher niemals etwas, er gehörte zu der Spezies von unverdienten Glückspilzen, denen immer alles zufällt, obwohl sie erst übermorgen an gestern denken. Na, Sie kennen diese Leute.

Zum Zirkus nur so viel: Es war das Übliche. Pferdenummern, Kamelnummern, Trapezkünstler, Clowns, Raubkatzen, Zauberer.

»Am liebsten sehe ich aber doch die Hunde. Wie die so schön gehorchen«, schwärmte Katy schon auf dem Weg dorthin. »Und Sie, Mr. Harris?«, wollte sie von mir wissen.

»Ich hasse am meisten die Dressurnummern. Außerdem das ewige Geturne unter dem Dach, dann diese schrecklichen Clowns und alles, was mit Zersägen, Zaubern und Zylindern zu tun hat.«

»Aber das ist ja praktisch alles, was im Zirkus geboten wird, Mr. Harris«, sagte sie in einem Ton, als hätte ich soeben den Mord an meiner Großmutter gestanden.

Das Haus sei vor seiner Zeit als Zirkus eine Markthalle gewesen, meinte Fisher, die Twain-

Töchter belehren zu müssen. Doch sie zuckten nur die Achseln. Wichtiger als die Vergangenheit war die Gegenwart: Das Haus war zwar nahezu voll besetzt. Aber wir erwischten dennoch gute Plätze in der dritten oder vierten Reihe.

Gleich nach der Eröffnung durch den redseligen Direktor schlief ich ein. Ich wachte wieder auf, als die Vorstellung bereits voll im Gange war. Vermutlich wurde ich deshalb wach, weil es plötzlich totenstill im Saal war. Ich schaute mich um, alle blickten mit angehaltenem Atem nach vorne zur Manege. Jean presste ihre kleinen Fäuste so fest zusammen, dass man das Weiße ihrer Knöchel sah. Ein Mädchen von sechzehn oder siebzehn Jahren in einem türkisfarbenen Glitzerkostüm und weißer Strumpfhose turnte biegsam wie ein Herbstblatt auf dem Rücken eines Apfelschimmels, der genügsam im Kreis galoppierte. Ein Dompteur mit stumpfsinniger Miene unter seinem Zylinder stand in der Mitte der Manege und dirigierte das Pferd mit einer Longe.

Das Mädchen war so dünn, dass Mr. Twain, der rechts neben mir saß, sich die Bemerkung nicht verkneifen konnte, das arme Kind sehe aus, als habe es in seinem ganzen Leben noch kein anständiges Steak genossen. Er kassierte ein halbes Dutzend strafender Blicke für die Entweihung des Augenblicks und behalf sich, da er den Mund nicht halten konnte, damit, mir den Rest seiner Botschaft ins Ohr zu flüstern: »Ihr professionelles Lächeln ist so traurig, dass mir die Worte dafür fehlen.« Für einen Autor war das ein bemerkenswertes Geständnis.

Im Augenblick machte das Mädchen einen Kopfstand auf dem Pferderücken, die Nummer sah gefährlich aus. Es war jetzt so still im weiten Rund, dass ich fürchtete, man könnte meinen Magen knurren hören. Ich hatte zu wenig gegessen, oder vielleicht auch zu viel.

Auch in der Reihe hinter mir schien sich jemand nicht wohl zu fühlen. Mitten in die anhaltende Stille hinein begann ein Mann auf einmal, wüst zu schimpfen. Ich wandte mich erschrocken um. Der Mann war dunkelhaarig, untersetzt, wirkte kräftig, hatte ein langes Gesicht und Hände, mit denen er sicher recht grobe Dinge tun konnte. Er trug schäbige, abgenutzte Kleidung, es war rätselhaft, dass er das Geld besaß, um in den Zirkus zu gehen. Er hätte selbst auftreten können, als Mary Shelleys Monster.

Nicht, dass ich außer dem Namen ›Tween‹ auch nur ein Wort von dem verstand, was er bellte, denn das Berlinerische ist mehr eine Befindlichkeitsäußerung als ein deutscher Dialekt. Aber es war eindeutig, dass die Wut des Mannes ausschließlich Mr. Twain galt, der sich natürlich ebenfalls umgedreht hatte und dieser Berliner Halbwelt-Figur nun direkt in das verzerrte Gesicht schaute.

Im nächsten Moment geschahen mehrere Dinge gleichzeitig. Der Mann hinter uns sprang auf, und vorne in der Manege scheute, aufgrund des plötzlichen Lärms und der entstandenen Aufregung im Publikum, das Pferd. Es bäumte sich auf – ich sah es mit einem Auge – und warf das auf seinem Rücken ihren Kopfstand ausführende Mädchen in hohem Bogen ab. Es dauerte im Grunde nur einen Augenblick, ehe ich – oder irgendeiner aus der Familie – reagieren und aufspringen konnte, um den Rüpel in der Reihe hinter uns zur Rechenschaft zu ziehen. Aber da war er bereits auf und davon. Am schockierten Publikum vorbei in einen der Hauptgänge und von dort in Windeseile zum Ausgang geflüchtet.

Beinahe schon makaber war, was jetzt geschah. War das Publikum aufgrund des Zwischenfalls zuerst geschockt, begann es nun, zuerst noch zögernd, dann immer heftiger zu applaudieren. Es hielt diese Attacke eines Wahnsinnigen und den dadurch verursachten Unfall in der Manege offenbar für einen Teil des Programms, für eine schauspielerische Einlage!

Mr. Twain dagegen war außer sich. Doch zunächst nicht wegen des Angriffs gegen ihn, sondern weil das Zirkus-Mädchen noch immer im Sand der Manege lag, ohne dass ihm jemand zu Hilfe eilte.

»Sieht denn keiner, dass sie verletzt ist?«, rief er aufgebracht. Das Mädchen lag stöhnend am Boden, und als der gefühllose Dompteur es dazu zwingen wollte, aufzustehen, sah man, dass das linke Bein der jungen Reiterin nicht gehorchte, sondern wie leblos an ihrem mageren kleinen Körper haftete. Und im nächsten Moment färbte sich ihre weiße Strumpfhose am Knie hellblutrot.

Jetzt begriff das Publikum endlich und sprang erschrocken auf und schrie panisch durcheinander. Olivia presste Jean an sich, Katy nahm Susie und Clara bei den Händen. Ich gab Mr. Fisher ein paar kräftige Ohrfeigen – nur, damit er aus seiner Ohnmacht erwachte, er konnte wohl kein Blut sehen. Mr. Twain war zuerst wie die anderen aufgesprungen, stand nun aber wie in Trance da, der Schock saß tief.

Doch dann geschah das Unfassbare. Binnen Kurzem beruhigte sich das Publikum halbwegs und nahm wieder Platz. Soeben hatte es noch mit angesehen, wie das blutende Mädchen auf einer Trage hinausgeschafft wurde – und schon im nächsten Moment ging die Vorstellung weiter. Mit einer Hunde-Dressurnummer.

Aber die Twains hatten genug gesehen, keiner aus der Familie wollte mehr bleiben, nicht mal Katy. Wir verließen fluchtartig den Saal. Selbst der schwächelnde Mr. Fisher zeigte Charakter und schloss sich uns an.

Draußen, während Mr. Twain nach einer Droschke Ausschau hielt, begann er sogleich laut zu schimpfen: »Was für eine Welt ist das! Das Mädchen muss seine Knochen riskieren, nur damit *wir* uns unterhalten und der Zirkus-Chef Kasse macht.«

»Aber Mark«, widersprach Fisher, der inzwischen einigermaßen erholt aussah, »das arme Mädchen auf dem Pferd hätte in aller Ruhe seinen Kopfstand zu Ende gebracht, wenn dieser schmutzige

Teufel in der Reihe hinter dir es nicht auf dich abgesehen hätte. Wer, verflucht noch mal, war das? Was wollte der Dreckskerl von dir?«

Olivia, Susie, Clara, Jean, Katy, sie starrten, das Entsetzen noch in den kalkbleichen Gesichtern, das Familienoberhaupt an. Sicher, Fisher hatte einige unglückliche Ausdrücke benutzt, aber das sahen sie ihm jetzt wohl nach. Denn er hatte die richtigen Fragen gestellt: Wer war dieser Fremde, warum beschimpfte er Mark Twain? Woher kannte er ihn? Wieso saß der Mann direkt in seinem Rücken? Hatte er uns schon länger beobachtet? War er uns gefolgt?

Mark Twain hatte darauf natürlich keine Antwort. Aber in seinem Hirn arbeitete es, das sah man ihm an. Vielleicht dachte er in diesem Moment wie ich an den Vorfall im Café Josty vor einigen Tagen, wo er ebenfalls beschimpft worden war. Wenngleich von einem Mann, der sich gesellschaftlich gewiss ein Dutzend Stufen über dieser vor Schmutz strotzenden Zirkus-Figur befand.

Oder stand der Mann – der plötzliche Gedanke durchfuhr mich wie ein Blitzschlag – auf dunkle Weise mit Adele in Verbindung? Machte er nicht mich, sondern vielleicht Mark Twain für ihr Unglück verantwortlich? Nein. Das alles erschien zu absurd, um es ernsthaft anzunehmen. Aber was sonst steckte dahinter?

Vor Kurzem noch hatte Mark Twain halb im Ernst geäußert, es werde ungemütlich in Berlin.

Mittlerweile drängte sich der Eindruck auf, dass es in dieser Stadt für ihn noch gefährlich werden konnte.

Wo sind die Kinder geblieben?

DIE STIMMUNG IN der Familie Twain passte sich dem trüben Herbstwetter an, das jetzt die Tage beherrschte. Der Oktoberhimmel über Berlin war grau wie Kellerasseln, die Luft feucht und kühl wie in einer Gruft.

Anfangs dachten wir deshalb, es liege an unserer eigenen Gemütslage, dass uns neuerdings auch die Körnerstraße verändert vorkam. Es dauerte eine gewisse Zeit, bis irgendjemand, ich glaube, es war Susie, diese Empfindung aussprach. Und es dauerte weitere zwei, drei Tage, bis Jean feststellte, dass es für dieses seltsam klamme Gefühl eine sehr einfache Erklärung gab: »Die Kinder sind weg!«, rief sie. »Wo sind die Kinder in der Straße geblieben?«

Jean hatte recht. Es waren jedoch nicht alle Kinder aus dem Straßenbild ausradiert worden. Die bleiche Christine, Mr. Bartoscheks Tochter, stand wie eh und je stumm und starr vor dem Nachbarhaus, als wäre sie die magere, aus der Art geschlagene Tochter einer der unzähligen »Dicken Tanten« in Berlin; ich spreche von den Anschlagsäulen, dick wie Fässer, doppelt mannshoch, die man Litfaßsäulen nennt. Und nach wie vor sah man auch die älteren Kinder mit Milchkannen oder Flaschen zum Abfüllen des Petroleums über den Bürgersteig huschen. Doch die kleineren Kinder, noch zu jung, um überhaupt zur Schule zu gehen, fehlten fast vollständig. In diesen Tagen sah man sie nicht mal mehr am großen Sandhaufen auf dem Platz an der Ecke spielen.

Mr. Twain fiel das freilich nicht auf. Er verließ kaum noch das Bett und empfing dort inzwischen auch Vertreter der Berliner Presse, die längst auf ihn aufmerksam geworden waren und Interviews wünschten.

So ging ich denn zum Nachbarhaus hinüber, genauer gesagt hinunter in den Keller zu Mr. Bartoschek, und sprach ihn auf die beunruhigende Beobachtung an, dass die kleinen Kinder verschwunden waren wie vom Pied Piper of Hamelin entführt.

Doch anscheinend waren sie jetzt alle hier unten im ›Souterrain‹ der Bartoscheks versammelt. Der Raum war voller Kinder, die entweder apathisch dasaßen oder Mrs. Bartoschek beim Drehen von Zigarren halfen, wie es aussah (im Funzellicht der stinkenden Petroleumlampe war schwer zu erkennen, was wer gerade tat).

Mr. Bartoschek legte sein Handwerkszeug fort und antwortete auf meine Frage nach den Kindern in der Straße: »Ja, das hat seinen Grund. Schlimme Sache. Ein Mädchen ist verschwunden, die kleine Margarete Fiebich, hier aus der Körnerstraße, dreieinhalb Jahre alt.«

»Verschwunden, sagen Sie?«

»Ja, seit ein paar Tagen. Die Leute haben Angst um ihre Kinder. Halten sie zu Hause, wenn möglich. Wir die Unseren auch.« Er warf seiner Frau einen Blick zu. Sie drehte weiter ihre Zigarren an einer Drehbank mit Pressformen und blickte nicht mal auf.

»Aber Christine?«, entgegnete ich. »Das Mädchen steht nach wie vor vorm Haus.«

Mr. Bartoschek lächelte müde und nickte angedeutet. »Christine, ja. Die ist eben was Besonderes.« Er sagte es auf eine Weise, die seine Liebe und seine Sorgen gleichermaßen ausdrückten. »Die kriegen Sie nicht dazu, sich im Dunkeln zu verstecken. Die muss immer ans Licht. Sie is' eben …« Etwas Besonderes, ergänzte ich im Geiste, aber das wusste ich ja schon.

Als ich zurückging, betrachtete ich Christine einmal wieder etwas genauer als sonst. Da stand sie auf dem Bürgersteig vor der Kellerwohnung ihrer Familie, ohne Angst, ja, ohne irgendeinen Ausdruck im Gesicht, gleichmütig auf das Ende des Tages wartend, bloß damit ein neuer, ebensolcher Tag anbrach, den es still zu erdulden galt. Ich war kurz neben ihr stehen geblieben und hatte sie gegrüßt, doch ohne eine Antwort zu erhalten. Sie drehte sich um und ging steif und staksend die Kellertreppe hinunter. Bevor sie die Tür zum Souterrain öffnete, nestelte sie umständlich an beiden Ohren, erst dann ging sie hinein. Sie war das sonderbarste Kind, das mir je begegnet war.

Kurz nachdem ich Katy Leary von dem Verschwinden der kleinen Margarete berichtet hatte, wusste es die ganze Familie. In die ohnedies schon triste Stimmung mischte sich nun spürbar eine wachsende Nervosität, ein permanentes, unterschwelliges Gefühl der Bedrohung. Deshalb behielt ich die Beobachtung, die ich einen Tag später vom Fenster der Bibliothek aus machte, lieber für mich.

Ein Mann stand auf der gegenüberliegenden Straßenseite, unmittelbar vor dem Kellergeschäft mit Kolonialwaren, dessen Eingangstür sonst deutlich mit dem Namen ›Persil‹ geschmückt war. Jetzt stand der Mann vor dem Schriftzug, eine untersetzte, kräftige, proletarische Erscheinung in zerbeultem Anzug, den abgewetzten Hut tief in die Stirn gezogen. Ohne mir den Mantel überzuwerfen, eilte ich hinaus auf die Straße. Doch als hätte der Mann den Braten gerochen – vielleicht hatte er auch meinen Schatten hinterm Fenster bemerkt –, hatte er sich schon aus dem Staub gemacht und befand sich bereits auf der Höhe des Sandspielplatzes am Ende der Straße, als ich hinauskam. Im nächsten Augenblick bog er in die Querstraße ein und war nicht mehr zu sehen.

War er der Mann aus dem Zirkus gewesen, oder hatte ich mich getäuscht? Ich war mir, als ich schließlich ins Haus zurückging, nicht mehr sicher. Katy empfing mich erstaunt im Flur, die Hände in die Seiten gestützt.

»Mr. Harris! Was machen Sie denn halb nackt auf der Straße?«, rief sie amüsiert.

»Ach, ich dachte, ich hätte den … jemanden gesehen, den Mann … Nun, egal, Katy.«

»Sie sind ein ziemlich komischer Kauz, Mr. Harris, wissen Sie das?«

Ich zuckte die Schultern und schwieg. Hätte ich ihr von der dubiosen Figur, die ich auf der anderen Straßenseite gesehen hatte, erzählt, so würde sie fünf Sekunden später die ganze Familie damit in Aufruhr versetzt haben.

Abenteuer in der Pferdebahn

MARK TWAIN GING mit der ohnehin schon bedrückenden Situation in der Körnerstraße auf eine für ihn typische Weise um. Er schrieb darüber. Doch Olivia schwieg, als er sie nach ihrem Urteil zu der von ihm verfassten Geschichte fragte.

»Livys Schweigen zu einer Arbeit von mir, Harris«, erklärte er mir verstimmt, »ist schlimmer als Neros gesenkter Daumen, damals im römischen Colosseum.«

Der Grund dafür, dass Olivia seine Story über die Körnerstraße ablehnte, lag sicher vor allem darin, dass er damit aller Welt demonstriert hätte, wo und wie sie im Ausland wohnten. Nämlich vollkommen inakzeptabel für eine Familie, die Wert auf ihre Reputation legte.

So entschied sich Mark Twain für einen allgemeiner gehaltenen Artikel über Berlin. Das zog jedoch praktische Konsequenzen nach sich. Auch für mich.

»Wir steigen aufs Rathaus, Harris. Ich muss mir einen Überblick über die Stadt verschaffen.« Er sprach vom roten Backsteinturm des Rathauses, unweit des königlichen Schlosses. »Außerdem werde ich ein bisschen kodaken«, verkündete er stolz. Mr. Twain war Besitzer einer Kodak-Box, die einige Jahre zuvor in den Staaten auf den Markt gekommen war. Für den stolzen Preis von fünfundzwanzig Dollar hängte man sich einen knapp ein Kilo schweren Klotz wie einen Mühlstein um den Hals und knipste drauflos, da die Box über keinen Sucher verfügte. Mr. Twain vergaß nur leider allzu oft, den Rollfilm weiterzudrehen, so dass Dutzende von Bildern zu einem einzigen Motiv verschmolzen. Er hatte eben das besondere Talent, immer an den falschen Stellen zu sparen. Oder verschwenderisch zu sein.

»Übrigens, Harris«, teilte er mir noch beiläufig mit, »wir fahren mit der Pferdebahn!«

Das war einmal eine kluge Entscheidung, denn die Pferdebahn war gewiss das beste Verkehrsmittel, um seine eigene Nervenstärke zu testen. Am Abend nach unserem Ausflug diktierte mir Mr. Twain einen Artikel, der in der Chicago Daily Tribune erscheinen sollte: »Der Linienplan der Berliner Pferdebahn«, notierte ich für ihn, »gleicht dem Schema von Blut- und Nervenbahnen im menschlichen Körper. Die Fahrstrecken sind ebenso verworren wie die Kutscher, die sich andauernd verfahren und oft Jahre nichts mehr von sich hören lassen. Sie peilen zwar das außen am Fahrzeug angegebene Endziel an. Doch dann probieren sie aus, wie viele Stadtteile und Sehenswürdigkeiten sie noch streifen können, bevor sie ankommen, oder auch nicht. Mit Verstand kommt man nicht weit in der Berliner Pferdebahn. Sich überraschen lassen heißt ihr Geschäftsprinzip.

Der Wagen hat zwanzig Sitzplätze, vier oder fünf Personen dürfen zudem auf jeder Plattform stehen. Manche Fahrgäste, Männer wie Frauen, stehen auch gern draußen, da der Wagen nur wenig rüttelt. Kaum zu glauben, dass die Pferdebahn bei ihrer Einführung von der Öffentlichkeit gefürchtet wurde wie der Leibhaftige. Kein Mensch wollte sie benutzen. Abgesehen von Todeskandidaten auf dem Weg zum Galgen. Wegen dieser speziellen Kundschaft musste die Bahn allerdings jedes Mal leer zurückfahren. Ihr Ruin wurde abgewendet, indem man den Friedhof für die frisch Gehenkten ans andere Ende der Strecke verlegte. So war für Fracht auch auf dem Rückweg gesorgt.«

Die größten Schwierigkeiten hatte Mr. Twain jedoch mit dem Kartensystem der Straßenbahn. Der Schaffner gab ihm wie den anderen Fahrgästen eine Karte für jede zu fahrende Meile und erwartete stillschweigend, dass er für spätere Kontrollen alle diese Karten oder Zettel gefächert wie Spielkarten in der Hand behielt. Mr. Twain aber warf regelmäßig sein Ticket auf den Fußboden und ließ die Asche seiner Zigarre darauffallen. So musste er permanent nachzahlen.

Wir bestiegen an der Haltestelle in der Potsdamer Straße einen alten, ziemlich schmalen Wagen. Gegenüber saßen eine vornehme Frau mit einem Zwicker auf der Nase, neben sich einen halbwüchsigen Jungen in Matrosentracht, sowie drei Herren, einer davon ein Chinese in traditioneller Kleidung. Vermutlich ein Tourist oder Händler, er warf ebenso wie wir beständig neugierige Blicke aus dem Fenster, um während der Fahrt möglichst viel von der Stadt zu erhaschen.

Mr. Twain war natürlich wieder begeistert: »Berlin, ich bleibe dabei, Harris«, sagte er bestimmt, »es ist das europäische Chicago! Hell, sauber, weiträumig wie das Universum, mit schnurgeraden Straßen. In Berlin bekommt ein Amerikaner niemals Heimweh.«

Keine Ahnung, welchen unserer Landsleute er hier im Sinn hatte. Mich konnte er nicht gemeint haben. Ich *hatte* Heimweh. Und Sehnsucht, zum Beispiel nach Saratoga-Kartoffeln, nach Schleien aus New Orleans, Baltimore-Enten, Präriehühnern aus Illinois oder Bostonschinken mit Bohnen und Ketchup.

»In Chicago«, fuhr er nun fort, »sehen manche Stadtteile europäisch aus. Zugegeben. Aber in Berlin wirkt fast das *gesamte* Stadtbild amerikanisch. Ich sage Ihnen, Harris: Berlin ist meine Stadt.«

Meine war es nicht. Ich sah während unserer Fahrt mit der Pferdebahn unendlich lange Reihen gleichförmiger Häuser, überladen mit Balkonen und Erkern. Alles unecht, buchstäblich Fassade. Die Säulen und Pilaster aus Granit waren in Wahrheit aus Backstein, und die unzähligen sogenannten Steinskulpturen waren aus Gips, der vielfach bereits abbröckelte und eine schmutzige Farbe annahm. Und da man in Berlin keine Plakate an den Wänden vorfand, weil sie den Litfaßsäulen vorbehalten waren, stachen die Nachbesserungen an den Fassaden deutlich hervor. Egal, was Mr. Twain dazu sagte, für mich war Berlin bloß eine Stadt, die wie auf Kommando groß, aber alles andere als elegant geworden war.

Am Pariser Platz – wollten wir eigentlich dort entlangfahren? – stieg der chinesische Gentleman aus, und eine Frau mit einem Hut wie ein Wagenrad und einem kaum weniger umfänglichen Busen nahm seinen Platz ein. Ihren natürlichen Vorteil nutzte sie als Ablage für ihre Bahntickets.

Mark Twain war beeindruckt, und nach einer Pause drehte er sich zu mir um und fragte: »Wie heißt eigentlich Büste auf Deutsch?«

»Busen, Sir«, übersetzte ich ohne zu zögern. Er schaute mich verblüfft an. »Nun, Sir, es gibt Dinge, die ein Mann für alle Fälle wissen sollte«, sagte ich.

Er nickte. Und wiederholte: »Busen, also. Ist das männlich, weiblich oder sächlich im Deutschen?«

»Männlich, Sir. Es heißt der Busen«, klärte ich ihn auf. Und nebenbei auch den halbwüchsigen Matrosenjungen, dem auf einmal Elefantenohren gewachsen waren.

An der nächsten Haltestelle in Höhe der Universität stieg die vornehme Dame mit ihrem Leichtmatrosen hastig aus, und ein weiterer Herr in feinem Anzug und modischem Hut stieg ein. Eine runde Brille auf der Nase und ein Pflasterstein von einem Buch unterm Arm, vielleicht ein Angehöriger der Universität.

Mr. Twain konnte unterdessen nicht mehr an sich halten. »*Der* Busen!«, presste er durch die dichte Barriere seines Schnauzbarts. »Der Busen, aber *das* Maidchen und *das* Weib!« Er begann, mit beiden Händen auf seine Knie zu schlagen, wackelte mit dem Kopf von einer Seite zur anderen und lachte, bis ihm die Tränen die Wangen hinunterliefen. »*Der* Kuss, aber *die* Lippe«, brüllte er vor Lachen. Seitdem er Deutschland damals das erste Mal besucht hatte, war die deutsche Sprache für ihn ein Kuriositätenladen gewesen, in dem sich immer wieder neue schlagende Beweise dafür zeigten, dass ihr Erfinder entweder ein Sadist oder ein Irrer gewesen sein musste.

Die Fahrgäste auf den Sitzen gegenüber taten zunächst so, als ob sie nicht sahen, was sie sahen, nicht hörten, was sie doch hörten. Aber dann, als Mark Twain nicht aufhören konnte, sich zu biegen und auf die Schenkel zu klopfen, konnten auch sie sich nicht zurückhalten und stimmten in sein Lachen mit ein.

Lachen ist bekanntlich der gefährlichste Infektionskeim des Universums, hochgradig ansteckend. Nur auf den Herrn mit Brille und Buch, der zuletzt eingestiegen war, traf das nicht zu. Auch er hatte Mr. Twain eine Weile beobachtet. Aber keineswegs wohlwollend wie seine Nachbarn, sondern mit auffälligem Stirnrunzeln. Schließlich blickte er Mark Twain, der ihn gar nicht beachtete, mit unverhohlenem Abscheu an.

An der nächsten Haltestelle, Schlossfreiheit (oder war es Schlossgefängnis?), sprang er entrüstet auf und spie Mr. Twain die Worte ins Gesicht: »Schämen Sie sich, Herr. Judenfreund, Vaterlandsverräter!«

Mr. Twain und ich saßen sekundenlang wie gelähmt auf unseren Plätzen. Und war das ein Wunder? Dass dieser ›Herr‹ sich über Mr. Twains Ausgelassenheit in der Pferdebahn geärgert hatte, mochte zur Not noch angehen. (Ich selbst fand sie unpassend.) Aber wie konnte eine so harmlose Szene diese Wut und solche Worte voller Hass erklären?

Mr. Twain fing sich als Erster wieder. »Wissen Sie, Harris, Antisemit ist ein Wort, das in Deutschland erfunden wurde. Wundern wir uns also nicht.«

»Schon richtig, Sir«, erwiderte ich. »Aber wie kommt dieser … Herr dazu, Sie ausgerechnet mit solchen Worten anzugreifen? Es gab dafür gar keinen Anlass.«

»Nun, mein Lieblingsdichter ist Heine, Harris. Schon vergessen?«

Ich blieb ernst und schüttelte den Kopf. »Nein, Sir, nicht vergessen. Aber ich frage mich doch, wie konnte dieser Mann das *wissen*? Im Unterschied zum Café Josty kürzlich haben Sie ihn vorhin nicht mal erwähnt.«

Mark Twain zuckte die Achseln und sah ratlos in die Runde. Die übrigen Gäste hatten wiederum nichts gesehen, nichts gehört. Allmählich gewann ich den Eindruck, dass sie auch nichts dachten, weil ihnen vielleicht die Vorrichtung dazu fehlte.

Eine Station später, am backsteinernen Roten Rathaus, stiegen wir aus. Mr. Twain ließ von nun an kein Wort mehr über den Vorfall über seine Lippen kommen. Aber er wankte, als wir den Platz überquerten, wie ein angeschlagener Box-Fighter.

Eine große Stadt

Auf dem roten Rathausturm erholte er sich aber zusehends wieder. Berlin, das sah man, gefiel ihm einfach, selbst aus der Vogelperspektive.

»Jung, modern, Berlin«, rief er aus, als handele es sich um eine natürliche Steigerungsform. Die hässliche Szene in der Straßenbahn schien es für ihn angesichts der nun vor unseren Augen ausgebreiteten Großstadt gar nicht mehr zu geben.

Ich verstand das nicht. Zwar hatte der Himmel über der Stadt ein wenig aufgeklart. Aber der Anblick Berlins, selbst wenn es einem zu Füßen lag, konnte den Kenner nicht täuschen. Eine große Stadt, das schon. Aber letztlich doch nur ein Sammelsurium von Dächern, schräg oder flach, dazwischen trocknende Wäsche. Ich bitte Sie!

Im Süden sah man zunächst noch den Lauf der Spree, aber wie schmal und unbedeutend im Vergleich etwa zum Hudson River. Dementsprechend verschwand das Rinnsal gleich wieder zwischen den Häusern, nach Nordosten konnte man es nur noch erahnen.

Aber der Boulevard Unter den Linden!, sagen Sie? Nichts als ein blässlicher grüner Streifen mit schwarzen Punkten! Die Straße zu breit, die Bäume fast kahl.

Am Rand des Tiergartens ein Wald aus Baugerüsten. Dort entstand seit ein paar Jahren die gewaltige düstere Masse des Reichstagsgebäudes. Die ganze übrige Stadt aber war doch recht flach, im Vergleich etwa zu New York, nur hier und da ragten aus der Steinwüste Kirchtürme empor, die aus der Entfernung und von dort oben wie Zahnstocher wirkten. Wohin man schaute, überall die gleichen, grauen Massen, die sich wie eine gigantische Schmutzlache bis zum Horizont ausdehnten. – Trostlosigkeit, dein Name ist Berlin!, war mein Gedanke. Laut äußerte ich ihn nicht. Zwecklos, denn Mr. Twain ließ sich in seiner unbegründeten Berlin-Begeisterung ohnehin nicht stören. Aber schließlich hatte auch er genug gesehen, und wir stiegen wieder vom Turm hinunter.

Ein schreckliches Buch

Vom Rathausplatz aus in Richtung Schloss, die belebte Königstraße entlangschlendernd, entdeckte Mark Twain in der Auslage einer Buchhandlung kurz darauf ein Buch: ›Tom Sawyers Abenteuer‹. Er lachte und freute sich jedes Mal wie ein Kind über neue Beweise der Popularität seiner Bücher in Deutschland. Er wollte bereits weitergehen, als ihm gleich neben dem eigenen ein weiteres Buch auffiel, ein Bilderbuch. Ich nahm an, er suchte eines für Jean, die illustrierte Bücher liebte, auch wenn sie mir für dieses hier schon zu alt erschien. Wir gingen hinein und Mark Twain ließ sich das Buch zeigen. Es war von einem gewissen Doktor Hoffmann verfasst und mit plumpen Zeichnungen versehen worden.

Das Bilderbuch hieß ›Struwwelpeter‹, und das wirklich Eigenartige war, dass Mark Twain sich köstlich darüber amüsierte. Alle diese armseligen kleinen Kreaturen in dem Buch – Kinder, die ihre Suppe nicht essen mochten, die mit offenen Augen träumten und ins Wasser stürzten oder die zu dumm waren, mit dem Feuer umzugehen – alle diese unglückseligen Jungen und Mädchen, die schreiend, verbrennend, ertrinkend, verhungernd das schreckliche Buch bevölkerten, Mark Twain fand sie komisch! Das sagt wohl einiges über seinen fehlgeleiteten Humor.

Während der Rückfahrt mit der Pferdebahn, kreuz und quer durch die Stadt, blätterte er den ›Struwwelpeter‹ immer wieder durch, lachte laut auf, schüttelte den Kopf, seufzte, nickte, fand sich bestimmt selbst mit seinen eigenen fragwürdigen Eigenschaften in diesen Kindern wieder, sodass er am Ende verkündete: »Harris, dieses Buch werde ich noch in diesem Jahr ins Englische übersetzen und drucken lassen.«

»Etwa in Ihrem eigenen Verlag, Sir? Mit der neuen Setzmaschine?«, wagte ich zu fragen. Sein Gesicht verdüsterte sich kurz, doch dann nickte er entschieden und verkündete: »Aber selbstverständlich.«

Schmutzige Zeilen

Erst am späten Nachmittag kehrten wir in die Körnerstraße zurück. Gleich nach unserer Ankunft bekam Mr. Twain von Katy mit spitzen Fingern ein schmuddeliges, gräuliches Kuvert ohne Absender-Angabe überreicht, das an einen gewissen ›Markus Tween‹ adressiert war. Hinter Katy stand Mrs. Twain mit sorgenvollem Gesicht.

»Das da«, sagte Katy, »hat ein kleiner Junge heute Morgen für Sie abgegeben, Mr. Twain. Gretchen hat es angenommen. Der Bengel sagte, ein Mann, den er nicht kennen tut, hätte ihn dazu beauftragt. Na, wenn *ich* den Burschen in die Finger bekommen hätte, ich hätt's schon aus ihm rausgeschüttelt, wer sein Chef ist.« Ich denke, wir dürfen ihr das glauben. »Aber der Junge war schon fort, und so gab ich Mrs. Twain den Brief, sie hat ihn gelesen und – na, da isser.«

Mr. Twain musste schlucken, als er in das ernste Gesicht Olivias blickte, die beharrlich schwieg, eine tiefe Sorgenfalte über der Nasenwurzel. Er zog aus dem bereits geöffneten Kuvert einen mindestens ebenso schmuddeligen, angerissenen grauen Zettel heraus. Mit Bleistift hatte jemand in Großbuchstaben die Worte in das Papier gekratzt:

SIH DIER VOR, TWEEN.
DEIENE APPREIHBUNG KOMT NO!!

Den ganzen Abend diskutierte die Familie darüber, was der ›Brief‹ zu bedeuten habe. Mr. Twain fand ihn amüsant, jedenfalls tat er so und behauptete, der Zettel sei schließlich gar nicht an ihn adressiert worden, das Ganze sei ein Versehen.

Es war klar, dass er die Sache verharmloste, um seine Familie nicht zu beunruhigen.

Sie *war* aber schon beunruhigt. Abgesehen von Jean. Sie lachte über den Zettel und sagte auf

Deutsch, er sei voller »unverzeitlicher Fehler« und der Schreiber bestimmt nicht ganz »bei Trotz« gewesen. Den Ausdruck hatte sie so oder ähnlich von Gretchen aufgeschnappt.

Jean war noch jung. Aber alle anderen waren alt genug, um zu wissen, dass dieser in jeder Hinsicht schmutzige Zettel eine üble Drohung enthielt. Eine ernsthafte Warnung. Wenngleich unbestimmt, ohne irgendeine erkennbare Richtung. Das machte ihn noch unheimlicher.

So wie ich nahmen auch die anderen an, dass nur die Halbweltfigur aus dem Zirkus dahinterstecken konnte. Der Mann hatte schon keine Scheu davor gehabt, Mr. Twain in aller Öffentlichkeit zu beschimpfen. Umso weniger jetzt anonym und unter Missbrauch eines kleinen Jungen als Boten seiner schmierigen Zeilen. Was in aller Welt mochte er damit bezwecken?

Olivia war dafür, die Polizei zu benachrichtigen, Susie und Clara gaben ihr recht. Katy dagegen sprach sich kantig dafür aus, »sich den Zirkus-Mann bei nächster Gelegenheit mal vorzunehmen« und ihm zu zeigen, »wie man solche Sachen bei uns in Hartford, Connecticut, anpackt«.

Mr. Twain aber wollte noch abwarten, ob sich ein ähnlicher Vorfall in nächster Zeit wiederholen würde, ehe er zur Polizei ging. Den Zwischenfall in der Pferdebahn erwähnte er nicht, und so schwieg ich ebenfalls davon.

Mir war klar, dass er vor allem deshalb davor

zurückschreckte, zur Polizei zu gehen, weil er fürchtete, die lokale Presse könnte davon Wind bekommen und sein Haus, womöglich sogar sein geliebtes Bett belagern.

Offen gestanden, ich fand diese Zurückhaltung einen Fehler. Die nachfolgenden Ereignisse sollten mir noch recht geben.

Das ist alles?

ZUNÄCHST SAH ES allerdings so aus, als sollte Mr. Twain recht behalten. Der »Zirkus-Mann«, wie diese dunkle Gestalt aus der Berliner Unterwelt in der Familie nun kurzerhand nach Katys Wortschöpfung genannt wurde, ließ sich entgegen seiner Drohung in den folgenden Tagen nicht mehr sehen. Und eines Morgens wurde statt neuer Unannehmlichkeiten eigens mit einem Boten ein goldgerändertes Einladungsbillett für Mr. Twain und seine Familie überbracht. Zu einem Festbankett. Mit dem Kaiser.

Mark Twain hatte bereits zahlreiche Ehrungen erhalten, aber allzu viele Kaiser waren nicht unter den Gratulanten gewesen, soweit ich mich erinnerte. Die Familie, besonders die jungen Damen, packte das Kaiser-Fieber. Clara sah sich wohl bereits in weißen seidenen Kleidern durch die Säle schwirren, vermutlich in den Armen des jungen von Sowieso. Selbst Susie freute sich auf den Empfang im Königlichen Schloss. Doch die Einladung hatte einen Pferdefuß. Der Kaiser lud in Wirklichkeit gar nicht persönlich zu sich nach Hause, ins Schloss an der Sprec ein. Sondern übertrug die Gastgeberrolle der Familie von Versen und lud sich als Kaiserliche Hoheit selbst dazu ein.

»Tante Alice lädt uns zum Essen ein? Das ist alles?«, wunderte sich Jean und fasste den Tatbestand damit präzise zusammen. Mr. Twain dagegen entspannte sich, als er begriff, dass es sich um ein Bankett im privaten Rahmen handelte: »Ich nehme an, dass wir unter diesen Umständen auch einmal den Mund aufmachen dürfen«, kommentierte er zufrieden.

»Aber nur um eine Gabel voll Gemüse hineinzuschieben!«, lachte Mr. Fisher, der zum Kaffee, das heißt mehr noch auf einen Cognac oder zwei, in die Körnerstraße gekommen war – »In dieser Gegend vorsichtshalber bewaffnet!«, spottete er.

Auch Mr. Phelps, der ebenfalls zu Besuch war, nahm Mark Twain die Illusion, dass es bei dem Essen mit dem Kaiser in von Versens Haus leger zugehen könnte. »Erstens, weil ich ebenfalls eingeladen bin. Und wo ein Diplomat ist, da sind Stil und Form.«

»Stil und Form«, murmelte Mark Twain in seinen Schnurrbart. »Klingt, als wolltest du eine von diesen Literaturzeitschriften gründen, Walt.«

»Und zweitens«, ließ sich Mr. Phelps nicht aus dem Konzept bringen, »haben die Rituale unter Wilhelm geradezu byzantinische Ausmaße angenommen. Selbst wenn die Bälle und Bankette nicht im Weißen Saal des Schlosses stattfinden, gibt es eine ungeschriebene Kleiderordnung. Ich rate dir unbedingt zu Frack, aber einem nagelneuen! Und zu schwarzer Krawatte. Außerdem natürlich Zylinder.«

Mark Twains Gesicht verfinsterte sich. Er mochte es ganz und gar nicht, wenn man ihm seine Kleider vorschrieb. Er mochte es nicht, wenn man ihm *irgendetwas* vorschrieb. Doch Phelps war jetzt in seinem Diplomatenelement: »Alle anwesenden deutschen Herren werden erstens Offiziere und zweitens uniformiert sein. Alle nicht uniformierten Herren dürften Ausländer sein und haben die Wahl zwischen einem einreihigen Rock aus schwarzem Tuch mit Kragen und Klappen aus weißem Atlas. Oder einem Rock, ganz aus schwarzem Atlas. In beiden Fällen aber mit eng anschließenden, bis zum Knöchel reichenden schwarzen Hosen.«

»Zum Glück decken sich die Prinzipien des Kaisers vollkommen mit meinen«, bemerkte Mr. Twain. »Zu einem kaiserlichen Diner würde ich wenigstens *ein* Kleidungsstück tragen, und wenn es nur die Krawatte wäre.«

»Und er, the Kaiser?«, bohrte Fisher mit spöttischem Blick und rieb seine Glatze genüsslich mit der Hand. »Was, denken Sie, wird er selbst tragen, Walt? Schwarze Uniform wie ein Totenkopfhusar? Das würde ihm ähnlich sehen.«

Mr. Phelps setzte ein feines Lächeln auf, das seine

schwarze Backenbartlandschaft in sanfte Schwingungen brachte, und schwieg. Nicht so Katy, die den Kaffee zum Cognac hereintrug und die letzten Sätze mit angehört hatte. Sie setzte vernehmlich das mattsilberne Tablett ab: »Mir egal, was so'n Kaiser anhat, aufm Plumpsklo sieht er aus wie wir alle.«

Niemand widersprach. Offenbar konnte sich jeder der Herren den Kaiser bestens auf dem Plumpsklo vorstellen.

Wo steckt er?

AN DEM TAG des Banketts war die Familie komplett neu eingekleidet. Olivia Twain trug Cremefarben und einen sandfarbenen Hut. Clara sah aus wie ein frischer Pfirsich, zum Anbeißen. Susie rauschte schon den ganzen Tag in ihrem neuen weißen Seidenkleid durch die düsteren Räume der Körnerstraße, sie brannte darauf, es endlich einmal bei natürlichem Licht an sich zu sehen. Jean wünschte sich einen Matrosenanzug und bekam ihn auch. Selbst Mr. Twain glänzte in einem neuen schwarzen Gehrock und den vorgeschriebenen eng anliegenden Beinkleidern. Nur sein Zylinder saß schief auf der wolligen Masse seiner grauen Haare, die bis auf den Kragen darunter hervorquollen.

General von Versen hatte einen vierspännigen Wagen geschickt, der von Jean mit leuchtenden Augen begrüßt wurde. Sie kommentierte ihn mit den Worten, er sehe aus »wie die Kutsche, in der auch Cinderella zu ihrem Ball fährt«. Beim Tatsachen-Spiel hätte sie damit gewonnen, denn der Wagen bestand aus übermäßig viel Glas, und der Kutscher und sein Freund vorne trugen himbeerrote Livrées, die jedoch in auffälligem Kontrast zu ihren eisgrauen Gesichtern standen. Ich fragte mich, ob nicht einer der beiden vielleicht sogar der ›Zirkus-Mann‹ war. Doch das war nicht der Fall, denn wir erreichten unser Ziel auf kürzestem Weg.

»Wir sind zu früh!«, rief Mark Twain fröhlich, als wir gegen sechs vor der Villa von Versen in der Tiergartenstraße hielten. »Oder der Kaiser ist zu spät. Wie man es sehen will. Wo steckt er übrigens?«, wollte er lachend vom General wissen, der uns mit seiner Frau und diesmal auch mit der Schar seiner Kinder erwartete. Wie die Orgelpfeifen standen sie auf der obersten Stufe des Aufgangs, aus dem man fünf seiner Art hätte machen können, ohne sich beengt zu fühlen.

Der General war sprachlos angesichts Mr. Twains Feststellung und schnappte nach Luft. »Glauben Sie im Ernst, Twain, dass man dem Kaiser zumuten kann, zu warten?«, schnaubte er.

»Nun, ich an seiner Stelle würde es tun«, entgegnete Mark Twain, und über diese Bemerkung riskierte selbst seine Kusine, Alice von Versen, ein vorsichtiges Schmunzeln, wenn es schmunzeln war.

Ich vergaß ein Detail. Von der Empore bis hinunter zur Straße hatte sich eine Phalanx uniformierter junger Lakaien aufgebaut. Abwechselnd mit züngelnden Fackeln oder langhalsigen Trompeten in den Fäusten bewaffnet. Allesamt stramme Burschen in dem Saft ihrer Jugend, sollte man meinen, aber ihre Gesichter wirkten so leblos, dass sie nicht einmal Augen für die hübschen Twain-Mädchen hatten. Umgekehrt riskierte Clara sogar mehr als einen Blick und schaffte es tatsächlich, den einen oder anderen doch noch in rotköpfige Verlegenheit zu bringen. Sie kicherte und freute sich diebisch über diese kleinen Erfolge.

Wir traten ein und bauten uns in der Eingangshalle im Halbkreis auf. Zwei der älteren von Versen-Söhne in weißer Gala-Uniform (ohne Degen) waren weniger dezent als ihre Fackeln tragenden Freunde draußen und hefteten ihre blauen Augen derart geradlinig auf Claras zuckrige Pfirsichgestalt, dass sie wegschauen musste. Nur um im Hintergrund des Saals den jungen von Sowieso (mit Degen) zu entdecken. Er strahlte sie sogleich an und musste sich am Griff seiner Zierwaffe festhalten, um die Fassung nicht zu verlieren.

Mark Twains Habichtaugen hatten den armen Jungen ebenfalls entdeckt. Doch ehe er ihm wie schon in der Körnerstraße tödliche Blicke zuwerfen konnte, vernahmen wir schnelle Schritte, und herein kam, nein nicht der Kaiser mit Gattin, sondern vorerst nur die Familie Phelps.

Walter Phelps wirkte verändert, er hatte ein paar Schneisen durch seinen Bart geschlagen, sodass man jetzt einen Teil seines dahinter liegenden Gesichts erkannte, es war knochig und wirkte noch gelber als seine Augen.

Loodleloo Phelps dagegen trat von Kopf bis Fuß in Pflaumenfarben auf und erschien wie immer rund und gesund, ihre Wangen glühten vor Freude und Aufregung über das Ereignis, das uns allen bevorstand. Ihre Tochter Marian wirkte heute überraschend blass und machte einen beinahe niedergeschlagenen Eindruck. Vielleicht lag es auch nur an dem Fehlgriff ihres türkisfarbenen Aufzugs, dessen edler Seidenstoff zwar rauschte und wogte, aber ihre Züge eher fahl erscheinen ließ.

Mir fällt auf, dass ich dies alles nur Katys wegen heute noch weiß.

»Vergessen Sie ja nichts, Mr. Harris!«, hatte sie mich vor unserer Abfahrt ermahnt. »Während Sie den Kaiser gucken dürfen, muss ich Mr. Twains herumliegende Papiere abstauben und in Ordnung bringen.«

»Wollen Sie, dass er Sie niederschießt, Katy?« Sie wusste nur zu gut, dass Mr. Twains Manuskripte stets das Allerheiligste für ihn waren, anfassen und füttern verboten, egal, wo in der Welt er sich aufhielt. Doch sie winkte ab. »Ich hab da meine Methode, Mr. Harris. Mr. Twain glaubt, ich rühr' die Fetzen nicht an. Und manchmal tu ich's auch kaum.«

»Na, solange Sie seine Texte nicht korrigieren, Katy«, sagte ich scherzhaft. Sie machte jedoch ein Gesicht, als hätte sie diese Möglichkeit schon ernsthaft in Erwägung gezogen.

The Kaiser

UM ZWANZIG NACH sechs erschien er endlich. The Kaiser. Und ebenso wenig wie kürzlich sein Amtskollege Umberto aus Italien kam Wilhelm an diesem Abend allein. Er durchschritt die Gasse der Fackelträger und ertrug die höllischen Attacken der Trompetenfanfaren, gefolgt von einer bunten Schar Damen in wolkigen Kleidern, mit Schleppen, lang wie Fischernetze, und zitternden Hutfedern auf den Köpfen. Den Damen zur Seite stakstenOffiziere in Gala-Uniformen mit steifen Knien die Stufen hinauf, mit Degen in unschuldsweißen Scheiden, die den letzten Krieg ohne Kratzer überstanden hatten.

Der Kaiser vorneweg betrat forsch die Halle und grüßte die Anwesenden durch das betonte Zwirbeln seiner zum Himmel strebenden Schnauzbartspitzen. Und um die von Fisher zuvor aufgeworfene Kleiderfrage gleich an dieser Stelle zu klären: Wilhelm trug die abgelegten Sachen von Friedrich dem Großen, schwarze Stiefel, helle Kniehosen und blauen Rock. Den Dreispitz hatte er weggelassen, vielleicht hatten die Motten den Hut schon zu sehr zernagt, doch seine linke Hand stützte sich in etwas merkwürdiger Weise auf den vergoldeten Griff eines Degens, der ebenso noch vom Alten Fred stammen konnte wie der strahlenförmige Orden, den er an seiner Brust spazieren führte. Im Grunde unterschied Wilhelm sich von seinem berühmten Vorfahren nur durch die Kleinigkeit, dass er es nicht war.

Jean beeindruckte er jedoch sehr mit seinem forschen Auftreten.

»Harris«, flüsterte sie mir zu, »ist er Gott?«

»Nur in Deutschland«, schränkte ich ein. Es schien sie nicht zu beruhigen. Ihre Wangen glühten wie Kohlen vor Aufregung.

Auch Mr. Twain kommentierte die äußere Erscheinung des Kaisers: »Sein Friedrich-Kostüm«, nuschelte er in mein Ohr, »erinnert mich an den alten Schenkelknochen, der angeblich von Casanova stammte, damals in Venedig, wissen Sie noch Harris?« Ich schüttelte den Kopf. »Das Ding lag in Spiritus und ließ die grandiosen Fähigkeiten seines früheren Besitzers nicht im Geringsten erahnen.« – Kein Wunder, denn Casanovas Knochen lagen irgendwo in Böhmen begraben, wie es hieß.

Der Kaiser erschien ohne Kaiserin, dafür mit Bruder an seiner Seite. Der Prinz hieß Heinrich und unterschied sich äußerlich vom Kaiser vor allem dadurch, dass er sein Haar in der Mitte gescheitelt trug, nicht wie Wilhelm an der Seite, rechts oder links, ich habe es vergessen. Heinrich war der perfekte Schatten seines Bruders, er folgte ihm ohne Aufforderung hierhin und dorthin, setzte sich unmittelbar, nachdem der Kaiser sich gesetzt hatte, erhob sich, sobald der Boss sich erhoben hatte. Und wie es sich für einen Schatten gehörte, schwieg Heinrich, solange der Kaiser sprach, also fast immer.

Von den anwesenden Offizieren und Hofdamen, ein gutes Dutzend an der Zahl, weiß ich nichts zu sagen, ich kannte sie nicht persönlich und sie wurden mir auch nicht vorgestellt. Nur einen erkannte ich: Mr. Franz Johannes von Rottweil. Berlin schien ohne ihn nicht denkbar zu sein. Umgekehrt schien von Rottweil die Familie Twain in Berlin für höchst entbehrlich zu halten. Es war nicht zu übersehen, wie er seinerseits sich bemühte, sie zu ignorieren, an vorderster Stelle ihr Oberhaupt, Mark Twain.

Mich beunruhigte das. Von Rottweil war einflussreich in Kaiser Wilhelms Stadt, kein Mann, von dem man gerne träumte. Und Mr. Twain hatte ihn sich längst zum Feind gemacht. Unnötigerweise, wie ich schon sagte.

Die Kartoffeln von Wales McCormick

General von Versen machte den Kaiser noch im Vestibül mit Mark Twain und seiner Frau bekannt. Den Rest der Familie bedachte Majestät mit einem blicklosen Blick, wenn Sie verstehen, was ich meine.

Die jungen Damen taten mir leid. Sie wurden zwar keineswegs unhöflich von den anwesenden Höflingen behandelt, doch sie waren eben nur die Töchter Mark Twains. Sein Anhang und weiter nichts.

Ich verstand den Ärger der Mädchen aus eigener Erfahrung. Und das nicht erst in Europa. Denn selbstverständlich war auch ich für andere immer bloß ›Twains Harris‹. War jedoch in Hartford den Twains eine Katze entlaufen, suchte man nach ihr respektvoll als ›Fräulein Twain‹ oder ›Wilhelm Twain‹ und so weiter.

Clara ließ sich durch die allgemeine gesellschaftliche Missachtung noch am wenigsten die Laune verderben. Das konnte ihr nicht schwer fallen, weil Jung-Sowieso sie entschädigte, indem er sie fürsorglich belagerte. Die kleine Jean dagegen schmollte und gestand mir fast schluchzend: »Ich wollte, ich dürfte Papas Sachen tragen, den Zylinder und all das Zeug. Aber nicht mal dann würde der Kaiser mich beachten.«

»Doch, das würde er, Jean«, widersprach ich ihr. »Aber er würde dich für deinen Vater halten.«

Sie blickte mich böse an.

Am tiefsten ließ Susie die Flügel hängen. Ihr hübsches Seidenkleid, das eine Modemacherin für sie angefertigt hatte, ihre würdevolle Haltung, ihr tadelloses Deutsch, in dem sie zu antworten vermochte, nichts von alledem fand Beachtung, da sich sämtliche Fragen und Bemerkungen auf ihren Vater bezogen.

»Ich hasse dieses Kleid, Harris!«, gestand sie mir verzweifelt in einem unbeobachteten Moment. »Ich hasse mein Leben!« Es zerriss mir fast das Herz, und beinahe hätte ich sie mitten in dem höfischen Theater tröstend in meine Arme geschlossen. Doch für die Entgleisungen an diesem Abend war ein anderer zuständig.

Wir befanden uns inzwischen in einem Speisesaal, den man wie eine klassische Arena durch ein Portal von roten Säulen betrat. Der Raum hatte kolossale Ausmaße und war eines Kaisers würdig, zur Not passten auch zwei von ihnen mitsamt Gefolge hinein.

Kaum zu glauben, aber Mark Twain war der Ehrengast des Abends und saß zur Rechten des Kaisers, dessen Schatten Heinrich gegenüber Platz nehmen musste. General von Versen bewachte die linke Flanke des Monarchen. Die Twain-Familie und meine Nichtigkeit, die übrigen von Versens, Familie Phelps und alle anderen Gäste verteilten sich um die Riesentafel nach einem Schlachtplan, der gewiss seit Waterloo nicht mehr geändert worden war.

Bevor das Essen aufgetragen wurde, plauderte der Kaiser jedoch noch eine Weile im Stehen mit Mr. Twain. In einem Englisch, das man höflich als eigenwillig bezeichnen könnte. Und er überraschte mit einem unerwarteten Bekenntnis. Er schüttelte den Kopf und sagte: »I never feel happy, really happy, at Berlin. Potsdam is my El Dorado. The beautiful nature around you and such kind nice young men in it. – Keene Ahnung, woran dett nu wieder liecht«, fiel er – ich spreche von Wilhelm – urplötzlich ins Deutsche, genauer gesagt ins Berlinerische.

Mr. Twain war sichtlich verblüfft. Einmal natürlich, weil dem Kaiser Potsdam, ein unbedeutender Ort in der Nähe, besser gefiel als seine Hauptstadt Berlin. Und dann fragte er sich wohl auch, auf welche netten jungen Männer der Kaiser eigentlich anspielte. Vielleicht wunderte er sich auch nur darüber, dass Wilhelm ebenso derb berlinerte wie Gretchen, unser Hausmädchen, oder irgendein Bierkutscher in der Stadt.

»Kein unangenehmer Zug am Kaiser. Beinahe hätte ich ihn Willie genannt«, prostete er mir zu, als Wilhelm kurz darauf für einige Augenblicke verschwand. Wahrscheinlich zum Plumpsklo im Hause. Womöglich hatte der hungrige Wilhelm auch nur einen Abstecher in die Küche gemacht, um dem Koch Dampf zu machen. Denn unmittelbar nach seiner Rückkehr in den Saal wurde das Essen aufgetragen.

Der Kaiser nahm Platz, und die gesamte Gesellschaft tat es ihm nach. Es wurde still. Nun begann schlagartig der offizielle Teil des Banketts. Doch mitten in diese Stille hinein platzte auf einmal Mr. Twain mit einem lauten Ausruf des Entzückens, als er die hereingetragenen Schalen mit den Kartoffeln sah. Er wandte sich nach links zum Kaiser und rief: »Ja, ist das zu fassen! Gebackene Kartoffeln! Die sehen verdammt noch mal so aus wie die Kartoffeln, die Wales McCormick damals auf so unvergleichliche Art gekocht hat!«

Es half nichts, dass er Englisch gesprochen hatte. Das Kind lag im Brunnen. Falls Wilhelm sich bemüht haben sollte, nicht geschockt auszusehen, so merkte man es ihm nicht an. Er war plötzlich wie versteinert. Die gesamte versammelte Hofschranzenschar war es ebenfalls (oder tat so), und der Hausherr, General von Versen, schien vor Scham über seinen Verwandten auf seinem Stuhl zu sterben, so grün sah er aus.

Mr. Twain hatte eine unverzeihliche Sünde begangen. Er hatte dem Kaiser den Einsatz vermasselt. Der deutsche Kaiser, klärte Mr. Phelps Mark Twain nach dem Bankett auf, hatte stets das erste Wort. Und das letzte sowieso. Und gar keins hatten alle Anwesenden, solange Wilhelm redete. Und er redete viel. Zu viel für meinen Geschmack, aber das ging mich nichts an, er war ja nicht *mein* Kaiser.

Das Schweigen dauerte mindestens eine Minute und füllte bereits den gesamten Saal mit dicker Luft, bis Wilhelm es endlich brach: »Now tell me, where did you have those potatoes, Mr. Twain? Und wat is' ditt for'n Komiker, von dem Sie jesprochen haben?«

Mr. Twain gab bereitwillig Antwort: »Es war in meinem Heimatort, in meiner Zeit als Druckerlehrling beim ›Hannibal Courier‹«, klärte er den Monarchen auf. »Und Wales McCormack war ein Lehrling, der es verstand, die Kartoffen auf so unvergleichliche Art zuzubereiten, dass ich mal gespannt bin, ob diese hier heute Abend mithalten können.« Er lachte.

Der Kaiser lachte nicht. Die Generalin von Versen, Cousine Alice, sah als Gastgeberin erst recht keine Veranlassung dazu. Und im Gesicht ihres Gatten wechselte die Farbe von Grün zu – ich sag's nicht gern – kartoffelfahl. Selbst von Rottweil, der doch weder direkt noch indirekt angesprochen war, sah aus, als habe Mark Twain eine Bemerkung über seine Nase gemacht. Die durchaus eine gewisse Ähnlichkeit mit dem aufgetischten Gemüse hatte.

Olivia Twain warf mir einen besorgten Blick zu, sie begriff spätestens in diesem Moment, dass der Humor von Mr. Twain in gewissen Kreisen nur gewürdigt wurde, solange er die Seiten seiner Bücher nicht verließ. Oder wie Mr. Twain es einmal ausdrückte: »Wir lieben die Menschen, die frisch heraussagen, was sie denken – solange sie das Gleiche denken wie wir.«

Der Arm des Kaisers

DER KAISER FASSTE sich aber bald wieder. Immerhin galten Mark Twains respektlose Bemerkungen nur den servierten Kartoffen, nicht Wilhelms Fähigkeiten als Kaiser. Der Monarch hatte einige von Mark

Twains Büchern gelesen. Und zwar durchaus mit Vergnügen. Er lobte zum Beispiel die Heidelberger Episode aus dem ›Bummel durch Europa‹: »I read about the students in your book, Mr. Twain. Not bad. Wirklich, fast, als hätten Sie daneben jestanden.«

Jetzt schmunzelte der Kaiser doch. Ein wenig. Aber Mark Twain tat es nicht. Kein bisschen. Denn schließlich – Mr. Twain *hatte* damals daneben gestanden, während sich die Heidelberger Studenten in ihren blutigen Saalfechtereien beherzt ihre Gesichter in Streifen schnitten. Und ebenso war er bei allem anderen, worüber er in seinem Buch geschrieben hatte, unmittelbarer Zeuge gewesen. Ich muss es wissen, ich habe ihn begleitet.

Eine ganze Weile ließ sich Wilhelm nun recht launig über verschiedene andere Werke Mark Twains aus, unter anderem über ›Leben auf dem Mississippi‹. Er liebe auch selbst das Reisen auf dem Wasser, betonte Wilhelm, und langsam schien das Eis zwischen den ungleichen Männern zu schmelzen. Doch dann kam der Kaiser auf die Nachteile von Schiffsreisen zu sprechen, auf die Auswirkungen, die das naturgemäß feuchte Klima von Fluss und Meer auf den Körper habe.

Ich hatte wie Mark Twain schon längere Zeit beobachtet, dass der Kaiser nur mit der rechten Hand aß, seine Linke benutzte er kaum und wenn doch, dann – ich hätte beinahe gesagt: linkisch. Des Kaisers Linke lag meist faul in Kaisers Schoß oder hing herab wie ein abgestorbener Ast.

Als der Kaiser auf verschiedene Reisegebrechen zu sprechen kam, ging plötzlich ein Ruck durch Mr. Twain, er nickte lebhaft und deutete mit der Gabel (oder besser mit einem Fleischstück auf der Gabel) auf die kaiserliche Linke: »Ich kann mir denken, wovon Sie sprechen, Majestät. Ich sehe, Sie sind wie ich ein Opfer des Rheumatismus.«

Wilhelm starrte Mr. Twain wie vom Blitz getroffen an. Doch Mark Twain schien das gar nicht zu bemerken. »Ich erkenne es an Ihrem linken Arm, Majestät, den Sie, wie ich meinen rechten, sicher kaum anheben können vor Schmerz. Habe ich recht?«

Von den herumstehenden Fettnäpfen höfischer Etikette hatte Mark Twain damit keinen ausgelassen und schließlich auch den größten erwischt. Er hatte ungefragt gesprochen, er hatte mit der vollen Gabel auf den Kaiser gezeigt (auch ohne Fleischbrocken ein Fehler, ja sogar ganz ohne Gabel wäre es das), er hatte Wilhelms äußere Erscheinung kommentiert. Er hatte mit ihm wie mit einem Zechbruder gesprochen.

Aber man konnte von Mark Twain eben vieles bekommen, nur nicht, dass er in Gesellschaft schwieg. Als Jean ihn kürzlich gefragt hatte, warum er nicht mit ihnen den Gottesdienst besuche, hatte er geantwortet, er könne es einfach nicht ertragen, wenn ein anderer als er selbst rede.

Der Kaiser schwieg jetzt. Er sog die Luft tief durch seine lange Nase ein, so tief, als wollte er sie auf ewig in sich einschließen. Er wandte sich abrupt von Mr. Twain ab und fing ein Gespräch mit seinem Schatten, dem Prinzen Heinrich, an. Während des gesamten Essens würdigte er Mr. Twain keines Blicks mehr. Der wiederum widmete sich nun intensiv den Kartoffeln und rief Alice das zweifelhafte Kompliment zu: »Vorzüglich, Alice! Ich gratuliere dir zu deiner Küche. Wales McCormick hätt's nicht besser hingekriegt.«

Alle Anwesenden begriffen mit einem Mal, dass etwas Schreckliches vorgefallen sein musste, da der Kaiser sich plötzlich mit solch tödlicher Ignoranz gegenüber dem Ehrengast zu seiner Rechten verhielt.

Nach dem Essen flatterten sämtliche Damen in den Salon, und alle Herren tauchten in den so genannten ›Tunnel‹ ab, um im Biersee des ausgedehnten Souterrains der von Versen-Villa zu baden. Dort gab es Aufklärung für den Arglosen aus Amerika.

»Was zum Teufel hast du mit Wilhelm angestellt, Mark?«, bestürmte Walter Phelps Mr. Twain in einer etwas abgelegenen Ecke des ›Tunnels‹. Mark Twain schüttelte verständnislos den Kopf und erwiderte, er habe sich nur teilnahmsvoll nach dem rheumatischen linken Arm des Kaisers erkundigt.

Phelps erbleichte. »Du hast *was* getan? Weißt du, dass das einer Kriegserklärung ans Deutsche Reich gleichkommt, Mark?«

»Aber wieso? Was ist so schlimm daran?«

Mr. Phelps senkte besorgt die Stimme und erklärte es ihm: »Mark, der Arm des Kaisers ist absolutes Tabu bei Hof. Und schon gar in seiner Gegenwart. Sein kümmerlicher Arm ist nicht rheumatisch, sondern eine Art Geburtsfehler: Wilhelm kam als Sturzgeburt auf die Welt. Er schoss mit solcher Gewalt aus Vickys Bauch, dass dabei der Arm aus dem Schultergelenk sprang oder etwas Ähnliches.«

Vicky? Mr. Phelps sprach natürlich von Wilhelms Mutter Victoria, der Tochter der englischen Queen gleichen Namens. Er musste heftig durchatmen, ehe er weitersprechen konnte, und das lag nicht nur an der schweren, bierdunstigen Luft im ›Tunnel‹.

»Einige Bänder an der Schulter von Little Wilhelm rissen damals ab«, fuhr er fort. »Seitdem hängt sein Arm mehr oder weniger nutzlos herunter. Na, du hast es ja gesehen, Mark. Er hat kaum Kraft darin.«

»Hat man nichts unternommen, um ihn zu heilen?«, wollte ich wissen. Der Fall interessierte mich. Ich wollte einmal Arzt werden, aber das Schicksal hatte anderes mit mir vor.

Mr. Phelps nickte heftig. »Doch, natürlich, Harris. Sehr viel wurde unternommen. Zu viel. Die Ärzte schoben das Ärmchen des Kronprinzen in ein frisch geschlachtetes und ausgenommenes Kaninchen ...«

»Eine unfehlbare Methode bei toten Armen!«, fiel ihm Mark Twain ins Wort.

»In anderen Fällen vielleicht«, erwiderte der Botschafter trocken. »Aber nicht bei Wilhelm. Also wandten sie Elektroschocks an und verpassten dem Jungen eine Zwangsjacke, die ihn daran hinderte, den Kopf nach links zu drehen.«

»Ah!«, rief ich aus und blickte Mr. Twain an. »Daher saßen Sie an seiner rechten Seite, Sir.« Beide, Mr. Twain und Mr. Phelps, sahen mich darauf mit einem merkwürdigen Blick an, den ich bis heute nicht deuten kann.

»Vicky, seine Mutter«, fuhr der Botschafter fort, »machte aus ihrer Enttäuschung über den kleinen Krüppel als Sohn keinen Hehl. Und Wilhelm versucht bis heute vor aller Welt zu verbergen, dass es da linksseitig an seinem Körper ein gewisses Problem gibt.«

»Er tut so, als *gäbe* es den Arm gar nicht«, präzisierte Mr. Twain. Es klang ein wenig nach Entschuldigung für seinen Fehltritt.

Das deutsch-amerikanische Verhältnis in von Versens Souterrain, im ›Tunnel‹, blieb an diesem Abend frostig. Selbst die gewaltigen Mengen Bier, die flossen, konnten die Eismassen zwischen Kaiser und Dichter nicht wegspülen. Es dauerte bis tief in die Nacht, ehe der Kaiser wieder auf Mr. Twain zukam, jedoch nur, um sich mit verschlossenem Gesicht und knappen Worten von ihm zu verabschieden. Nicht einmal der Genuss des Nationalgetränks der Deutschen hatte den Kaiser also milder stimmen können.

Es blieb ein äußerst schaler Nachgeschmack von dem Abend mit Wilhelm zurück. Selbst Mr. Twain waren die kaiserlichen Fettnäpfe, in die er getappt war, peinlich, sodass er seine Notizen darüber nur einem Heft anvertraute, das er sorgsam verschloss. Dieser Mangel an Vertrauen kränkte mich ein wenig.

Das Bankett war in jeder Hinsicht und für fast alle Beteiligten der Familie Twain ein Misserfolg geworden. Das Familienoberhaupt hatte das deutsche Staatsoberhaupt brüskiert, und Olivia befürchtete deswegen nun Nachteile während unseres weiteren Aufenthalts in Berlin. Susie fühlte sich wie Luft behandelt, und Jean hatte sich nur gelangweilt. Selbst Clara fand die Aufmerksamkeiten des halben Dutzend Offiziere, die sie zusätzlich zu Mr. Sowieso im Laufe des Abends auf sich ziehen konnte, eine magere Ausbeute.

»Ich kann noch mehr!«, behauptete sie etwas zweideutig gegenüber Katy Leary.

»Mehr, Miss Clara? Was meinen Sie?«, wollte Katy wissen. Doch Clara hob nur lächelnd das schmale Kinn und verschwand in ihrem Zimmer.

Jean ging zu ihrem Vater und führte ihm die weitreichenden Folgen des Treffens mit dem Kaiser vor Augen: »Jetzt kennst du alle wichtigen Leute außer Gott, Papa!«, stellte sie todernst fest.

Mr. Twain lachte, weil er ihre Feststellung zunächst für ein Kompliment hielt. Bis ihm aufging: »Wenn nur noch Gott auf meiner Gesprächsliste offen ist, Harris, denkt Jean dann nicht, dass ich den Teufel schon kenne?«

»Den Schluss muss man ziehen, Sir«, antwortete ich ehrlich. Er lachte nun nicht mehr.

Rache für Shakespeare

Mr. Twain, das muss man ihm lassen, bemühte sich tapfer, die gedrückte Stimmung in der Familie zu bekämpfen. Zunächst seine eigene, indem er sich an die Übersetzung des ›Struwwelpeter‹ machte. Dem Gelächter, das aus dem Arbeitszimmer drang, nach zu urteilen, hatte er viel Spaß bei der Sache.

Die Mienen der Familie versuchte er durch ein buntes Unterhaltungsprogramm aufzuhellen. Er trommelte die Familie zusammen und schlug verschiedene Aktivitäten in der Stadt vor. Leider führte das nur zum heftigen Streit unter den Mädchen. Jean wollte »Boxende Hunde« im Theater der Reichshallen sehen, Clara zeigte sich offen für »Jung-Deutschland zur See«, ein »Zeitbild« mit Gesang und Tanz im Belle-Alliance-Theater. Susie hätte sich am liebsten den »Kunst-Bacillus«, ein Lustspiel im Thomas-Theater, angesehen. Wie so oft konnte der Streit nur dadurch geschlichtet werden, dass keine von ihnen bekam, was sie wollte. Die Eltern entschieden sich am Ende für einen »Goethe-Cyclus« im Deutschen Theater, und keiner aus der Familie verstand, worum es dabei eigentlich ging.

Mr. Twain regte die Darbietung aber zu einigen kleineren Übersetzungsversuchen an. »Goethe ist leider schon vor mir ins Englische übertragen worden. Aber es gibt da eine Passage im Faust, Harris, die scheint mir verbesserungsbedürftig.«

Er zeigte mir das Original von Mr. Goethe: »Man darf es nicht vor keuschen Ohren nennen, Was keusche Herzen nicht entbehren können.« Dann stolz seine Übersetzung: »What hypocrites and such can't do without – Cheese it – ne'er mention it aloud.«

»Wenn ich mir die Frage erlauben darf, Sir: Glauben Sie, dass die Deutschen Ihren Satz verstehen würden, wenn man ihn ins Deutsche zurückübersetzte?«

»Kommt drauf an, wer ›man‹ ist«, antwortete er. »Aber mal andersherum betrachtet, Harris: Schauen Sie sich nur mal die deutschen Übersetzungen von Shakespeare an. Sie halten sie hierzulande für klassisch. Aber mir treiben sie vor Lachen die Tränen in die Augen. Also warum sollte ich mit Johann Wolfgang anders umspringen als die deutschen Übersetzer mit Will?«

Mir wurde plötzlich klar, dass er seine Übersetzung als eine Art Rache für Shakespeare betrachtete.

Doch weder die klassische Theateraufführung noch die freie Übersetzung des Klassikers konnten die Stimmung in der Familie entscheidend heben, nicht mal bei ihrem Häuptling. Ich dagegen war schon froh, wenn sich die Lage nicht noch mehr verdüsterte. Wenn also nicht neue böse Nachrichten über finanzielle Desaster aus den Staaten eintrafen. Und wenn die Familie nicht weiter von unbekannten Personen beiderlei Geschlechts belagert, beobachtet, beschimpft und beleidigt wurde. Insgeheim fürchtete ich auf den Ausflügen der Twains in der Berliner Öffentlichkeit stets eine neue Attacke des »Zirkus-Manns«.

Auch die Tatsache, dass Adele buchstäblich nicht mehr aufgetaucht war, belastete mich. Ein nagendes Schuldgefühl wegen meiner unglücklichen, wohl etwas übereifrigen Verfolgungsjagd am Landwehrkanal hatte sich in meiner Magengrube festgesetzt, und ich war gezwungen, abends öfter als sonst mit Mr. Twain auf sein Wohl zu trinken, um es zu betäuben.

Die Vergnügungen in der Stadt konnten aber sicher dazu beitragen, meine unschöne Begegnung mit der Dame zu vergessen, hoffte ich. Und so applaudierte ich denn wie alle anderen zu Mr. Twains Vorschlag, mit der gesamten Familie eines der großen Wiener Kaffeehäuser Berlins zu besuchen.

Der Beifall kam zu früh, wie sich noch herausstellen sollte.

Wir gingen zunächst ins Kranzler, Unter den Linden, Ecke Friedrichstraße, verzehrten dort haufenweise köstlichen Wiener Schokoladenkuchen, um anschließend das Bauer zu besuchen, ein Café, das gleich gegenüber dem Kranzler auf der anderen Straßenseite lag. Katy wusste sich vor Wonne über die Größe der Portionen von Russischem Eis und vor Staunen über den Luxus des Etablissements kaum noch zu lassen. Sie bedankte sich mindestens fünf Mal bei Mr. Twain, dass er sie in ein »so feines Haus« mitgenommen hatte.

Nun ließ sich eine Katy Leary zwar stets sehr leicht beeindrucken. Doch im Fall des Café Bauer musste ich ihr zustimmen. Mit seiner unübersehbaren Zahl an Marmortischen, seinen Springbrunnen, Palmengruppen, Kristallkronen, gusseisernen Säulen, einem Lichthof, der sich über zwei Etagen in den Himmel streckte, mit Billardzimmern und Lesesälen und gigantischen, wenngleich unpassenden Wandmalereien, die das Leben im alten Rom darstellten, war das Bauer zweifellos ein überwältigendes Erlebnis für jeden Gast.

Mr. Twain schien dennoch mehr am praktischen Wert des Hauses interessiert zu sein. Er sah seine Familie von flinken Kellnern gut versorgt und forderte mich auf, mit ihm eines der Billardzimmer aufzusuchen.

»Ins Billardzimmer?«, nahm Olivia gewissermaßen die Kugel auf und kniff die Brauen zusammen. Sie wusste, dass es beim Billard rasch ein Stündchen oder zwei dauern konnte, ehe ihr Mann vom grünen Tisch zurückkehrte. Doch Mr. Twain hatte bereits einen Kellner herbeigewinkt und ließ sich den Weg durch den Saal zeigen.

Das Billardzimmer war ein rundum mit dunkel gebeiztem Holz verkleideter Raum mit einem guten Dutzend Pool-Tischen. Ringsum an den Wänden waren große Kristallspiegel angebracht, davor standen kleine quadratische Holztische, an denen getrunken und Karten gespielt wurde. Jeder Billardtisch war mit großen, runden elektrischen Lampen darüber so hervorragend ausgeleuchtet, dass man mit Handspiegel und Schere bewaffnet, problemlos seine tiefsten Nasenhaare hätte ausmerzen können.

Es spielten bereits einige Herren sowohl in ziviler Kleidung als auch in Uniformen, doch zwei benachbarte Spieltische waren glücklicherweise noch frei. Wir ließen uns die Queues und Kugeln bringen, besetzten einen der beiden Tische und begannen das Spiel, kurz bevor eine Gruppe deutscher Studenten in vollem Ornat, mit Uniform und Mütze, den Raum betrat und lautstark den Tisch neben uns in Beschlag nahm.

Das Billard gehörte seit jeher zu den Tätigkeiten, denen sich Mr. Twain fast ebenso hingab wie dem Schreiben, das heißt in höchstem Maße konzentriert und schweigsam. Während er nun zu einem Stoß ansetzte und sich auf die Kugeln und die Stockführung konzentrierte, fiel mir auf, dass einer der Studenten am Nachbartisch, ein schlanker Bursche in hellblauer Corps-Uniform, mit dünnem Schnurrbart und blassem Gesicht ihn plötzlich von der Seite musterte, ja fixierte und ihn zweifellos erkannte. – Nicht schon wieder!, dachte ich, denn das Gesicht des Studenten verhärtete sich plötzlich in ganz ähnlicher Weise wie bei den Männern im Café Josty und in der Pferdebahn. Vom »Zirkus-Mann« ganz zu schweigen.

Noch während Mr. Twain an seinem Stoß arbeitete, übergab der gaffende Student einem seiner Spielpartner, einem Studenten in der gleichen hellblauen Tracht, seinen Billardstock und seine Mütze, zückte aus einer Tasche einen kleinen Kamm, trat an einen Wandspiegel und begann, den Mittelscheitel seiner sandfarbenen Strähnen intensiv von hinten nach vorn und wieder zurück zu bearbeiten. – Offenbar hatte ich mich doch getäuscht. Ich atmete erleichtert auf. Der junge Mann schien sich nur für sich selbst zu interessieren.

Mr. Twain hatte inzwischen gut gezielt und soeben die Kugel Nummer fünf versenkt, als der Student vor dem Spiegel sich plötzlich abrupt umwandte, auf unseren Tisch zusteuerte, hart davor Halt machte, demonstrativ seinen Kamm unters Licht hielt und das Ergebnis seiner Kopfbearbeitung – ein paar Haare und ein Wölkchen grauweißer Schuppen – auf die grüne Tischfläche rieseln ließ. Es sah aus wie eine winzige Menge schmutzigen Schnees, der auf einem grünen Rasen noch nicht in der Sonne geschmolzen war.

Mr. Twain verschlug es ebenso den Atem wie mir. Der Student hatte das wohl vorausgesehen, machte mit feixendem Gesicht auf dem Absatz kehrt und wandte sich an seine Kollegen, die ihn gespannt, teils ratlos, teils grinsend beobachtet hatten. Jetzt klärte er sie rasch über sein Verhalten auf, indem er ihnen ein Wort zuflüsterte, das ich nicht verstand, aber das sogleich allseitiges Kopfnicken und Verständnis in den Gesichtern dieser Gestalten auslöste.

Er ließ sich seine Mütze zurückgeben, drehte sich wieder halb zu uns um und gab laut zu verstehen, dass das Billardspiel ungenießbar für ihn sei, wenn er zugleich die Luft mit »diesem Herrn« teilen müsse. Wie auf Kommando donnerten die Studenten ihre Queues auf den Tisch und verließen mit hasserfüllten Gesichtern, die Kinne weit vorangeschoben, den Raum.

Ich blickte mich ratlos um. Die Herren ringsum spielten weiter, als wäre nichts geschehen. Der Vorfall schien an keinem der übrigen Tische bemerkt worden zu sein. Für Mr. Twain aber war es eine weitere empörende, demütigende Erfahrung. Der Stock in seiner Hand zitterte. Ich nahm ihm den Queue ab und legte ihn sachte auf den Tisch.

»Lassen Sie uns gehen, Sir«, sagte ich. Er nickte und wir verließen den Raum.

»Die ganze Anmaßung und Böswilligkeit seiner

Vorfahren der letzten zweihundert Jahre spiegeln sich in dem Verhalten dieses Jungen«, sagte er leise und erschüttert, als wir uns bereits wieder mitten in dem riesigen, belebten Saal des Lichthofs befanden.

»Schon richtig, Sir«, antwortete ich. »Aber warum richtete er seine Beleidigung ausgerechnet gegen Sie? Aus welchem Grund? Woher kennt er Sie?«

Er blieb überrascht stehen. »Er kennt mich? Wie kommen Sie darauf, Harris?«

»Nun, es war nicht zu übersehen, Sir. Sie waren zu sehr mit Ihrem nächsten Stoß beschäftigt, um es zu bemerken. Aber mir fiel auf, dass er Sie beobachtete und offensichtlich erkannte. Um Sie anschließend gezielt zu beleidigen.«

Mark Twain wurde nun noch nachdenklicher, schüttelte dann aber energisch den Kopf und sagte: »Er muss gehört haben, dass wir Englisch miteinander redeten. Vielleicht einer von der Sorte, die Ausländer für ihre natürlichen Feinde halten.«

»Aber Sir, wir sprachen nur anfangs miteinander, als die Studenten noch nicht anwesend waren. Und danach waren Sie ganz mit dem Spiel beschäftigt.«

Er sah mich ratlos und verwirrt an. Dann gingen wir weiter, und als wir den Tisch der Familie wieder erreichten, bemühte er sich tapfer um ein Lächeln. Es misslang ihm ziemlich.

»Verloren, Papa?«, fragte Clara scherzhaft, als sie sein Gesicht sah.

»Ja, verloren«, antwortete ihr Vater. »Wohl nicht mein Tag heute.«

Katy schaute mich darauf mit ganz neuen Augen an: staunend, um nicht zu sagen bewundernd. Sie hielt mich für den Mann, der im Billard kurzen Prozess mit Mr. Twain gemacht hatte. Ich ließ sie in dem Glauben.

Die Kalesche

Dieser neuerliche und vollkommen unerklärliche Vorfall saß vermutlich tiefer, als Mr. Twain sich selbst zugeben mochte. Seine Erschütterung und nachträgliche Wut über die soeben erfahrene Demütigung zeigte sich kurz darauf anlässlich einer kleinen Szene, die sich nach Verlassen des Café Bauer abspielte.

Es war bereits früher Abend, aber noch sonnig und mild. Wir spazierten die Linden entlang, soweit das im Gewimmel einer solchen Ameisenstraße möglich war, und erreichten schließlich die Brücke vor dem Schloss. Ein imposantes Gebäude übrigens, mit erstaunlich freundlicher sandgelber Fassade.

Das Hohenzollern-Schloss löste bei Katy überraschende Fantasien aus: »Ehrlich, wenn ich Kaiserin oder Prinzessin oder so was wäre«, spekulierte sie laut über ihre Zukunft, »ich wüsste nicht, in welches von den hundert Betten in so 'nem Schloss ich mich abends legen sollte.«

»Och, frag mich, Katy«, bot Jean großzügig an, »ich sag's dir dann schon.«

Das Problem war damit gelöst. Jedenfalls stand aus Jeans Sicht Katys Karriere als deutscher Kaiserin nun nur noch die aktuelle Amtsinhaberin Auguste Viktoria im Wege.

Während wir uns noch auf der Brücke befanden, vor uns das Schloss, in unserm Rücken die Ameisenstrecke in Richtung Brandenburger Tor und Tiergarten, donnerte in hohem Tempo eine kaiserliche Kalesche an uns vorbei auf das Schloss zu, leicht zu erkennen an den Rassepferden und den Lakaien in bunten Livrees, die vorne steuerten und hinten an der Kutsche klebten. Die Kalesche hielt auf dem Schlossplatz vor einem Korps aus Trommel- und Querpfeifenspielern. Eine halbe Hundertschaft Offiziere unter dem Kommando eines Leutnants eilte herbei, stand still, und ein schrecklicher Pfeifen- und Trommelwirbellärm setzte ein. Doch weiter geschah nichts. Die Damen Twain rieben sich verwundert die Augen. Das Seltsame war in der Tat, dass niemand ausstieg, und nach einer Weile gab es keinen Zweifel, dass die Kalesche leer war.

Mr. Twain betrachtete das Schauspiel mit einer Mischung aus Überraschung und Ekel. »Es ist ein Skandal, Livy«, schimpfte er, nachdem die Kutsche abgefahren war. »Der Wagen ist leerer als meine Geldbörse!«

Olivia zuckte die Achseln. »Na und«, sagte sie. »Wenn er voll mit Prinzen und Prinzessinnen wäre, würde es woanders leer sein.«

Alle lachten über diese Bemerkung, die durchaus typisch für sie war. Nur ihr Gatte fand sie im Augenblick nicht komisch.

»Ich bin auch einmal mit Querpfeifen und Trommeln begrüßt worden«, erwiderte er erbost. »Vor dem Regierungsgebäude in Ottawa, als ich dort den Generalgouverneur besuchte. Ich hielt es damals für die größte Ehrenbezeugung, die man einem Schreiber zukommen lassen konnte. Zumindest aber mir. Die Trommler bearbeiteten wie wahnsinnig ihre Kalbshäute für mich, ihre Arme gingen wie Windmühlen in einem Sturm und die anderen Jungs in Rot kitzelten fröhlich ihre Flöten. Es war der stolzeste Moment meines Lebens. Aber jetzt sehe ich, dass das Ganze Unsinn und Quatsch war. Denn hier tut man das Gleiche auch für einen leeren Wagen, obwohl er nur das königliche Wappen spazieren fährt!«

Es war offensichtlich, dass er sich wirklich kolossal ärgerte. Der ›Shakespeare des Humors‹, wie manche behaupteten (nun ja), konnte der Szene, dass eine Adelskutsche selbst dann mit militärischen Ehren begrüßt wurde, wenn kein Blaublüter darin saß, nicht die Spur des Komischen abgewinnen. Daran erkannte ich deutlich, wie sehr Mark Twain die vorausgegangene Szene im Café Bauer zugesetzt haben musste. Es gab für ihn an diesem Tag einfach nichts mehr zu lachen.

Und auch am folgenden nicht. Ich hatte Susie und Clara wie üblich zu ihrem Musikinstitut begleitet und befand mich auf dem kurzen Fußweg zurück, um sie etwa drei Stunden später wieder abzuholen. Ich bemerkte die zerlumpte Gestalt schon von Weitem, als ich aus nördlicher Richtung in die Körnerstraße einbog. Es war der Zirkus-Mann, wer sonst? Er lungerte vor dem Kolonialwarenladen herum und beobachtete die gegenüberliegende Straßenseite. Er war auf der Hut und blickte sich permanent um. Auf diese Weise entdeckte er mich fast im selben Moment wie ich ihn. Es dauerte keine Sekunde, und er huschte davon wie eine Ratte; keine Chance für mich, ihn einzuholen. In diesem Moment reifte in mir der Plan, mich für die nächste Begegnung mit ihm zu wappnen. Die Idee lag buchstäblich auf der Hand …

Wie so häufig stand die kleine Christine teilnahmslos vor der Kellerwohnung ihrer Familie im Nachbarhaus. Als ich sie fragte, ob sie den Mann kenne, der sich soeben auf der anderen Straßenseite davongemacht hatte, blickte sie mich nur erstaunt an, als wundere sie sich, dass dort überhaupt ein Mensch gestanden hatte. Sie sagte kein Wort, drehte sich auf dem Absatz um und ging aufrecht und steif die Stufen zur Kellerwohnung ihrer Familie hinunter. Bevor sie hineinging, nahm sie ihre kleinen, aber hübschen Ohrringe ab, drehte sich noch einmal zu mir um und öffnete die Tür, hinter der sie dann rasch verschwand.

Gleich, nachdem ich unsere Wohnung betreten hatte, rief mich Mr. Twain zu sich in sein Arbeitszimmer. Er deutete mit dem Finger auf einen Brief, der sich wie ein Schmutzrest am äußersten Rand des Sekretärs befand. Es war das gleiche schmuddelige, grobe Papier wie beim ersten Mal, mit ebenso groben Worten auf dem innen befindlichen Zettel:

JETZE WÜRTET ERNST, TWEEN.
HASTE DET NU KAPIEHRT?
LEZTE WAHNUNK.

Der Brief war wieder von einem Jungen, jedoch einem anderen als beim ersten Mal, überbracht worden. Er war davongestürmt, sobald eines der Mädchen das Kuvert in Empfang genommen hatte.

»Ich fürchte, der Mann meint, was er schreibt«, sagte Mr. Twain. Sein ernstes Gesicht nahm einen entschlossenen Ausdruck an. »Ich werde Phelps über die Sache informieren.«

Das wunderte mich nun doch: »Ja, haben Sie das denn noch nicht getan, Sir?«, rief ich aus.

Er seufzte und überging mein Erstaunen, indem er anfügte: »Ich werde Walt bitten, zu veranlassen, dass die deutsche Polizei ihr Werk tut.«

Der Fall Mark Twain

SEHR FRÜH AM folgenden Morgen, als die Familie Twain noch schlief, ich aber mit Mr. Twain bereits am Frühstückstisch saß, kam plötzlich Gretchen ins Zimmer gestürmt, schreckensbleich im Gesicht.

»Gnädiger Herr, da ist … draußen vor der Tür, da steht …«

»Ein Mann?«, rief ich und schoss in die Höhe.

»Nein! Ich meine, na ja«, stammelte Gretchen; hinter ihrer weißen Stirn musste ein wahrer Sturm toben.

»Also was denn nun gewesen, Gretchen?«, rief Mr. Twain ungehalten. »Mann oder Frau?«

»Keins von beiden. Die Polizei, gnädiger Herr!«

»Die Polizei? Das gut wäre«, erwiderte er. »Aber etwas fruh am Morgen. In andere Circumstande ick hatte dich gesagt, dass du ihm zum Teufel schicken sollst, Gretchen.«

»Um Himmels willen, gnädiger Herr. So etwas sagt man doch nicht zur Polizei!«

»Ach«, erwiderte Mr. Twain unwirsch, »selbst wenn dem Kaiser personlich wäre vor das Tur, ick hatte ihn nicht gestattet, mick beim Fruhstuck zu storen. Normalenweise.«

»Aufmachen! Wird's bald!«, donnerte mit einem Mal die markige Stimme des Polizisten, der sich offenbar bereits direkt vor dem Zimmer befand.

»Come in!«, rief Mark Twain. »Herein, Officer!«

Der Schutzmann stieß die Tür auf und trat ein, als gehörte ihm das Haus mit allen Bewohnern einschließlich der Wanzen. Es handelte sich zu meiner Überraschung um den gleichen dürren Schutzmann, der sich bereits um die Impfung der Dienstmädchen verdient gemacht hatte. Ich kann nicht sagen, dass mich das beruhigte. Schon gar nicht, als der Mann den Mund aufmachte und in scharfem Ton sagte: »Nehmen Se sich in Acht, mein Herr. Ick hörte Sie den Namen von unserm Kaiser aussprechen. In keinem sehr freundlichen Ton.«

»Es war nicht personlich gemeint gegen dem Kaiser, Officer. Mehr in allgemein Bedeutung über Kaisers und Kings und solchen Leuten.«

Der Schutzmann runzelte die Stirn. Ihm schwante, dass auch diese Aussage aus nationaler Sicht womöglich nicht ganz sauber war: »Sie reden ja wie'n Anarchist, Herr Tween.«

Mr. Twain lachte. Ich fürchte, er fühlte sich geschmeichelt. »Ich nehme an, Officer, Sie hier sind wegen Mr. Phelps Ihnen gesagt herzukommen?«

»Mr. Phelps?«

»Ja. Die amerikanischen Gesandten in Berlin.«

»Nee, mein Herr. Die Person kenn ick nich. Ick komme bloß wejen Ihre Betten.«

Mark Twain blieb der Mund offen stehen. Auch ich glaubte, den Sheriff falsch verstanden zu haben.

»Betten? Du meint: so, like this?« Er legte die

beiden Hände zusammen und bettete seine rechte Wange darauf wie zum Schlafen.

»Jenau det meen ick, Herr Tween. Sie erlauben Ihre Bediensteten« – Gretchen zuckte bei diesem Wort heftig zusammen – »oder Sie veranlassen et sogar, det Ihre Bediensteten morjens de Bettwäsche neben de Fenster auslejen zum Ausdünsten. Wenn ick uff der andern Straßenseite steh und mir uff Zehenspitzen stelle, kann ick se jenau sehn. Det verstößt aber nun jejen die Vorschriften, mein Herr.«

Mark Twain schüttelte den Kopf und fing an zu lachen. Er lachte und bog sich und hielt sich den Bauch und zeigte mit dem Finger auf das Schafsgesicht des Schutzmanns, bis dieser plötzlich die Hacken zusammenknallte, seine rechte Hand auf den Griff seines Säbels legte und brüllte: »Sie sind verhaftet, mein Herr!«

Mark Twain lachte nun noch mehr, er konnte sich gar nicht mehr beruhigen. Doch es gelang mir, auf den verdutzten Schutzmann so weit beruhigend einzuwirken, dass er von der sofortigen Verhaftung Mark Twains für heute absah. Es wäre auch ein wenig aufwendig für ihn gewesen; die Bequemlichkeit spielt in der Strafverfolgung oft eine größere Rolle, als man denkt. Er ließ sich jedoch nicht davon abbringen, Mr. Twain dazu zu verpflichten, anderntags um neun Uhr vor Gericht zu erscheinen. Dann verließ er wutentbrannt die Wohnung.

Nachdem es mir gelungen war, Gretchen, für die die dramatische Szene einfach zu viel gewesen war, aus ihrer Ohnmacht zu wecken, fuhren wir umgehend zur amerikanischen Botschaft, wo Mr. Twain den Vorfall mit Mr. Phelps besprach. Der Botschafter ärgerte sich zunächst maßlos darüber, dass auf seinen ausdrücklichen Wunsch hin nicht wie erwartet ein Kriminalpolizist erscheinen war, um Mr. Twain und seine Familie vor weiteren Übergriffen und Pöbeleien zu schützen. Stattdessen diese Canaille von einem Schutzmann, und das auch nur wegen der Bettwäsche, die am Fenster trocknete.

»Du scheinst bei der deutschen Polizei keine Freunde zu haben, Mark«, stellte der Botschafter nüchtern fest.

»Ich fürchte, bei der amerikanischen auch nicht«, erwiderte Mark Twain.

Mr. Phelps orderte einen Anwalt, der Mr. Twain am anderen Morgen vor Gericht vertreten sollte. Ich befand mich als Zeuge des Geschehens vom Vortag ebenfalls im Saal, wurde aber dann gar nicht zur Sache gehört. Der Schutzmann war selbstverständlich als Zeuge der Anklage geladen.

Der Richter trat ein, wurde von den beteiligten Parteien begrüßt, und alles durfte sich setzen. Mark Twain tat dies in seiner gewöhnlichen Weise, indem er die Beine übereinander schlug. Dafür belegte ihn der Richter mit zehn Mark Strafe wegen unanständigen Benehmens. »Legen Sie nie in einem deutschen Gerichtssaal die Beine übereinander, verstanden!«

Dann wurde ›der Fall Mark Twain‹ behandelt. Und zwar enorm schnell. Nach fünf Minuten erhielt Mr. Twain eine weitere Strafe von zehn Reichsmark, weil er vollkommen unschuldige, blütenweiße Bettwäsche sichtbar zum Lüften vor den Fenstern hatte ausbreiten lassen. Und zusätzlich eine Strafe von zwanzig Mark, weil er einen Mr. Schutzmann ausgelacht hatte. Beamtenbeleidigung. Zusammen mit den zehn Reichsmark für die unanständigen Knie und den zehn für das Bettwäsche-Delikt machte das eine Gesamtstrafe von vierzig Mark.

Als wir gegen Mittag nach Hause kamen, wurde Mr. Twain von allen aus der Familie bestürmt, wie es ausgegangen war. Er spielte die Sache herunter.

»Die vierzig, die ich zahlen musste, bekomme ich zehnfach zurück, wenn ich einen Artikel für den Sun aus meinem Abenteuer vor Gericht mache!«, verkündete er kämpferisch.

»Das wirst du schön bleiben lassen, Jungchen«, wetterte Olivia. »Wenn du wegen ein paar hundert Dollar deinen und den Ruf der Familie zerstörst, ist der Schaden viel größer als jetzt wegen der paar Marks. Womöglich wäre er irreparabel.«

Mr. Twains Miene verfinsterte sich und sein Schnurrbart wanderte missmutig von einer Seite des Gesichts zur anderen hin und her. Ich fand, sie hatte vollkommen recht. Wie immer in lebenspraktischen Dingen.

Kurze Zeit später erschien erneut ein Polizist in der Körnerstraße, doch diesmal sah er gar nicht danach aus, denn er trat in Zivil auf und redete auch so. Mr. Twain war nicht anwesend, er befand sich in der amerikanischen Gesandtschaft, um zu arbeiten. Das Botschaftsgebäude befand sich in der Mohrenstraße und war mit der Droschke in wenigen Minuten zu erreichen. Es kam nun immer häufiger vor, dass Mr. Twain zum Schreiben die Wohnung in der Körnerstraße verließ.

Der Beamte war ein großer, korpulenter Mann mit rötlichem Haar und einem Schnauzbart wie ein Fuchsschwanz in einem breiten, qualligen Gesicht. Sein Name war Tiedke, doch überraschenderweise kam auch er nicht wegen der Berliner Unterwelt, die uns so zusetzte.

»Drohbriefe? Gegen den Hausherrn?«, wiederholte der Polizist mechanisch meine Darlegung des Falls und schüttelte den schweren Kopf. »Davon weeß ick nüscht.«

Es war umgekehrt, Mr. Tiedke wollte etwas von *uns* erfahren.

»Ist Ihnen, Ihrer Herrschaft oder dem übrigen Personal in letzter Zeit irgendetwas oder irgendjemand in der Straße verdächtig vorjekommen?«

Interessant zum einen, dass er mich zum ganz gewöhnlichen Personal rechnete. Zum anderen hatte ich den Herrn erst vor wenigen Sekunden auf die Halbweltfigur, die uns in aller Öffentlichkeit bedrohte und zuweilen bis vors Haus verfolgte, aufmerksam gemacht. Ich sah mich gezwungen, meine Darstellung zu wiederholen. Der Beamte machte sich diesmal wenigstens Notizen. Aber ich hatte noch immer nicht das Gefühl, dass es ihm darum ging, die bedrohte Familie Twain vor einem Ganoven zu schützen.

»Wenn ich mir die Frage erlauben darf, Detective«, formulierte ich in meinem schönsten Deutsch, »in welche Richtung eigentlich zielen Ihre Fragen?«

Der Mann grunzte ein wenig, zupfte sich am fleischigen Ohr und sagte: »Die Richtung wissen wa selber noch nich'. Et jeht um det kleene Meechen hier aus der Straße. Margarete Fiebich.«

»Das Mädchen, das vor Kurzem verschwunden ist, meinen Sie?«

»*War*«, korrigierte er mich. »Die Kleene *war* verschwunden.«

»Haben Sie sie also gefunden?«, atmete ich bereits auf. Er nickte wieder, aber sein Gesicht verdüsterte sich. Und dann berichtete er mir, was geschehen war. Das vermisste Mädchen war im Hinterhof der Bauruine am Ende der Körnerstraße gefunden worden. Ein Obdachloser hatte in dem Rohbau Zuflucht für die Nacht gesucht und am anderen Morgen das tote Kind im Gestrüpp entdeckt. Die Leichenschau in der Charité hatte ergeben, dass die kleine Margarete keinen heilen Knochen mehr im Leib hatte, der Körper war vollständig zertrümmert. Es war eindeutig für die Polizei, dass das Kind aus einem der oberen Stockwerke des Hauses gestürzt war. Ein Unfall? Oder Mord? Kam nicht sogar der Obdachlose selbst, der vermeintliche Zeuge, als Täter in Frage? Die Frage war noch nicht beantwortet, aber man hatte ihn vorsorglich festgenommen.

Sicher, das Kind hätte das Baugrundstück auch allein betreten und über die noch vorhandenen Reste einer provisorischen Treppe im Inneren, die der Polizist beiläufig erwähnte, in die erste oder zweite Etage gelangen können. Möglich also, dass die Kleine verunglückt war. Allerdings fiel mir die Vorstellung schwer, dass sich ein dreijähriges Kind selbstständig von seiner Mutter, seiner Familie, seiner Wohnung entfernt haben sollte, um eine Bauruine am Ende der Straße zu erkunden. Andererseits, war es nicht wiederum auch typisch für Kinder, dass sie genau solche unsinnigen Dinge taten?

Die Nachricht vom Tod der kleinen Margarete erschütterte jedenfalls die gesamte Familie Twain. Niemand von uns hatte die Kleine gekannt – aber die Vorstellung, dass ein so kleiner, junger Mensch einen Steinwurf weit entfernt ums Leben gekommen war, legte sich bei allen beklemmend auf die Seele. Und wie ein Schock wirkte natürlich die Vorstellung, dass das Mädchen womöglich sogar ermordet worden war.

Früh um fünf soll man mich erschießen

Mr. Twain kam erst am späten Abend und in bester Laune zurück nach Hause. Er hatte den Tag über in einem kleinen Raum der Gesandtschaft geschrieben und später zusammen mit Mr. Phelps und Fisher zu Abend gegessen. Er strahlte über das ganze Gesicht, denn er war mit seinem Artikel über Berlin gut vorangekommen und hatte zudem ein neues Projekt ins Auge gefasst. Henry Fisher hatte ihn auf ein Buch der Markgräfin Wilhelmine von Bayreuth aufmerksam gemacht, einer Schwester des Alten Fred.

»Wilhelmine war noch eine Prinzessin aus echtem Schrot, wie die Deutschen sagen«, klärte Mr. Twain seine Frau und mich begeistert auf, noch ehe wir ihn über die neusten bösen Nachrichten aus der Körnerstraße informieren konnten. »Die Memoiren der Markgräfin sind erstaunlich, sie nimmt wahrhaftig kein Blatt vor den Mund. Ich werde einen biografischen Roman aus ihrem Leben machen!«

»Du solltest dir anhören, was Harris zu sagen hat, bevor du damit anfängst, Jungchen«, ermahnte Olivia ihren Mann. Doch er war zu sehr in Schwung, um sich jetzt aufhalten zu lassen.

»Überhaupt, die alten Prinzessinnen hatten es in sich, sage ich euch«, überhörte er Livys Einwurf einfach. »Fisher hat mir heute Abend eine köstliche Geschichte erzählt.« Wer sonst als Fisher? »Allerdings handelt sie von keiner preußischen, sondern von einer österreichischen Prinzessin, doch das spielt keine Rolle. Sie war eine Frau, die wirklich Witz hatte, Pauline Metternich hieß sie.«

»Jungchen, also nun hör doch erst mal ...«

»Gleich, Livy, gleich. Also, Pauline Metternich war die Frau von Prinz Metternich, der damals österreichischer Gesandter in Paris war.«

»Jungchen!«

»Pscht, Livy. Hör zu. Es lohnt sich.«

Ihr blieb, ebenso wie mir, nichts anderes übrig, als dem Meister zu lauschen. »Fürst Metternich«, fuhr er unbeirrt fort, »war ein ziemlich arbeitsscheues Exemplar von Botschafter, muss man wissen, und viel zu ungeduldig, um all die Papiere durchzulesen, die ihm seine Mitarbeiter täglich zur Prüfung vorlegten. Ein sympathischer Mann, aber unvorsichtig. Er unterschrieb unbesehen alles, was man ihm auf den Schreibtisch legte. Pauline, seiner Frau, passte das nicht, sie hielt diese Nachlässigkeit ihres Mannes für unverantwortlich. Deshalb dachte sie sich etwas aus, um ihn von seiner Faulheit zu kurieren und verbündete sich zu dem Zweck mit seinen Mitarbeitern. Sie mischte unter seine Papiere eine Anordnung, mit der er sein eigenes Todesurteil unterzeichnete. Stellt euch vor: ›Am kommenden Morgen, früh um fünf, soll man mich totschießen. Gezeichnet Metternich.‹ Köstlich. Haha!« Er schüttelte sich vor Lachen. »Alles lief nach Plan. Metternich unterzeichnete sein eigenes Todesurteil, und früh um fünf am nächsten Morgen erschien das Erschießungskommando in den fröhlichen, bunten österreichischen Uniformen, die Gewehre geschultert, und verlas Metternich in seinem Schlafzimmer seine von ihm eigenhändig unterzeichnete Anordnung, man solle ihn totschießen. In allen Ehren. Draußen auf dem Richtplatz. Metternich fiel in Ohnmacht und wäre vor Schreck beinahe wirklich gestorben. Man konnte ihn wiederbeleben, und fortan soll er der fleißigste und ausdauerndste Gesandte der Weltgeschichte geworden sein. Das nenne ich eine erfolgreiche Kur. Und die Prinzessin eine Frau mit Sinn für Humor!«

Mr. Twain blickte in zwei Gesichter, in das seiner Frau und in meines, die keine Spuren von Heiterkeit erkennen ließen. Uns war einfach nicht danach. Und endlich war Gelegenheit, dem Hausherrn davon zu berichten, dass die Berliner Kriminalpolizei mitnichten Maßnahmen zum Schutz seiner Person und seiner Familie ergriff, und das, obwohl sich in der Körnerstraße ein Todesfall, vielleicht sogar ein Mord ereignet hatte.

Mr. Twain wurde bleich wie eine Wand, als er jetzt vom Tod des kleinen Mädchens erfuhr. Und das Schreiben, das ihm Olivia nun noch in die Hand drückte, trug auch nicht zu seiner Erholung bei, obwohl es von keinem rotznasigen Ganoven-Nachwuchs, sondern – ebenfalls heute – ganz offiziell von einem Mr. Vollziehungsbeamten übergeben worden war. Es handelte sich um einen Mahnzettel. Herr Schriftsteller Twain, wohnhaft Körnerstraße 7, wurde darin aufgefordert, die rückständige

Gemeinde-Einkommenssteuer sowie die Steuer für die Wohnung in Höhe von insgesamt achtundvierzig Mark und vierzig Pfennig binnen drei Tagen zu zahlen. In der Steuer-Annahmestelle An der Apostelkirche 7D, im Feuerwachtgebäude, in den Vormittagsstunden von neun bis ein Uhr. Widrigenfalls unverzüglich zur Pfändung geschritten werden müsse. Gezeichnet hatte das Einziehungs-Amt des Magistrats.

Mark Twain starrte lange auf das gestempelte Schreiben in seiner Hand, dann in das ernste Gesicht seiner Frau.

»Livy«, sagte er düster, »mir reicht es jetzt. Wir ziehen aus. So schnell wie möglich.«

Seine Frau nickte stumm, ein Seufzer der Erleichterung entfuhr ihrer Brust. In diesem Moment wusste sie allerdings noch nicht, dass Mark Twain bereit sein würde, die Wohnungsmiete für ein ganzes weiteres Jahr zu zahlen, damit wenigstens Auguste und Viktoria, die beiden Katzen, in ihrem angestammten Heim überwintern konnten.

Hotel Royal

Ein schlechtes Omen

War das nun wirklich eine kluge Entscheidung? War es richtig, ausgerechnet ins Royal zu ziehen?

Zugegeben, die Twains wohnten wieder standesgemäß: in einer Suite mit sechs Räumen, einem Ess- und einem Wohnzimmer. Die Räume waren zwar nicht elegant, aber komfortabel möbliert, und jedes besaß einen Alkoven für ein Standbild des Kaisers (oder was auch immer). Schwere Türvorhänge trennten Schlaf- und Wohnräume. Der Etage standen ein Servicedirektor und eine Inspectrice vor. Im Erdgeschoss gab es außer dem Speisesaal auch je einen Konversations-, Lese- und Musiksaal. Eine Bibliothek mit in- und ausländischen Zeitungen war ebenfalls vorhanden. Aber wer hatte schon die Zeit, all das zu lesen, was in der Welt überflüssigerweise gedruckt wurde?

Zugegeben, auch das Hotelpersonal bemühte sich, den Gästen zu Diensten zu sein. Der Empfang gab Tipps und aktuelle Informationen über die Stadt, nahm Eisenbahn- und Schiffsbuchungen vor und sorgte für Gepäck- und Personentransfers. Ernst, der Zimmerkellner, sprach außer seiner Muttersprache Berlinerisch sogar ein paar Brocken Deutsch, Englisch und Französisch. Womit er besonders Katy imponierte. Ich fragte mich, was dieser Aufschneider hatte, das ich in ihren Augen nicht besaß.

Aber zu meiner Ausgangsfrage: War das wirklich

klug, ausgerechnet in ein Hotel zu ziehen, das in früherer Zeit einem Attentäter Unterschlupf gewährt hatte? Ein gewisser Ferdinand Blind hatte einen Tag, bevor er auf Bismarck geschossen hatte, in eben diesem Hotel Royal übernachtet. »Vielleicht sogar in eurer Suite, Mark!«, lachte Fisher und setzte hinzu: »Offenbar hatte Mr. Blind seinen Namen nicht ohne Grund. Sonst hätte er getroffen. Bismarck bot doch ein Ziel wie ein Brauereigaul.«

Wir wohnten folglich in einem Anarchisten-Hotel der Luxusklasse, ich fragte mich, was daran komisch war. Doch ich hielt meine Meinung zurück, es hätte sich doch nur wieder gezeigt, dass man in dieser Familie auf einen Harris am allerwenigsten hörte. Nur hinterher, wenn es zu spät war, brauchte man ihn, um den Karren wieder aus dem Dreck zu ziehen.

Die Familie war ungeachtet dieses üblen Omens beinahe wie ausgewechselt. Alle freuten sich: Kein Slumland mehr, keine herumlungernden Halbweltfiguren, keine bösen Nachrichten von verschwundenen oder gar getöteten Kindern aus der Nachbarschaft. Dafür der von zu Hause, in Hartford, Connecticut, gewohnte Komfort und die Nähe zu den befreundeten Phelps. Leider auch zu Fisher, der sich inzwischen wohl schon zu den engeren Freunden der Familie zählte. Dazu das aufreizende Summen und Brummen in der Bienenkorbatmosphäre des Prachtboulevards Nummer eins in Berlin, den von nun an besonders Clara zu schätzen wusste. Ihr Lieblingsziel wurde die Kaiser-Galerie, eine glasüberdachte Einkaufspassage Unter den Linden, mit Dutzenden Läden, Cafés, Restaurants und Unterhaltungsetablissements. Ich hatte nur allzu oft die zweifelhafte Ehre, Clara, aber auch Susie und Marian Phelps dorthin begleiten zu müssen. Ich kann gar nicht sagen, wie mir die ewige Tuschelei der jungen Gänse, wenn sie zusammen waren, auf die Nerven ging. Es war mir längst klar, dass es um Marians bevorstehendes Verlöbnis ging, aber sie machten ein furchtbar wichtiges Geheimnis daraus. Das wurmte mich denn doch. Schließlich musste selbst ein (nach einschlägigen Erfahrungen mit dem weiblichen Geschlecht) überzeugter Junggeselle wie ich zugeben, dass der Mann, der dieses schöne, stolze, aufgeweckte Mädchen einmal heiratete, unverschämtes Glück besaß. Kannte ich ihn? Das Lachen der Mädchen schien darauf hinzudeuten. Um wen konnte es sich nur handeln?

Auch Mark Twains Laune besserte sich zusehends, seitdem wir im Royal wohnten. Er nahm sich sogar wieder die Zeit, Olivia vom Unterricht für Jean zu entlasten. Keine gute Idee. Ich erinnere mich an eine Rechenaufgabe, die bezeichnend für die Qualität dieses »Unterrichts« war:

»Wenn ich dir ein Fahrrad für einhundert Marks kaufe, Jean –«, begann Mr. Twain.

»Zweihundert!«, forderte seine Jüngste.

Mr. Twain runzelte die Stirn. »Wer stellt denn diese Aufgabe, Jean, hm?«

Jean lachte. Und wiederholte ihre Bedingung: »Zweihundert!«

Mr. Twain schüttelte den Kopf und gab nach. »Okay. Wenn ich dir also ein Fahrrad für zweihundert Marks kaufe und Mama ein Fahrrad für dreihundertfünfzig.« Olivia, die auf dem Sofa saß und zuhörte, lachte schrill auf. »Und wenn ihr euch zusammentut und die Fahrräder wieder verkauft, um –«

»Nein! Tun wir nicht«, protestierte Jean. Olivia stimmte ihr aus dem Hintergrund lachend zu.

»Tut ihr doch!«, zeigte Mr. Twain endlich die in der Erziehung erforderliche Standfestigkeit. »Und wenn ihr also euer Geld zusammenlegt«, fuhr er fort, »um eine Pferdebahn zu kaufen, wie viele Jahre wird es dann dauern, bis Harris eine Frau gefunden hat, die ihn wirklich verdient?«

Jean starrte mich plötzlich an. Und aus tiefstem Herzen, mit dunkler Stimme raunte sie: »Eine Million.«

»Richtig gerechnet, Jean«, sagte ihr Vater.

Ich konnte nicht anders

Aber nicht alle waren von jetzt auf gleich glücklich. Obwohl auch Olivia wegen des Ortswechsels spürbar erleichtert war, machte sie ansonsten keineswegs einen sorglosen Eindruck. Bei jedem geschäftlichen Brief oder Telegramm aus Amerika bildeten sich tiefe Falten auf ihrer Stirn. Nein, die Finanzen besserten sich nicht, und dass ihr Mann nach wie vor von dem Dollargrab der neuartigen Setzmaschine nicht abzubringen war, trieb sie wohl langsam zur Verzweiflung. Mich *hätte* es jedenfalls dahin gebracht. Zumal auch die Körnerstraße durch die Vorauszahlung das ganze vorgesehene Jahresbudget für Mieten mit einem Schlag aufgefressen hatte. Die Kosten für die fürstliche Unterbringung im Hotel Royal kamen nun noch hinzu.

Ich vermute, dass selbst Mark Twain nur nach außen hin glücklich tat. Er schlief schlecht, ich hörte ihn manche Nacht mit schweren Schritten den Flur auf- und abgehen.

In gewissem Sinne machte seine älteste Tochter es ihm nach. Äußerlich spielte Susie die Unbefangene, bestens Gelaunte. Aber wie es wirklich um sie stand, zeigte sich, wenn sie ohne ersichtlichen Grund plötzlich schweigsam wurde, zerstreuter wirkte als ihr Vater und sie sich tagelang zurückzog auf ihr Zimmer.

Es war an einem der ersten Tage nach unserem Umzug von der Körnerstraße ins Royal, als ich mit dem Ordnen verschiedener Stapel fliegender Blätter und noch unsortierter Notizen beschäftigt war, die von Katy in der Eile unbesehen aus allen Zimmern unserer früheren Wohnung gesammelt und ins Hotel hinübergerettet worden waren. Meist handelte es sich um Zeitungen, Rechnungen, Notizen, aber auch um Einladungen für Mark Twain zu Banketten und Festen der Berliner Gesellschaft. Mitten in einem solchen Stapel fiel mir auf einmal ein unvollendeter Brief in die Hände, der unverkennbar in Susies Handschrift verfasst worden war. Er war beim Umzug wohl von Susies kleinem Schreibtisch gefischt worden, bevor sie ihn hatte beenden und abschicken können.

Werfen Sie nur den ersten Stein auf mich, wenn Sie ein Heiliger sind und jetzt von mir erfahren, dass ich auch diesen Zettel las. Ich habe nur eine Erklärung, die dafür aber ausreichend ist: Ich konnte nicht anders.

»Mein Liebling-Liebling!«, begann der Brief mit doppeltem Liebesschwur. »Wir stecken mitten im Chaos des Packens, aber alle freuen sich, dass wir Slumland wieder verlassen und im Hotel wohnen dürfen. Das einzig Traurige im Moment ist, dass du nicht bei mir sein kannst. Ich sage das, mein Schatz, obwohl ich weiß, dass du wirklich bist, wofür ich dich halte: gefährlich. Gefährlich für mich. Ich weiß, was du für Elizabeth empfindest, und in grausamen, dunklen Momenten frage ich mich, wie du neben ihr überhaupt noch Sympathie für mich empfinden kannst. Geschweige denn Liebe. Doch ich weiß, dass *ihre* Liebe für dich zum großen Teil Verehrung ist. Aber du musst wissen, dass *meine* Liebe für dich nichts anderes ist als – Liebe. An dir ist etwas so Rigoroses, Kompromissloses, das mich erschreckt und doch unwiderstehlich anzieht. Aber was sage ich da, ich verwirre und verletze dich mit solchen Sätzen, dabei will ich dich nur küssen, viele, viele Male und –«

An dieser Stelle brach der Brief ab. Ich gebe zu, ich verstehe nichts von diesen Gefühlsdingen. Aber ich begriff mehr denn je, welche Qualen Susie wegen ihres fernen, geheimen Geliebten litt. Zumal der Auserwählte ganz offensichtlich eine ziemlich durchtriebene Figur war, einer von diesen rücksichtslosen Herzensbrechern, deren Attraktivität für die Frauen ich nie begreifen werde. Kerle, die sich zwei, vielleicht sogar noch mehr junge Mädchen gleichzeitig gefügig und am Ende allesamt unglücklich machen.

Susie tat mir leid. Sehr leid. Aber was konnte ich tun? Ich zerknüllte den Brief und warf ihn fort, zusammen mit dem anderen überflüssigen Papierkram.

YMCA

Unter den zahlreichen Einladungen »für den berühmten Schriftsteller aus Amerika«, wie die Berliner Zeitungen schrieben, befand sich auch eine Bitte um eine Lesung im YMCA. Sie wurde folglich von amerikanischen Landsleuten in der Kaiserstadt veranstaltet und Mark Twain nahm sie mit Freuden an. Doch schon auf dem Weg zum Veranstaltungshaus der YMCA in der Wilhelmstraße sollte sich zeigen, dass der Spuk, der uns in der Körnerstraße in Atem gehalten hatte, keineswegs vorbei war, bloß weil wir umgezogen waren. – Das Attentäter-Hotel *war* ein böses Omen, ich hatte es ja geahnt.

Es war ein dunstiger, warmfeuchter Herbsttag, der Himmel bedeckt, und als es am Abend kühler wurde, waberten dünne Nebelschleier unter den Gaslaternen und elektrischen Lampen in den Straßen der Stadt. Die ganze Familie war in Hochstimmung, als wir mit einer Droschke erster Klasse von unserem Hotel Unter den Linden zum Gemeindehaus des YMCA in der Wilhelmstraße fuhren. Der Fahrer gehörte zu der Sorte, die für jedes Wort, zu dem sie genötigt wurde, eine Reichsmark zusätzlich verlangte. Er hatte von mir die klare Anweisung erhalten, uns zur Wilhelmstraße 34 zu fahren. Als er schließlich hielt, machte er diffuse Handzeichen, die offenbar anzeigen sollten, dass er für sein Geld keinen Fuß weiter fahren werde, zumal der Weg zum Ziel nicht mehr weit sei.

Wir stiegen aus, und als wir uns umblickten, stellten wir verblüfft fest, dass wir uns unmittelbar vor einem herrschaftlichen Stadtpalais befanden, einem dreigeschossigen Prunkgebäude mit zur Straße hin offenem Hof und zwei links und rechts vom Eingang liegenden Wirtschaftsflügeln.

Mark Twain warf einen prüfenden Blick auf das Gebäude und sagte: »Ich denke, ich hätte nicht zugunsten meiner Landsleute auf mein Honorar verzichten sollen, wenn sich der Verein einen derartigen Palast leisten kann.«

Natürlich wusste er, dass dies nicht ein Gebäude des YMCA war. Ich bat einen Passanten um Auskunft und erfuhr, dass es sich um das Palais eines gewissen Prinzen Albrecht handelte. Ich kannte den Prinzen nicht, und umgekehrt schüttelte der Passant bedauernd den Kopf, als ich ihn nach dem YMCA fragte. Das gleiche Kopfschütteln oder ratloses Schulterzucken ernteten wir als Antwort auch von dem halben Dutzend weiterer Passanten, die wir nach unserem Ziel fragten.

Nun waren die Preußen ein gut organisiertes Volk, sie überließen nichts dem Zufall, nicht mal, wer auf welchen Kaiser folgte und schon gar nicht, welches Haus welche Nummer trug. Deshalb waren alle Straßenecken mit Namen und Hausnummern exakt bezeichnet. Wir gingen also vor bis zur nächsten Ecke und stellten fest, dass die Wilhelmstraße hier die Hausnummer 108 trug. Wir überquerten die Anhaltische Straße, und auf der anderen Seite ging es weiter mit der Nummer 109. Wir machten kehrt und liefen die Wilhelmstraße nun in nördlicher Richtung ab, durchaus noch in der Hoffnung, rechtzeitig um acht im YMCA-Haus zu erscheinen.

Denn mit der Nummerierung der Häuser in Berlin war das so eine Sache. Eine Sache nämlich, ausgedacht für Menschen ohne Schmerzgrenze. Nie konnte man sicher wissen, wie weit es von einem Haus zum nächsten war. Es konnten fünfzig Fuß sein. Oder fünftausend. Die Berliner liebten es, ihre Hausnummern bis zu einem gewissen Punkt vorwärts laufen zu lassen, sagen wir von zehn bis neunundvierzig, um plötzlich einen Sprung zur Hundert zu machen. Danach ging es mit absteigender Folge weiter, sodass man erst ganz am Ende der Straße die Fünfzig erreichte.

Die Häuser der Wilhelmstraße wurden auf der einen Seite strikt aufsteigend gezählt, und erst von ihrem südlichen Ende her auf der anderen Seite wieder absteigend. Wir befanden uns soeben an der Leipziger Straße in Höhe des Kriegsministeriums, als uns diese Besonderheit auffiel. Sowie die Tatsache, dass wir auf der falschen Seite suchten. Unter Einsatz unseres Lebens, da kein Verkehrspolizist in Sicht war, überquerten wir den Fahrdamm.

Jetzt befanden wir uns mit einem Mal vor dem Haus Nummer 59, und in südlicher Richtung ging es die Zahlenreihe hübsch zurück. Die Chancen stiegen schlagartig, dass das YMCA-Gebäude nicht mehr allzu fern lag und wir nur wenig zu spät dort eintreffen würden. Vorausgesetzt, die Straßenverwaltung hatte sich nicht noch einen weiteren Trick einfallen lassen, ahnungslose Touristen auf Trab zu halten. Ein solcher Trick konnte zum Beispiel darin bestehen, ein Haus nicht nur einmal, etwa mit der Nummer zwei, zu nummerieren, sondern gleich zigfach, indem man die folgenden Häuser von A bis Z staffelte, sodass ein Baby zum Greis geworden war, ehe es die Hausnummer drei erreicht hatte.

Doch für diesmal blieben wir von dieser kleinen Schikane verschont, und wir freuten uns wie an Weihnachten, als wir mit halbstündiger Verspätung endlich unser Ziel erreichten und vom Empfangskomitee des YMCA ebenso glücklich begrüßt wurden.

Ein Detail unserer Irrungen durch die Straßenschluchten Berlins habe ich bislang nicht erwähnt. Den Twains verschwieg ich es ganz. An der Leipziger Straße hatte ich das unbestimmte Gefühl, dass wir verfolgt wurden. Ich sah mich um und beobachtete, wie eine untersetzte, auffällig zerlumpte Figur noch in einiger Entfernung, aber in großer Eile über den Bürgersteig huschte, sich rücksichtslos seinen Weg durch die Masse der Passanten bahnte und uns nun auch auf die andere Straßenseite folgte. Unser Vorsprung war recht groß, doch ich hatte keinen Zweifel, dass es sich um den Ganoven handelte, der uns seit dem Zirkusbesuch belästigte und bedrohte.

Die heutige Lesung im YMCA war in den Zeitungen öffentlich angekündigt worden. Die Veranstalter erwarteten zahlreiche Besucher und wichtige Vertreter der Presse. Das schien unserem Verfolger offenbar ein passender Anlass für einen weiteren öffentlichen Angriff gegen Mr. Twain zu sein.

Aufgrund unserer Eile war er aber glücklicherweise nicht mehr in der Lage gewesen, uns einzuholen und hatte es wohl schließlich aufgegeben. Als ich mich vor Betreten des YMCA noch einmal nach ihm umsah, war er verschwunden.

Ich verschwieg Mr. Twain und seiner Familie meine Beobachtung, weil ich den gerade erst wiedergefundenen Frieden der Familie nicht stören wollte. Nicht an diesem Abend. Ich beschloss aber endgültig, keine weitere Gelegenheit mehr zu verpassen, um diese Berliner Straßenratte endlich zu greifen, aufzuspießen und zu grillen, bis sie quiekte.

Neue, unwiderlegbare Beweise

Selbst nach Betreten des YMCA dauerte es noch eine Weile, ehe ich meine Aufregung in den Griff bekommen hatte. Ich schluckte daher Jeans Bemerkung selbstlos hinunter, ich würde ein Gesicht machen wie Jamie Ross in der Sonntagsschule.

»Jamie Ross' Gesichtsausdruck, Miss Alleswiss«, konterte ich vielleicht etwas hitzig, »bei welcher Gelegenheit auch immer, interessiert mich nicht im Geringsten. Dass du's nur weißt.«

Jean schaute mich auf einmal erstaunt an. Ungefähr wie einen Mann ohne Ohren oder ohne Nase. Dann lief sie zu Katy und rief so laut, dass es die ganze Stadt hören konnte: »Katy, Katy! Harris glaubt, dass es Jamie Ross wirklich gibt.«

Katy schüttelte den Kopf, schaute spöttisch zu

mir herüber und verzog die Mundwinkel zu einem abschätzigen Grinsen.

Nun, was gingen mich die Auswüchse schlecht erzogener Mädchen und der Hohn von Erzieherinnen an, die dafür verantwortlich waren. Ich konzentrierte mich vielmehr darauf, dass an diesem Abend nicht ein weiterer Versuch unternommen wurde, die Familie Twain zu schmähen oder zu bedrohen. Zwar nahm das Empfangskomitee des YMCA jeden der Besucher am Eingang persönlich in Augenschein. Dennoch musterte ich die Eingelassenen sehr genau. Anfangs besonders die Damen. Ich hielt es für möglich, dass sich unter den vielen schlanken, eleganten und graziösen Gestalten mit Federhüten auf dem Kopf und Schleifen im Haar auch ein unscheinbares Exemplar mittleren Alters in Braun- oder Cremetönen befinden könnte. Doch von Adele war nicht mal ihr kleiner Hut zu entdecken. Allmählich kam mir die gesamte Episode mit der fremden Frau, die Mark Twain verfolgt hatte, geradezu unwirklich vor, und das Unglück am Landwehrkanal erschien mir mehr und mehr wie eine Szene aus einem Traum.

So richtete ich meine Aufmerksamkeit auf die Herren im Saal, der, wie ich nebenbei erfuhr, sonst zum Gottesdienst benutzt wurde. Auf den Eckplätzen nahmen vorzugsweise die Pressevertreter Platz, leicht erkennbar an ihren durch den Raum schweifenden, wie beiläufig die Anwesenden abtastenden Blicken. Mitten unter ihnen, wie konnte es anders sein, Henry W. Fisher, der mich freundlich grüßte, dieser Heuchler.

Die übrige Gesellschaft war amerikanisch und sprach lebhaft und laut Englisch.

Auch zwei deutsche Offiziere waren anwesend. Dabei handelte es sich um den unvermeidlichen Franz von Rottweil sowie um den Adjutanten des Generals von Versen, den jungen Sie-wissen-schon, der seinen Boss vertrat. Der General selbst nebst Gattin ließ sich aus Krankheitsgründen entschuldigen. Ich vermute, die Krankheit hieß Lustlosigkeit.

Dafür war selbstverständlich die Botschafter-Familie Phelps anwesend, die neben von Rottweil platziert wurde, was von den Pressevertretern aufmerksam registriert und später, wie ich hörte, als ein Gütezeichen der deutsch-amerikanischen Beziehungen gewertet wurde. Meiner Meinung nach war nur einfach kein anderer Platz mehr frei.

Die Familie Twain saß in der ersten Reihe. Das missfiel besonders Clara, die mir durch den süßsäuerlichen Ausdruck in ihrem rosigen Gesicht auffiel. Ihr Kummer war verständlich, denn durch die Sitzordnung war ihr junger Verehrer Siewissenschon, der fast ganz rechts außen saß, außer Sicht- und Reichweite für Clara.

Die Veranstaltung begann. Man kennt das, einer liest monoton gedruckte Sätze vom Blatt und das Publikum kämpft gegen das Einschlafen an. Hinterher klatschen alle begeistert darüber, dass der Spuk vorbei ist.

Nein, so würde das hier nicht ablaufen. Mark Twain las gewöhnlich keinen Satz vom Blatt, sondern trug am liebsten frei vor und improvisierte, falls nötig. Doch es gab eine unerwartete Verzögerung. Nachdem Pastor Stuckenheim, der Pfarrer der amerikanischen Kirchengemeinde in Berlin, seinen Einführungsvortrag gehalten hatte, der sich nicht wesentlich unterschieden haben dürfte, wenn Gott der Ehrengast des heutigen Abends gewesen wäre, stürzte plötzlich der Diakon des Hauses auf Mr. Twain zu und zischelte: »Sir, wo sind Ihre weißen Glacéhandschuhe?«

Dazu muss man wissen, dass es in Deutschland drei Sitten gab, gegen die bei Todesstrafe nicht verstoßen werden durfte: der Toastspruch auf den Kaiser, das ›Gesegnete Mahlzeit‹ bei Tisch und die weißen Handschuhe beim Vortrag.

»Wie wollen Sie ohne Glacéhandschuhe lesen?«, wiederholte der Diakon betroffen.

Mark Twain winkte ab, mit der nackten Hand, und erwiderte laut genug, dass man es im Publikum hören konnte: »Ich brauche keine Handschuhe. Ich kann besser mit einer Brille lesen.«

Schon diese ersten Worte Mr. Twains ernteten Lachen und Beifall. Wenn man mal von den versteinerten Gesichtern von Rottweils und von Siewissenschon absieht. Ich konnte das genauestens beobachten, denn ich saß in vorderster Reihe quer zum vornehmen Publikum. Man hatte mir einen Platz im Seitenschiff, bei den hilfreichen Geistern des YMCA eingeräumt. Aber ich beklage mich nicht, nein, von mir wie immer keine Klagen!

Mr. Twain entschied sich an diesem Abend für den freihändigen Vortrag (oder wie soll ich sagen?) verschiedener Episoden aus dem ›Bummel durch Europa‹. Die Geschichten waren dem amerikanischen Publikum allgemein bekannt, und ich begreife bis heute nicht, wie man noch frenetischen Beifall spenden kann, wenn einem derart alte Hüte verkauft werden. Doch so war es, das Publikum klatschte heftigst vor Vergnügen, selbst die beiden deutschen Offiziere spendeten ein wenig Beifall. So kam, was kommen musste: Mr. Twain fühlte sich ermutigt, eine Zugabe anzuhängen. Es handelte sich, wie konnte es anders sein, um eine humoristische Verarbeitung unseres jüngsten Erlebnisses in der Pferdebahn.

Es gebe »neue unwiderlegbare Beweise für die schreckliche deutsche Sprache«, begann er wieder. »Kürzlich erfuhr ich, dass *der* Busen der deutschen Frau ebenso männlich ist wie *der* Bart ihres Mannes. Ihrer beider Kind aber ist so neutral und geschlechtslos wie *das* Wasser. *Der* Krieg ist männliches Handwerk, typisch. *Der* Frieden überraschenderweise aber auch. *Das* Deutsche Reich jedoch bleibt neutral, egal ob gerade die Friedenstauben fliegen oder die armen Tiere durch Kanonen vom Himmel geholt werden.«

So machte er weiter, und das Publikum dankte es ihm mit Lachen und Applaus. In der allgemeinen Heiterkeit selbst unter den deutschen Presseleuten ging völlig unter, dass die beiden Offiziere, von Rottweil und von Sowieso, nach Mark Twains Bemerkungen über Krieg und Frieden und das geschlechtsneutrale Deutsche Reich mit angewiderten Gesichtern aufstanden und sich mit schnellen harten Schritten aus dem Saal entfernten.

Unter den Anwesenden an diesem Abend, aber auch im Nachhall der Presse in den folgenden Tagen war der Abend ein gefeierter Erfolg. So sehr, dass das Berliner Tageblatt wünschte, Mr. Twain möge den Berlinern einmal ehrlich sagen, was er von ihnen halte. Zum Glück hielt Olivia ihn davon ab, es wirklich zu tun. Wir hatten schon genug Ärger in Berlin.

Was das Beste war

Stattdessen schrieb Mark Twain über die Feier für die Berliner Wissenschaftler Virchow und Helmholtz, zu der er, wie schon früher erwähnt, überraschend ebenfalls eingeladen worden war. Ehrlicherweise gab er zu, die beiden Geistesriesen vergäßen jeder täglich mehr, als er je gewusst habe.

Ich war jener Gesellschaft nicht fein genug, um ebenfalls eingeladen zu werden, daher weiß ich über den bewussten Abend nicht mehr zu sagen als das, was Mr. Twain mir hinterher selbst darüber berichtet hat. Es widerstrebt mir aber, auf diesen Seiten zu wiederholen, was er an anderer Stelle, in der Chicago Daily Tribune, bereits ausführlich beschrieben hat und was später in verschiedenen Blättern nachgedruckt wurde. Ich spreche von seiner allzu detaillierten Beschreibung des gigantischen Festsaals mit Hunderten von Studenten an den Tischen im Parkett und noch mehr Damen auf den Galerien. Seiner übertriebenen Begeisterung für den baumlangen Festtisch auf dem erhöhten Podium, an dem dreiundzwanzig Ehrengäste Platz fanden (darunter, kaum zu glauben, auch Mark Twain). Von dem bierseligen Getöse der Corpsstudenten in ihren seltsamen Trachten und den Kappen, die wie umgekehrte Suppentassen auf ihren Köpfen saßen.

Viertausend Personen sollen anwesend gewesen sein. Um Männern zu huldigen, die es als ihre Lebensaufgabe betrachteten, Embryonen in Spiritus einzuwecken und Frösche zu quälen, nur um die Leitfähigkeit ihrer Nerven zu testen. – Pfui, Spinne!

Nein, es liegt mir fern, das Gejohle und Gegröle dieses fragwürdigen Saufabends noch einmal lebendig werden zu lassen. Interessanter und auch unmittelbar folgenreich für unseren Aufenthalt in Berlin war jedoch eine Sache, die Mr. Twain mehr am Rande erwähnte. Sie betraf einen weiteren Wissenschaftler, der den Kommers im Laufe des Abends mit seiner Gegenwart beehrte. Der, wenn man Mr.

Twains alkoholgetränkten Worten einigermaßen folgen konnte, der heimliche Star des Abends war.

»Ich wäre viele hundert Meilen gefahren, um ihn zu sehen. Und hier saß er nun mit mir an einem Tisch, ich hätte ihn berühren können, wenn ich mich getraut hätte, Harris.«

»Aber wer denn, Sir? Von welchem Halb- oder Vollgott sprechen Sie?«

»Na, von Mommsen selbstverständlich! Sagte ich das nicht?«

»Mommsen, Sir?« Mir war, als hätte ich diesen Namen erst kürzlich noch gehört. Aber wo?

»Ja, Theodor Mommsen. Da saß er, ganz Rom in seinem Kopf, mitsamt Cäsar, Augustus, Cicero und all den Ruinen.«

Jetzt fiel es mir wieder ein. Natürlich, Mommsen, wir sprachen über ihn im Café Josty vor einiger Zeit. Ich hatte versucht, den Namen aus meinem Gedächtnis zu streichen, da er zeitlich so eng mit Adeles Sturz in den Kanal verknüpft war. Und noch enger mit der anschließenden Pöbelei gegen Mr. Twain im Josty selbst.

»Ah, ich verstehe, Sir. Sie meinen diesen Rom-Forscher.«

»Ich meine *den* Rom-Forscher schlechthin, Harris«, rief Mr. Twain, der sich darüber gar nicht zu lassen wusste, dass er diesen Mommsen getroffen und mit dem Herrn ein paar offensichtlich belanglose Worte gewechselt hatte. »Und wissen Sie, was das Beste war, Harris?«, machte er im selben Ton weiter. »Es geschah mindestens zweimal, dass man mich mit ihm verwechselte! Mich, Mark Twain, mit Theodor Mommsen!«

»Wie das, Sir?«, fragte ich mit einiger Besorgnis. Nach den vergangenen Zwischen- und Unglücksfällen in Berlin machte mich allmählich jedes unvorhergesehene Ereignis misstrauisch. Doch in diesem Fall anscheinend zu Unrecht.

»Nun, ich weiß es nicht, Harris«, erwiderte Mr. Twain und fuhr munter plaudernd fort: »Mommsens Gesundheit war offenbar angegriffen, er musste recht frühzeitig den Kommersabend verlassen. Und ohne den echten Mommsen grüßte man nun eben mich als Ersatz.«

Er lachte, nicht ahnend, dass er soeben eine folgenschwere Tatsache leichthin ausgesprochen hatte. Das entscheidende Mosaiksteinchen zum Verständnis des Rätsels fehlte an diesem Abend zwar noch. Doch es sollte uns keine zwei Tage später geliefert werden.

In der Kommode

Ursprünglich hatte Mr. Twain den ›Struwwelpeter‹ bis Weihnachten ins Englische übersetzen wollen. Doch es ging einfach nicht voran mit dem Vorhaben. Mehr als die Titelzeile ›The Tale of Soupy-Kaspar‹ hatte er bislang nicht zustande gebracht.

Vermutlich litt er zu sehr mit dem dummen Jungen, der lieber ins Gras biss, als endlich seine leckere Suppe zu essen. Ganze Nächte hatte Mark Twain bereits damit zugebracht, den passenden Ton für die Übertragung zu finden. Sein verzweifeltes Fluchen (nach der anfänglichen Begeisterung) zeigte, wie es damit stand. So stellte er das Projekt vorerst zurück und erinnerte sich stattdessen wieder an seine alte Leidenschaft für Schopenhauer, den Philosophen.

Er hatte schon länger den diffusen Plan im Kopf, ein Buch mit den zweifelhaften Ansichten dieses deutschen Schwarzsehers zu veröffentlichen. Ein entsprechendes Literaturstudium in der Königlichen Bibliothek hatte er mir ja schon angedroht. Und Henry Fisher, mit dem er ebenfalls darüber sprach, war bereit, ihm bei der Materialsuche zu helfen.

Die Königliche Bibliothek lag zwar nur ein paar Steinwürfe entfernt auf der westlichen Seite des Opernplatzes. Doch für alle Fälle trug ich inzwischen meine alte Derringer bei mir, eine Taschenpistole, vierundvierziger Kaliber. Sie werden noch von ihr hören.

Selbstverständlich musste Fisher auch bei dieser Gelegenheit mit seinem Halbwissen prahlen. Er wies mit seiner Schaufelhand auf die Fassade des barocken Bibliotheksgebäudes und erklärte wichtig: »Seht euch die geschwungene Form an. Die Berliner sagen Kommode dazu.«

»Wie originell«, antwortete ich.

»Nicht wahr!«, stimmte er lebhaft zu, ohne die Ironie zu bemerken. So viel ist sicher, in Fishers Artikeln braucht man nicht zwischen den Zeilen zu suchen. Nichts drin als gähnende Leere.

»Der Große Fritz ließ die Kommode nach einem Wiener Vorbild erbauen«, redete er weiter, während wir unter tiefen grauen Wolken den imposanten Platz vor dem massiven Rundbau einer katholischen Kirche überquerten. »Bloß, damals gab es das Gebäude in Wien, den Michaelertrakt der Hofburg, noch gar nicht. Nur als Entwurf. Erst heute, anderthalb Jahrhunderte nach den ersten Plänen, bauen die Österreicher ihren Trakt.«

»Ein Volk, das es nicht allzu eilig hat, wie es scheint. Sympathisch«, bemerkte Mr. Twain.

»In zwei Jahren soll der Bau stehen«, fuhr Fisher fort. »Aber dann werden die Berliner, wie ich sie kenne, behaupten, die Wiener hätten bloß ihre Kommode abgekupfert.«

»Wie lustig«, zischelte ich durch meine geschlossenen Lippen, und Fisher nickte lachend dazu, während Mark Twain bloß abwesend schaute.

In der Bibliothek jedoch, das muss ich zugeben, erwies sich Fisher als einigermaßen nützlich. Auf die Frage eines alten Bibliothekdieners nach unseren Wünschen raunte er diesem ins Ohr, dass »Häar Twain hier« ein eminent bedeutsamer Schriftsteller aus Amerika und sehr interessiert an deutscher Kultur sei.

»Der Kaiser kennt alle Bücher meines Freundes!«, behauptete Fisher. »Und erst kürzlich saßen sie zusammen beim Dinner wie zwei alte Kumpel und tranken Bier wie Wasser.« Dem armen Mann gingen die Augen über, als er das hörte.

»Mein Herr, ich kann Ihnen einige sehr private Papiere aus dem Schatz der königlichen Familie zeigen«, wandte er sich an Mr. Twain. Das war zwar nicht gerade das, wonach dieser suchte. Doch ohne eine Antwort abzuwarten, huschte der Bibliotheksdiener davon wie ein Geist und kehrte kurz darauf mit einer Schublade alter Papiere und Manuskripte zurück. Damit führte er uns durch einen voll besetzten Lesesaal zu einem Alkoven, einer kleinen Bucht am Rande dieses Universums aus Büchern und Skripten in den zahllosen Regalen und Schubladen um uns herum.

Mark Twain bedankte sich, nahm Platz und blätterte eine Weile in den Papieren. Er fand einige äußerst vertraute, nein: versaute Verse von Voltaire an Friedrich den Großen, die ihm Fisher aus dem Französischen übersetzen musste.

»Soll ich es dir aufschreiben, Mark?«, bot Fisher an.

Mr. Twain schüttelte den Kopf. »Um Himmels willen, Henry! Stell dir vor, Livy würde das Zeug lesen! Was müsste sie von mir denken? Nein!«, bekräftigte er.

»Aber schau her, Mark!«, ließ Fisher nicht locker und war dabei viel zu laut für den gedankenstillen Ort, an dem wir uns befanden. »Hier sind auch einige Zeilen von Friedrich. Auf Deutsch.« Er lachte kurz auf. »Wenn man es denn so bezeichnen kann.«

Mark Twain riskierte einen Blick auf den Zettel, nickte stumm und notierte sich die Zeilen. »Ja, das werde ich Livy zeigen«, sagte er. »Sie beschwert sich momentan mal wieder über mein Deutsch. Dieses Geschmiere wird beweisen, dass ich das Niveau vom Alten Fred niemals erreichen werde. Selbst wenn ich mich noch so sehr bemühe, Fehler zu machen.«

Die Unterhaltung war entschieden zu laut geführt worden. Gerade so, wie es Mark Twain in seinen Büchern an *anderen* Amerikanern im Ausland beobachtet hatte. Das blieb natürlich nicht ohne Folgen. Ein Herr in einem abgewetzten schwarzen Rock hatte bislang in der Nähe an einem der schiffsplankenlangen Tische im Lesesaal gesessen. Hinter einem Stapel riesiger Bücher, die eigentlich nur von Elefanten transportiert und vielleicht auch nur von diesen verstanden werden konnten. Jetzt legte er mit missmutigem Gesicht seine Stahlbrille ab, faltete seine grün und schwarz gestrickte Wolldecke zusammen, die er sich um die Füße gelegt hatte, und glitt mit dem Ausdruck höchster Verärgerung auf uns zu.

Ich schob meine Hand in die Tasche und machte eine feste Faust um meine Derringer. You never know. In Berlin schon gar nicht. Doch kaum hatte der Herr uns erreicht und stand vor uns, da verwandelte sich der Ärger in seinem Gesicht auf einmal in den Ausdruck spontaner Wiedersehensfreude.

»Ah, Sie, Herr Twain!«, zischelte er. »Welche Freude, Sie so rasch wieder zu treffen.« Seine Beschwerde, die ihm sicherlich auf der Zunge gelegen hatte, schluckte er sofort und ganz hinunter.

»Mr. Mommsen! Herr Professor«, gab Mark Twain ebenso überrascht und hocherfreut zurück. »Die Freude ist ganz auf meiner Seite, Sir! Ich hoffe, es geht Ihnen gesundheitlich wieder besser.«

Doch nicht nur die beiden Herren, Mark Twain und Theodor Mommsen, waren überrascht, sich zu sehen. Auch Fisher und ich waren verblüfft und starrten Mommsen offen an. Der Mann war zwar klein und schmächtig, aber sein Körper wirkte äußerst beweglich, sein scharf geschnittenes Gesicht hatte trotz der Blässe etwas Kühnes, seine Augen waren lebhaft. Nun, und wenn man sein schulterlanges graues Haar sah, konnte man zumindest oberflächlich den Eindruck gewinnen, man hätte es mit einem etwas vorzeitig gealterten Mark Twain zu tun, der sich den Schnauzbart abrasiert hatte.

»Ja, danke der Nachfrage, mir geht es wieder besser«, erwiderte Mommsen jetzt leise, in tadellosem Englisch. »Zum Glück verließ ich den Kommers rechtzeitig genug, um mich von ihm zu erholen, wenn Sie verstehen.«

Mark Twain verstand und nickte. Und dann erzählte er dem deutschen Professor, dass er an jenem Festabend mehrfach mit Mommsen verwechselt worden sei. Was er sich als größere Ehre anrechne, als wenn man ihn für Samuel Clemens gehalten hätte.

Mommsen lächelte, nickte wissend und winkte dann mit seiner kleinen weißen Hand ab. »Dasselbe ist mir passiert, Mr. Twain, als ich den Saal verließ. Ein Herr sprach mich freundlich mit Ihrem Namen an und bedauerte, dass ich – also vermeintlich Sie! – schon gehen müsse.« Der Professor lachte kurz und heiser auf. »Wissen Sie, dieser kurze Moment als Mark Twain war mir recht angenehm. Denn als Theodor Mommsen darf ich schon seit geraumer Zeit eine so freudige Begrüßung nicht mehr selbstverständlich erwarten.«

Mark Twain setzte eine überraschte Miene auf.

»Doch, doch, es ist so«, bekräftigte Mommsen. »Die eine Hälfte der Gelehrten in dieser Stadt erkennt meine Verdienste an, das ist wahr. Aber die anderen, ich sage das ganz unumwunden, die Parteigänger der Nationalisten und Antisemiten in Berlin, hassen mich für meine politischen Äußerungen und beschimpfen mich mitunter auf offener Straße als Vaterlandsverräter und was nicht alles noch. – Doch, Verzeihung, mein Herr«, unterbrach er sich plötzlich. »Sie sind nicht hier, um sich am Beispiel meiner Person in den politischen Verwicklungen des Deutschen Reichs zu verheddern, Mr. Twain. Sie suchen gewiss, und das zu Recht, nach höherer, geistiger Nahrung. Etwas Bestimmtes? Vielleicht kann ich helfen?«

Mark Twain hatte dem Wissenschaftler sehr aufmerksam zugehört und gab Mommsen nun Auskunft, dass er eigentlich die Bibliothek besuche, um Schopenhauer zu studieren.

»Schopenhauer, ja«, nickte der Professor, als sei es das Selbstverständlichste von der Welt. »Ich werde Wunsiedel anweisen, Ihnen entsprechendes Material zu bringen.« Er hob ganz professoral den Zeigefinger und betonte: »Besonderes Material, mein Bester!«

Mit diesen Worten wünschte er uns einen guten Tag und glitt mit schnellen Schritten zurück an seinen Platz. Dort verschwand er kurz hinter seinem Bücherturm wie hinter einem Burgfried, man sah nur noch, wie seine weißen, feingliedrigen Hände ein Tintenfass schlossen und die daneben liegende Feder in einem Kästchen verstauten. Dann klemmte er sich zwei schmalere Bände unter den Arm, stand abrupt auf und verließ den Lesesaal in Richtung Ausgang.

Zu viert

Es DAUERTE NICHT lange, da erschien der alte Bibliotheksdiener, Mr. Wunsiedel, und stellte eine weitere Schublade voller Manuskripte auf unseren Tisch. »So. Schopenhauer. Mit den besten Wünschen vom Herrn Professor«, flüsterte er mit einem ehrfürchtigen Ausdruck im Gesicht, als handelte es sich bei Mommsen nicht um einen Erforscher römischer Kaiser, sondern um einen aus ihrer Reihe.

Mr. Twain wühlte ein wenig in den Papieren und zog dann vorsichtig eine Manuskriptseite hervor. Er schüttelte den Kopf. »Vermutlich eine Wäscherei-Rechnung für den alten Schopenhauer. Aber Deutsch oder Chinesisch? Das ist die Frage.«

Fisher nahm sich des Problems an, musterte das Blatt und sagte: »Es ist Deutsch. Und vom Meister persönlich.« Er angelte neun weitere Blätter heraus, die ihrer Nummerierung nach zum Titelblatt passten.

»Mein Briefkasten«, las Fisher die Überschrift. Doch knapp darunter befand sich ein Untertitel: »Tetragamie. Von Schopenhauer«, las er weiter.

»Tetragamie? Was für eine Krankheit ist das?«, fragte Mark Twain.

Fisher versenkte sich ein wenig in den Text und verzog allmählich das Gesicht zu einem immer breiteren, ich möchte sagen, immer primitiveren Grinsen. Es schien, dass gewisse Urinstinkte in ihm wach wurden. Endlich gab er halbwegs Auskunft.

»Scharfes Zeug, mein Lieber!«, amüsierte er sich. »Tetragamie heißt so viel wie Vierehe, Ehe zu viert, du verstehst.« Mr. Twain schüttelte den Kopf.

»Schopenhauer findet, dass die Monogamie gegen die Natur ist«, erklärte Fisher.

»Meine Rede«, sagte Mark Twain. Und ergänzte: »Wenn Livy nicht daneben steht.«

»Schopenhauer meint, eine Frau, wenn sie jung ist, bräuchte eigentlich zwei Kerle, um ihre Bedürfnisse zu befriedigen. Doch wenn sie älter ist, bräuchte sie gar keinen mehr, weil ihr bis dahin die Lust vergangen sei.«

»Interessant. Und die Männer?«, wollte ich erfahren. Oder vielleicht wollte ich auch nur mal etwas sagen.

»Tja, die Männer.« Fisher starrte wieder angestrengt ins Manuskript des Philosophen. »Also, wenn ich es richtig verstehe, meint Schopenhauer, ein Mann allein sei in jungen Jahren biologisch zu schwach, um eine Frau vollständig zu befriedigen. Und wirtschaftlich sei er allein kaum in der Lage, eine ganze Familie materiell zu versorgen. Besser, wenn zwei Männer zusammen, natürlich Freunde, den Job übernähmen, die Frau zufriedenzustellen, und auch wirtschaftlich die Kinder gemeinsam zu versorgen. Wenn dann die Frau älter wird und keine Lust mehr auf die Männer hat, meint er, kann sie sich mehr um die Kinder kümmern, während die älter gewordenen Freunde sich wieder eine junge Lustige nehmen sollten, mit der sie ...«

»Nein!«, entfuhr es Mark Twain. »*Das* hat Schopenhauer geschrieben?«

»Hat er. Soweit ich es verstehe.«

»Schreib das ab, Henry. Übersetz es zu Hause ganz genau für mich und gib es mir, wenn du damit fertig bist. Aber diskret, hörst du. Nicht dass Livy

Wind davon bekommt. Sie könnte es falsch verstehen.«

Nun, ich denke, sie hätte es ganz richtig verstanden. Doch mein Mund blieb versiegelt.

Fisher hockte sich nun hin, schrieb die wichtigsten Passagen in Windeseile ab und wir verließen klammheimlich die Bibliothek, als hätten wir eine Seite aus der Luther-Bibel gestohlen. Und zwar aus dem Original.

Weiße Weste

Mr. Fisher übersetzte Schopenhauers Schamlosigkeiten nur kurze Zeit später und schickte eine Kopie an Mr. Twain ins Royal. Das behauptete er wenigstens. Denn das Skript kam niemals an. Und als Mark Twain ihn aufforderte, es ihm erneut zu übersetzen, konnte Fisher seine Abschrift vom Original nicht mehr finden. Angeblich. Zuerst hatte ich Ernst, den Zimmerkellner, in Verdacht, die Sudelschrift an sich genommen zu haben, um seinen Hohlkopf mit ein paar krausen Gedanken zu füllen. Aber dann wurde mir klar, dass Fisher den Schopenhauer gewiss kein einziges Mal übersetzt und daher auch niemals an Mr. Twain geschickt hatte. Henry W. Fisher war einfach unsagbar faul. Und das war vermutlich auch Mr. Twains Gedanke, denn er behelligte ihn bald nicht weiter mit dem Anliegen und verfolgte überhaupt sein Schopenhauer-Buchprojekt nicht mehr. Vielleicht sah er nun auch selbst eine zu große Versuchung in den verdorbenen Gedanken des deutschen Philosophen. Der Teufel trägt die Maske des Clowns. Oder die eines Wissenschaftlers, sage ich immer.

Dennoch hatte unser Bibliotheksbesuch ein bedeutendes Ergebnis: Mark Twain veränderte infolge der aufschlussreichen Begegnung mit Mommsen radikal sein Äußeres, verkehrte es geradezu ins Gegenteil. Statt seiner bis dahin meist dunklen, altersschwachen, daher stets etwas abgewetzten Serge-Anzüge trug er von nun an auffallend helle Kleidung: nicht nur die Weste, auch der Rock, die Hose, das Hemd und sogar die Schuhe waren cremefarben oder sogar blütenweiß. Wer nur eine ungefähre Vorstellung von Theodor Mommsens nachlässigem, dunklem Erscheinungsbild hatte, konnte nun keinesfalls mehr auf den Gedanken kommen, ihn in der Person Mark Twains unverhofft vor sich zu haben.

Solange wir in Berlin lebten, trat Mr. Twain nun ohne Ausnahme ganz in Weiß auf. In der Familie rief das zunächst eine gewisse Irritation hervor. Doch Mark Twain ließ sich nicht beirren und kommentierte es nicht einmal, auch nicht gegenüber seiner Frau, die deswegen die Stirn runzelte und ihn schief aus den Augenwinkeln betrachtete. Nur Jean war rundum begeistert: »Du siehst jetzt aus wie Mr. Wilde, Papa!«, rief sie. Darüber mochte nun wieder Mr. Twain nicht lachen. Blieb aber bei seinem neuen Outfit. In Berlin war es besser, mit einem überspannten irischen Schriftsteller verwechselt zu werden als mit einem deutschen Forscher, der in den Augen mancher seiner Landsleute die falschen politischen Ansichten hatte.

Das Ergebnis dieses Farbwechsels von Schwarz zu Weiß war jedoch verblüffend. Die Pöbeleien auf offener Straße hörten wirklich auf.

Und doch war der Spuk noch immer nicht vorbei. Nicht ganz.

Wo sind wir?

Herbst in Berlin. Ein strahlender Sonntagvormittag mit Jean und Katy. Im Tiergarten. Weiß der Himmel, ich konnte mir Schöneres vorstellen: ein Gartenlokal, ein schönes Glas Weißbier und weit und breit keine Jean und vor allem keine Katy Leary.

Doch Jean habe frische Luft nötig, befand Mrs. Twain, das Kind sei so blass um die Nase. Beinahe schon wie Christine aus der Körnerstraße. So bekam Jean denn einen Spaziergang im Tiergarten verordnet. Sie wurde in ihr frisch gestärktes Matrosenkleid mit dem unvermeidlichen blauweiß gestreiften Kragen gesteckt, aber zufrieden war sie trotzdem nicht. Für meine Begriffe war das Mädchen heute ausgesprochen quecksilbrig, garstig und die meiste

Zeit nicht blass, sondern wutrot im Gesicht, weil ihr mal dies, mal jenes, im Grunde aber gar nichts gefiel. Ich am allerwenigsten:

»George ist viel netter zu mir als Sie, Harris«, hielt sie mir zum Vergleich den schwarzen Hausangestellten vor Augen, der zur Zeit nur leider jenseits des Teichs, in Hartford, Connecticut, das Haus der Twains in Ordnung hielt.

»Hach ja, George!«, seufzte Katy und rollte mit den Augen. »Das is' mal 'n schöner Mann. So schlank und Muskeln und alles, wo's hingehört. Wussten Sie, dass Ryan ihn als Modell benutzt, Mr. Harris?«

»Was, Ryan? Der Damenscheider in Hartford? Das ist nicht Ihr Ernst, Katy.«

»Aber doch! Leider bildet sich George 'ne Menge drauf ein. Er wär der schönste Mann in Hartford, meint er. Und wissen Sie was?«

»Was, Katy?«

»Es stimmt.«

»Aha.«

»Außerdem ist George immer lustig «, setzte Jean hinzu. ».Aber Sie nicht, Harris. Sie sind nicht lustig. Nie.«

Mr. Twain dagegen hatte es gut. Er behauptete zuerst, uns begleiten zu wollen, was er dann auch tat. Aber nur bis zum Pariser Platz. Unmittelbar hinter dem Brandenburger Tor verabschiedete er sich plötzlich, um mit Mr. Fisher im Josty Schach zu spielen. Beschwingt zog er in seinem neuen weißen Anzug unter dem strahlenden Sonntagshimmel davon, mit dem Rohrstock in der Hand weit ausgreifend.

»Na, dann!«, sagte Katy. »Am besten, wir schlagen uns gleich hier in die Büsche.«

Es dauerte nicht lange, da verlangte Jean Limonade.

»Dummerweise hängen gerade keine Limonaden in den Bäumen, liebe Jean«, klärte ich sie auf.

Sie überhörte meinen Sarkasmus ganz einfach und beharrte: »Aber es gibt hier so viele Leute, die wollen doch auch was trinken.«

Das stimmte vermutlich. Es gab für meinen Geschmack sogar viel zu viele Leute in diesem Park, Fußgänger und Reiter, Kinder und Erwachsene, Soldaten und ihre Bräute. Wir schlugen auf gut Glück mal diese, mal jene Richtung ein, ohne jedoch auf eine Quelle mit Erfrischungsgetränken zu stoßen. Und auf einmal waren auch die Leute weg. Wir befanden uns in einer stillen, dunklen, kühlen Allee, unter mächtigen alten Bäumen zu beiden Seiten. Kein Mensch zu sehen, vermutlich aus Mangel an Sonne.

Endlich mal Ruhe, mir gefiel es hier. Aber Jean fragte etwas unsicher: »Wo sind wir?« Es klang, als sei ihr die Laubröhre unheimlich. Ich zuckte die Achseln.

»Das haben Sie ja fein hingekriegt, Mr. Harris. Im schönsten Sonnenschein führen Sie uns mitten rein in die Finsternis wie Annageddon«, maulte nun auch Katy.

»Sie meinen Armageddon, Katy.«

»Sie wissen genau, was ich meine, Mr. Harris«, giftete sie weiter. »Das Kind braucht frische Luft und Sonne, hat Mrs. Twain gesagt. Von 'nem Tunnel war nich' die Rede.«

»Übrigens, wo ist es denn?«, sagte ich noch halb im Scherz.

»Was?«, rief Katy, die mal wieder gar nichts begriff. »Wo iss was?«

»Na, das Kind! Jean. Wo ist sie, Katy?«

Wie konnte ich ahnen, dass Jean es ernst meinte. Mit dem Weglaufen.

»Jean?« Katy sprangen vor Schreck förmlich die Augen aus den Höhlen. Sie blickte sich panisch um. »Jean!«, brüllte sie so laut, dass ich schon fürchtete, die Bäume ringsum könnten vor Schreck ihre Blätter verlieren. »Jean!«

Ehrlich, wenn jemand meinen Namen in der Weise schreien würde, käme ich auch nicht zurück.

»Sie links, ich rechts entlang!«, rief ich, und endlich tat Katy mal das, was ich wollte. Wir liefen los. Katys Rufe nach Jean langten für uns beide, man hörte sie sicher bis zum Schloss. Bald erreichte ich wieder den Hauptweg. Doch unter den vielen Menschen dort war keine Jean auszumachen. Aber allzu weit konnte sie nicht gekommen sein. Wo zum Teufel steckte sie? Ich atmete einmal kräftig durch, um mich etwas zu beruhigen und überlegte: Sie musste von der dunklen Allee aus querfeldein gelaufen sein. Aber warum nur? So etwas hatte sie bisher noch nie getan.

Ich hielt inne und versuchte, kühlen Kopf zu bewahren. Schon deshalb, weil Mr. Twain ihn mir abreißen würde, sollten wir ohne Jean zurückkommen. Drüben kreuzte ein Reitweg die Hauptallee. Bei der Vorstellung, Jean könnte dort herumstromern, blieb mir fast das Herz stehen. Sie hatte noch unlängst beim Tatsachenspiel behauptet, ein Pferd träte niemals auf ein Kind, selbst wenn es sich ihm vor die Hufe werfen würde. Ich war nicht bereit, das als eine Tatsache gelten zu lassen, und sie schwor wütend, sie werde den Beweis dafür schon noch liefern, und dann müsse ich als Verlierer ein ganzes Jahr lang Tatsachen nennen. Jetzt betete ich darum, dieses Tatsachenjahr bis zur letzten Sekunde abarbeiten zu dürfen, wenn nur dieses ungezogene, liebenswerte, dumme, schlaue Mädchen heil und gesund wieder auftauchen würde!

Ich rannte zur nicht geringen Verwunderung der sonntäglichen Spaziergänger laut rufend dem Reitweg zu, doch auch hier war außer ein paar Offizieren, die soeben vorbeiritten und mich wütend anschnaubten, keine Jean zu sehen.

Das erleichterte mich fürs Erste, denn sie war somit nicht in der ärgsten Gefahrenzone. Im nächsten Moment aber deprimierte es mich. Wie sollte ich sie nur finden?

Doch gleich darauf hörte ich ihre Stimme, dünn, aber eindeutig. Sie rief aufgeregt meinen Namen: »Harris! Schnell. Hierher, Harris!« Ihre Stimme, schien mir, kam aus der Richtung eines schmalen Abzweigs des Reitwegs, der in ein Dickicht geschnittener Büsche hineinführte. Ich verlor keine Sekunde und rannte los. Kaum war ich in das Gebüsch eingedrungen, hinter dem sich, wie sich jetzt herausstellte, eine kleine Lichtung befand, da stieß ich frontal mit einem Herrn zusammen, der mich halb umwarf. Ich ihn aber ganz. Er wurde durch den Zusammenprall mit Kopf und Schulter hart gegen den Stamm einer jungen Buche geschleudert. Er schrie auf vor Schmerz, langte sich sogleich mit der Linken an die Schläfe, mit der Rechten an die linke Schulter und sackte vor dem grünen Stamm zu Boden.

Und schon im nächsten Moment war Jean da. Es sah aus, als hätte sie den Mann regelrecht verfolgt. Und das stimmte auch:

»Harris! Das ist er!«, rief sie atemlos. »Sehen Sie doch. Ich hab ihn entdeckt. Er war hinter uns in der dunklen Allee drüben. Ich hab ihn gesehen. Aber dann ist er weg. Ich sofort hinterher. Er immer weiter. Aber ich …«

»Jean!«, unterbrach ich sie. »Jean, ich bin ja so froh, dass du da bist!« Seltsamerweise spürte ich nicht den geringsten Ärger darüber, dass sie fortgelaufen war. Ich war nur glücklich, dass ihr offensichtlich nichts geschehen war. Außer, dass ihr Kleid etwas schmutzig aussah und sie den Verstand verloren hatte.

»Jean«, sagte ich in möglichst beruhigendem Ton. »Wovon sprichst du? Dieser Herr hier« – er saß immer noch stöhnend am Fuß des Buchenstamms, den zerbeulten Bowler im Dreck, das zerzauste Haar ins Gesicht gefegt – »ich muss mich bei ihm entschuldigen.«

»Das müssen Sie nicht, Harris!«, rief sie wütend und schlug mit der Hand gegen meine Schulter. Die gottlob unverletzt war. Die des Mannes, mit dem ich zusammengestoßen war, offenbar nicht; er hielt sie noch immer mit der Rechten und sein halb verdecktes Gesicht war schmerzverzerrt.

Doch in dem Moment, als er es mir ganz zuwendete, erkannte ich ihn. Das massige Gesicht, seine gedrungene Gestalt, und wenngleich seine Kleidung jetzt nicht mehr aus Lumpen bestand, Jean hatte dennoch recht: Es *war* der Zirkus-Mann!

In diesem Augenblick brach Katy durchs Gebüsch wie ein wütender indischer Elefant, statt Stoßzähnen bewaffnet mit ihrem etwas primitiven, aber rustikalen Sonnenschirm.

»Was um Himmels willen … Jean!«, rief sie, außer sich vor Glück, als sie das Kind sah. »Jean, Schätzchen! Was hast du dummes Ding getan? Deiner Katy wegzurennen, ohne was zu sagen zu wem!«

Doch dann erblickte sie den Zirkus-Mann. Ich muss zugeben, sie begriff schneller als ich, um wen es sich handelte. Sie schob Jean zur Seite und richtete sich steil auf. Ihr Gesicht nahm einen unerbittlichen Ausdruck an, sie kehrte den Sonnenschirm in ihrer Rechten um, holte aus, als wollte sie mit dem hölzernen Griff bis zu den Baumwipfeln reichen, und hämmerte ihn dann dem Feind mit aller Kraft wie einen Donnerkeil auf den breiten Scheitel.

Er schrie so jammervoll auf, dass er mir, ungelogen, fast schon wieder leid tat. Jean sah aus, als ginge es ihr ähnlich.

»Sso!«, sagte Katy und blickte mich befriedigt an. »Der Mann gehört Ihnen, Mr. Harris. Aber vermasseln Sie es nicht. Sagen Sie ihm, dass er es wieder mit mir zu tun bekommt, wenn er sich noch ein einziges Mal bei uns blicken lässt. Sagen Sie ihm, dass ich ihm wie 'nem Kaninchen das Fell über die Ohren ziehen werde!« Dann legte sie ihren Arm um Jean und verschwand durchs Gebüsch in Richtung Reitweg. »Wir warten auf Sie am Hauptweg drüben, Mr. Harris!«, rief sie mir noch zu und war verschwunden.

Woran Lincoln starb

Natürlich hatte Katys schlagkräftige Zuwendung den Mann nicht vollständig außer Gefecht gesetzt, und jetzt, wo er begriff, dass er mir einigermaßen ausgeliefert sein würde, schien es ihm geraten, so schnell wie möglich das Weite zu suchen.

Dies war die Stunde für meine Derringer. Die kleine Taschenpistole war ein Erbstück meines Vaters, das ich inzwischen immer mit mir führte, sobald ich mit einem Mitglied der Familie Twain in der Stadt unterwegs war. Ich hatte sie noch nie benutzt, barg sie aber stets in meinem Reisegepäck wie einen Talisman. Es war zwar keine Kugel darin, doch das sah man ihr von außen nicht an. Blitzschnell hatte ich sie aus der Manteltasche gezogen und hielt sie dem Zirkus-Mann, der sich bereits wieder voll aufgerichtet hatte, vor die Augen. Wir befanden uns mitten im Dickicht, keiner konnte uns sehen, eine solche Gelegenheit kam nie wieder.

»Eine Ahnung, Bursche, wer Abraham Lincoln war?«, fragte ich ihn in meinem schlechtesten Deutsch, das er wohl am besten verstand.

Er schüttelte den Kopf.

»War der Präsident der Vereinigten Staaten, Freund.«

Er schüttelte wieder panisch den Kopf.

»Doch, war er. Und weißt du, woran er gestorben ist?«

Rasend schnelles Kopfschütteln unseres Freundes.

»An einer Kugel im Kopf.«

Mittlerweile rotierte sein Schädel.

»Einer Kugel, Bursche, die aus einer solchen Pistole kam. Genau so einer. Einer Derringer, Kaliber vierundvierzig.« Ich drückte den kurzen Lauf der Pistole jetzt genau auf die Stelle über seiner Nasenwurzel, mitten zwischen die Augen. Ich sah nicht, was in seiner Hose vorging. Aber ich roch es. Ich wich einen Schritt zurück, die Pistole weiterhin am ausgestreckten Arm auf seine Stirn gerichtet.

»Wer bist du? Was willst du? Was hast du gegen die Familie Twain?«, fuhr ich ihn an.

Er zitterte am ganzen Körper, wieder eine von diesen halbgaren Figuren, die sich für härter hielten, als sie waren.

»Jar nüscht!«, krächzte er auf einmal in seinem schönsten Heimatdialekt. »Ick hab jar nüscht jejen den Herr Tween. Heute, det war Zufall. Ehrlich, ick war man bloß unterwegs wejen …« Er machte die charakteristische Handbewegung des Langfingers. »Det mach ick immer sonntags im Tiergarten. Det mir die Kleene jesehen hat, war Künstlerpech, ehrlich. Deshalb bin ick ja ooch weg wie nüscht. Weil der Ufftrag is' ja eijentlich erledigt, jetze. «

»Auftrag? Für wen?«

»Det … det … det *kann* ick nich sagen. Weil sonst bin ick dot, die machen ma alle, wenn Sie nu bei die uffkreuzen un sagen, det ick det jesagt hab. Nee. Det sind große Tiere. Die ham Verbindungen überall. Die wissen, wo ick wohne und allet. Nee, nee.« Er schüttelte verzweifelt den Kopf. »Lieber lass ick ma von Sie uff de Stelle erschießen, det jeht schneller.«

»Aber warum, Bursche? Was haben deine Auftraggeber gegen Mark Twain?«

»Keene Ahnung. Ehrlich. Und der Ufftrag is' ja ooch zu Ende. Die meinten, det reicht vielleicht schon, man müsste et nicht übertreiben. Ick kenn nur den eenen von die, den Jungschen. Der aber ooch bloß den Ufftrag ausführt von die andern, oder den andern, wat weeß ick.«

Nun, langsam wusste ich auch nicht mehr, von wem oder ›von wen‹ oder von was er eigentlich sprach.

»Det sind richtig hohe Tiere, die wat gegen Herr Tween haben. Mir is det doch janz ejal. Ick soll den Tween man bloß solange ärgern, det er verduftet. Weil se ihm hier nich' haben wollen inne Stadt. Weil er Sachen sagt und tut, weeß ick nich'. Det is' doch bloß een Ufftrag jewesen!«

Ich fragte ihn, wie viel er dafür bekommen hatte.

»Zwanzijer.«

»Für einen Zwanziger machst du diese Sauereien, du Lump?«

Er nickte brav. Den ›Lumpen‹ nahm er mir, schien's, nicht mal übel. »Für einen Zwanzijer kann ick een Jahr lang wohnen.«

Ich fasste einen Entschluss. Ich sagte: »Pass auf, Bursche. Wenn du willst, kannst du dir das Gleiche noch mal verdienen. Du wirst morgen zum Hotel Royal kommen, am Vormittag um zehn. Du wirst dir draußen vorm Hauptportal von einem gewissen Ernst einen Zehner geben lassen. Ich werde dafür sorgen, dass er es tut. Verstanden?«

Er glotzte mich ungläubig an.

»Du wirst anschließend die nächste Gelegenheit abpassen, um deinen sauberen Auftraggebern eine Lektion zu erteilen. Egal wie. Nicht zu schlimm, aber es sollte schon wehtun. Lass dir was einfallen, und zwar so, dass wir es hinterher mitbekommen, so oder so. Klar?«

Er starrte mich nun an wie einen Geisteskranken. Ich wedelte ein wenig mit der Derringer hin und her und sagte: »Das ist mein voller Ernst, Bursche. Also hör zu: Sobald du den Job erledigt hast, wirst du dich wieder an Ernst im Royal wenden, lass ihm eine Nachricht zukommen, warte wie beim ersten Mal neben dem Hauptportal, und du wirst noch mal zwei Zehner kassieren. Insgesamt also dreißig, falls du nicht rechnen kannst.« Wovon ich allerdings ausging. »Mit dem Geld suchst du dir eine neue Bleibe und lässt dich nie wieder blicken. Nicht bei den Twains. Und nicht bei … den anderen. Kapiert?«

Endlich nickte er, wenn auch schwer, mit seinem lädierten Schädel.

»Nur ein weiterer Auftrag für dich. Aber weit besser bezahlt als der letzte.« Ich setzte zwar voll auf seine Habgier, fügte aber dennoch hinzu: »Solltest du es trotzdem wagen, mich übers Ohr zu hauen, Freund, und nur den Zehner kassieren, ohne was dafür getan zu haben, spüre ich dich persönlich in deinem Rattenloch auf. Ich kriege dich, früher oder später, verlass dich drauf, und ich jage dir mit diesem schönen Ding hier« – ich wedelte wieder ein wenig mit dem Lauf der Pistole vor seiner Nase – »ein ebenso blitzsauberes Loch durch deine Hirnblase wie ein deutscher Officer. Ist das angekommen, Freund?«

Er nickte so heftig, dass ich schon fürchtete, sein Kopf würde gleich abfallen.

»Und jetzt Abmarsch, zurück in deine Kloake!« Mit der Derringer in der Hand wies ich ihm den Weg zur Lichtung, wo er hergekommen war. Er fischte seinen verdreckten Hut vom Boden, schlug die Zweige auseinander und machte, dass er fortkam. Er hinterließ eine Dunstwolke wie Pestatem.

Ich brauchte einige Sekunden, um mich zu vergewissern, dass wirklich passiert war, was passiert war. Aber dann, muss ich sagen, fühlte ich mich gut und steckte recht stolz mein Erbstück wieder in die Tasche.

Katy und Jean warteten natürlich ungeduldig auf mich. Ich berichtete in aller Eile von der Szene im Gebüsch, einschließlich der Derringer in meiner Rocktasche. Ein wenig mag ich in meiner Darstellung übertrieben haben, aber nicht sehr.

»Genau wie Buffalo Bill!«, himmelte Jean mich plötzlich an. Aber Katy sagte skeptisch: »Was, wenn er trotzdem weiter Ärger macht?«

»Wird er nicht«, versicherte ich. Ich berichtete ihr von dem Deal, den ich mit dem Burschen abgeschlossen hatte.

»Und Sie glauben, der Schuft macht das für Sie?« Sie lachte mich aus und schüttelte den Kopf.

»Er wird es nicht für *mich* tun, Katy«, stellte ich klar. »Sondern für sich selbst. Weil er von mir Geld dafür kriegt. Und zwar mehr als von den anderen.«

»Und von wem nehmen *Sie* das Geld dafür?«

»Na, von Mr. Twain natürlich.«

»Mr. Twain? Ha, der hat doch selber nichts. Na, meinetwegen.« Sie winkte nachlässig mit der Hand ab. »Ich will jetzt nur noch zurück ins Hotel.«

»Ich auch«, sagte Jean. Ob ich sie begleitete, war ihnen offensichtlich von Herzen egal. In diesem Moment wünschte ich, mein Name wäre George. Oder wenigstens Buffalo Bill.

Verborgenes Laster

Am Abend berichtete ich Mr. Twain, wie ich den Zirkus-Mann im Tiergarten aufgespürt und gestellt und schließlich zu dem bewussten Deal gezwungen hatte. Ich wählte eine etwas freie Version des Hergangs. Frei von Jeans Verschwinden und ihrer spontanen Verbrecher-Jagd. Auch Katy hatte zuvor wohlweislich kein Wort darüber verloren, zur Sicherheit hatte sie Jean im Hotel rasch noch mit zwei Extralimonaden bestochen und sie so zum Schweigen verpflichtet.

Mr. Twain bereitete sich soeben auf eine Lesung am kommenden Abend vor. Mir schien, er hatte mir kaum zugehört. Doch als ich sagte, ich bräuchte von ihm insgesamt dreißig Reichsmark, um den Deal mit dem Zirkus-Mann zu bezahlen, lachte er herzhaft.

»Das ist wirklich die originellste Begründung für

eine Gehaltserhöhung, die ich je gehört habe, Harris!«, rief er amüsiert aus.

»Aber nein, Sir«, widersprach ich heftig. »Es handelt sich nur um eine einmalige Sache. Ganz bestimmt. Wenngleich ich natürlich grundsätzlich nichts gegen eine Gehaltserhöhung ...«

»Worum geht es, Harris? Spielschulden?«

»Aber, Mr. Twain, Sie wissen doch, ich spiele niemals.«

»Na, irgendein verborgenes Laster werden Sie schon haben. Ich habe hundert Laster, und sie sind mir alle lieb und vor allem teuer. Hören Sie, Harris, mein Lieber, eine Gehaltserhöhung ist zurzeit nicht drin. Erst wieder, wenn ich die Setzmaschine verkaufen kann.« Also nie. »Aber die Spielschulden sollen Sie natürlich begleichen können. Warten Sie.«

Er zog eine Schatulle mit Geldscheinen aus der Schreibtischschublade und drückte mir wahllos ein paar davon in die Hand – insgesamt fünfzig Reichsmark, stellte ich mit einem raschen Blick fest.

»In Zukunft etwas vorsichtiger spielen, Harris«, raunte er mir ins Ohr. »Oder mal George um Nachhilfe bitten, wenn wir wieder zu Hause sind. Der Junge spielt raffiniert wie der Teufel!«

Gab es eigentlich nichts, was George mir *nicht* voraushatte? Es war zum Verzweifeln.

Es war übrigens die erwähnte Lesung, auf die Mr. Twain sich vorbereitet hatte, die in letzter Konsequenz unseren Aufenthalt in Berlin vorzeitig beenden sollte.

Ich weiß nicht, was ihn bewog, ausgerechnet in einem Mädchenpensionat aufzutreten. Aber ich vermute, es war nicht, wie er behauptete, die pure Barmherzigkeit, da er auf ein Honorar verzichtete. Sondern die ziemlich selbstsüchtige Tatsache, dass er dort das ideale Publikum für eine seiner Lieblingsgeschichten fand, eine Gespenstergeschichte mit einer der gemeinsten Pointen der Weltliteratur. Zumindest soweit ich mich darin auskenne.

Susie, die ihn diesmal als Einzige aus der Familie begleitete, bat ihn noch in der Droschke, auf dem Weg dorthin, die Geschichte nicht vorzutragen. Sie kannte sie nur zu gut und fand sie schlicht unpassend für ihren Vater.

Mark Twain wog den Kopf hin und her (vielleicht lag's aber auch an der Kutschfahrt) und versprach ihr schließlich in die Hand, die Gespenstergeschichte nicht vorzutragen.

Es sah zunächst danach aus, als hielte er sich daran. Er stand vorne auf der Bühne einer unbeheizten, empfindlich kalten Aula und trug seinem, abgesehen von den Lehrerinnen, jugendlichen Publikum den ›Springfrosch von Calaveras‹ vor. Vor Jahrzehnten, fast wie in einem früheren Zeitalter, hatte ihn die

Geschichte in Amerika mit einem Schlag bekannt gemacht. Ich begreife den Erfolg bis heute nicht. Der ›Calaveras-Springfrosch‹ ist eine üble Tierquäler-Geschichte, die nicht mal ein richtiges Ende hat. Ihr Held ist Daniel Webster, ein Frosch, der zum Schluss bis zum Kragen mit Schrotkugeln abgefüllt wird, sodass er am Boden bleibt wie ein Amboss, statt Rekorde zu springen. Das ist alles.

Aber auch diesmal amüsierte sich der ganze Saal unschuldiger kleiner Mädchen darüber. Wer weiß, mit welchen Folgen für ihr Leben. Oder das der Frösche in und um Berlin.

Susie dagegen war sehr zufrieden mit der Wahl seiner Geschichte. Ich saß mit ihr in einer der hinteren Reihen des Saals, und ich konnte ihre Genugtuung darüber, dass er auf die befürchtete Spukgeschichte verzichtet hatte, deutlich von ihrem Gesicht ablesen.

Doch sie hatte sich zu früh gefreut. Sei es, dass Mark Twain fand, das Publikum habe auf sein deutsches Gestammel – wie immer trug er frei vor – nicht in ausreichender Weise reagiert, sei es, dass er sich in der kalten Aula erst noch warm reden musste – nun kündigte er eben doch genau jene Geschichte an, die er Susie versprochen hatte, nicht vorzutragen. Sie trug den Titel: »Der goldene Arm«.

»Da gab einmal ein Zeit«, begann er und schaute dabei streng ins Publikum. Den Blick in die hinteren Reihen aber, wo Susie und ich saßen, mied er jetzt auffällig. »Da gab ein Mann«, fuhr er fort, »ein sehr gemeine, bose Mann war. Und hatte er eines Weib, das hat ein golden Arm! Einem Tag hat das Weib gestorben!« Wieder dieses intensive Starren ins Publikum. Die Mädchen in den vorderen Reihen rückten bereits zusammen. »Und the gemeine, bose Mann, er tragt seiner toten Weib hinaus und begrabt sie in das Prärie. – In de Nackt der bose Mann kannot schlafen. Muss denken all the time an der goldene Arm von seines Weib. Da draußen in das Prärie unter dem Erden. Und wenn Mittnackt komm, de bose Mann stehd auf von sein Bed und das Lanternen nehmt und durch den schwerer heulendem Storm er stiefeln mitten durch der tiefer Schnee. Und da das Grab von seines Weib ist! Er grabt sie aus und snappt sick die goldene Arm von sein tote Frau!« Raunen im Publikum, hier und da Kichern. »Und er gehts damit zuruck nack Hausem. Durch dem Schnee gelaufen ist, und das Storm ruttelt am Lanterne, und denn erschreckt plotzlick!« An dieser Stelle eine schauderhafte Pause mit einem grauenerregenden Blick aus den blitzenden Augen des Autors dort vorne auf der Bühne. »Und auf einem Mal etwas rufen gehort. ›Wat is das?‹ Der Mann hort dem heulenden Wind: Wuuuuuuuuh! Und einer Stimme, Stimme von seiner Weib hort daswussen: ›Wer hat mein golden Arm?‹ Wuuuuuh. ›Wer hat mein golden Arm?‹ Der Mann, er fangt an zu zittern gewesen und klappern mit der Zahn und ruft: ›Oweh, oweh, oweeeh‹. Und der Wind sing wieder: Wuuuuuuh! Und blast dem Lantern aus: pff.«

Langsam ging ein Frösteln durch den Saal.

»Endenlick der Mann ist im Hause sein«, machte Mark Twain unbeirrt und mit sichtbar gesteigerter Lust am Horror weiter. »Der Mann so viel Angst sein, und geht er den Treppe hoch und – jump! – sein Bett inspringen. Aber was das gewesen? Er horchen.« Man hätte den Flügelschlag einer Fledermaus hören können, so still war es im Saal. Mark Twain weiter: »Pat—pat—pat—pat. Der Schritten von nacktem Fußen auf dem Treppe. Und auf einmal das Stimme von seines Weib so grauselig und bose zu horen gewesen: ›Wer hat mein golden Arm?‹ Dann er horen die knarren Tur — uaaaiih. Und der Mann weißt, das Gespenst jetzt in der Raum ist. Pat—pat—pat kommt an seiner Bed.« Pause, eindringlicher Blick ins Publikum, besonders auf ein kleines Mädchen in den vorderen Reihen, das schon am ganzen Körper wohlig schauert. »Und haaah, es so kalt gewesen neben sein Bed, so kalt sein da, haaah. Der Mann slotzern und slutten und der kalt Hauch komm naher, ganz nah, nah bei sein Ohr. Und sagt ganz, ganz bose Stimme von sein tote Weib: ›Wer hat mein golden Arm?‹«

Es folgte eine unendlich lange, schwer lastende Pause, in der Mark Twain seinen wütenden, vorwurfsvollen, rasiermesserscharfen Blick durch alle Reihen gleiten ließ (abgesehen von der, in der Susie und ich saßen), einen Blick, so scharf, dass er den armen Mädchen eigentlich fünf Zoll aus dem Rücken wieder hätte herausdringen müssen. Und plötzlich fixierte er nur noch das schlotternde Mädchen, das er vorhin schon im Visier gehabt hatte, warf seinen linken Arm nach vorne (der rechte litt mehr denn je an Rheumatismus) und brüllte sie an: »Duuuu hat mein golden Arm!«

In diesem Moment schrie das Mädchen wollüstig und mit einem gellenden Quieken auf. Doch nicht es allein, sondern der ganze Saal, einschließlich aller Lehrerinnen, schoss wie eine einzige Person vor Schreck in die Höhe und alle brüllten wie im Chor, was das Zeug hielt: »Neiiin! Ich nicht!«

Seit dem Sezessionskrieg habe ich so etwas nicht mehr erlebt.

Zu Susies Entsetzen war auch ich unter den Kreischenden, ich konnte es selbst nicht fassen.

Mark Twain dagegen war sichtlich zufrieden mit der Wirkung seiner Schauergeschichte und erntete nach einer Weile zuerst erleichterten, dann überschwänglichen, schließlich tosenden Beifall.

In der Reihe vor uns brüllte mitten in den Lärm hinein ein Mädchen dem anderen zu: »Er ist richtig lustig.« Und das andere antwortete: »Ja. Und er sieht auch so komisch aus.«

»Ich finde nicht, dass Papa komisch aussieht«, zischelte Susie mir säuerlich zu. »Das kommt nur daher, dass er immerzu diese dumme Geschichte erzählt. Und was ist das Ergebnis? Keiner nimmt ihn ernst. Nicht mal diese kleinen Mädchen.« Ich sah sie selten so wütend auf ihren Vater, und auf dem

Heimweg sprach sie kein Wort mit ihm. Geschah ihm ganz recht.

Die Strafe für seinen Wortbruch gegenüber Susie ließ nicht lange auf sich warten. Zu allem Überfluss hatte er sich nämlich in der unbeheizten Aula eine Erkältung zugezogen. Die Krankheit ließ sich zunächst harmlos an. Dann aber wurde sie fiebrig und entwickelte sich immer ernsthafter. Phasenweise ging es ihm so schlecht, dass die Erkrankung lebensgefährlich schien.

Im Dackel-Zimmer

In den nun folgenden Wochen seiner schweren Erkrankung bekam ich ihn kaum zu Gesicht. Olivia steckte ihn in Quarantäne, in ein langes, schmales Zimmer, ganz am Ende der Suite, wo ihn niemand störte (oder wo er niemanden störte) und kümmerte sich aufopfernd um ihn. Nicht mal Walter Phelps oder Henry Fisher durften ihn in den kritischen Tagen sprechen. Als sie ihn einmal gemeinsam besuchen wollten, stand zufällig die Tür des Krankenzimmers auf und man hörte den Patienten brüllen: »Hier entlang, Freunde! Zum Dackel-Zimmer!« Die Herren blickten seine Frau fragend an. Olivia rollte mit den Augen, und erneut hörte man Mr. Twains wütende Stimme: »Verfluchtes Zimmer! Wenn es Beine hätte, wäre es ein deutscher Dachshund!«

Die Herren lachten und behaupteten, ihr Freund höre sich ebenso frisch und unverschämt an wie immer. Doch Olivia ließ sich nicht erweichen. »Kein Besuch. Kommt nicht in Frage!«, erklärte sie endgültig, und mit diesem Bescheid schlichen die beiden Herren wieder hinaus.

Die Krankheit zog sich hin, aber dafür gab es nun Bewegung an anderer Stelle. Der Zirkus-Mann zeigte sich vorm Hotel. Und zwar ganz friedlich, was die Familie Twain betraf. Zunächst hatte er sich wie gewünscht von Ernst, unserem Zimmerkellner, den ich entsprechend angewiesen und mit Geld ausgestattet hatte, seine ›Anzahlung‹ geben lassen.

Vier Wochen lang hörten wir nichts mehr von ihm, das heißt ziemlich genau die Zeit, in der Mark Twain gefährlich krank zu Bett lag. Doch dann tauchte er plötzlich wieder auf und ließ sich von Ernst weitere zwanzig Reichsmark geben. »Ufftrag erfüllt. Det haben die Tweens sicher schon jehört«, soll er laut Ernst gesagt haben.

Ich berichtete Katy stolz davon, wenngleich ich nicht verstand, worauf genau sich seine Äußerung, wir wüssten Bescheid, eigentlich bezog. Doch sie lachte nur und schüttelte dabei den Kopf. »Ich wette einen ganzen Dollar, dass der Bursche Sie bloß übers Ohr gehauen hat, Mr. Harris!«

»Dazu hat er viel zu viel Angst vor meiner Derringer, Katy. Der denkt, ich kriege ihn, wo immer er steckt.«

»Ha, der denkt, so leicht hab ich noch nie mein

Geld ergaunert, das denkt der! Und nun beweisen Sie mir mal das Gegenteil, Mr. Harris.«

Zugegeben, darin bestand eine gewisse Schwierigkeit. Und Katy behauptet bis heute, nichts sei bewiesen, ich hätte mir die ganze Sache bloß zusammengesponnen: »Wie Mr. Twain seine Spukgeschichten und alles.« Mit dem Unterschied, dass ich meinen Unsinn für bare Münze halten würde.

Doch die Geschichte ist noch nicht zu Ende, also urteilen Sie selbst!

Irgendeine Göre

Etwa eine Woche, nachdem Mr. Twain wieder genesen war, erschien die Berliner Verwandtschaft, Alice von Versen zusammen mit ihrem Mann und seinem jungen Adjutanten Sowieso, im Hotel Royal. Der Besuch war unangekündigt und Mr. Twain nicht einmal anwesend. Er befand sich bei Mr. Phelps in der amerikanischen Gesandtschaft. Die Besucher schienen darüber wenig traurig zu sein, die Visite war reine Formsache. Mrs. Twain empfing sie im Salon mit jener bekannten Herzlichkeit, die sie allen Gästen zukommen ließ.

Alice von Versen trat wie immer mondän, agil und bestens gelaunt auf, mit fressendem Blick, aber nicht unfreundlich. Ihr Mann dagegen, der General, und auch sein junger Freund Sowieso sahen aus, als wären sie unter die Pferde geraten. Und das waren sie auch. Beide, junger wie alter Offizier, benutzten ihren Ausgehstock wie Krücken, ihre geschwollenen Gesichter sahen aus, als würden sie gleich auseinanderfallen, und der junge Sowieso trug sogar einen Verband um seinen rechten Arm, den er unter dem Mantel notdürftig verbarg, als sei er ihm peinlich.

Statt auf Mr. Twains wiederhergestellte Gesundheit anzustoßen, war nun der Reitunfall der beiden Herren das bestimmende Thema des Besuchs. Es war am letzten Sonntag im Tiergarten geschehen, berichtete der General mit aufflammender Empörung. Er sei mit Sowieso wie üblich ausgeritten, die gewohnte Strecke, da werfe doch irgendein Tölpel, »vermutlich irgendeine Göre«, einen Riesenast durchs geschnittene Gehölz mitten auf den Reitweg.

Die Pferde scheuten natürlich. Und warfen ihre Herren in den Sand, der sich als weit weniger weich herausstellte, als man hätte denken können. Ein Reporter, wie üblich am Sonntag im Tiergarten auf der Pirsch nach »hohen Tieren«, wurde Zeuge des Unfalls.

»Jede Kleinigkeit musste die Canaille hinterher in seinem Blatt breittreten, um sich unter dem Deckmantel der Anteilnahme über uns lustig zu machen«, polterte der General. »Zuerst, schrieb dieser Verbrecher, habe man die beiden Pferde gesehen, die sich, nanu?, nach ihren Reitern umgesehen hätten. Die

Herren selbst – also wir beide, nicht wahr! – hätten fünfzig Meter zurück mit zerdrückten Gesichtern und angeknacksten Gliedern im Sand gesessen. Und weitere fünfzig Meter zurück hätten die weißen Mützen unserer Reituniformen in der Sonne gestrahlt.« Bis die folgenden Pferde ohne Achtung vor der Lebensleistung des Generals achtlos darüber hinweggetrampelt seien. »Dieser Anarchist von einem Journalisten! Dabei hätte ich mir beinahe den Hals gebrochen.«

Während der General sich ereiferte, schwieg der junge Sowieso beschämt, als hätte er den Vorfall ahnen und verhindern müssen. Ich für meinen Teil hatte genug gehört, um mir meinen Reim darauf zu machen.

Ich muss gestehen, die ganze Zeit hatte ich den Dr. von Rottweil im Verdacht, die Attacken der Berliner Unterwelt-Figur, des Zirkus-Manns, gegen Mark Twain veranlasst zu haben. Von Rottweils Feindseligkeit war offensichtlich, er hatte ja bereits die Steuerbehörde auf Mr. Twain angesetzt und die Polizei zurückgepfiffen, als sie helfen sollte.

Doch das war ihm offenbar Rache genug gewesen. Ich wünsche ihm trotzdem, dass er dafür in der Hölle schmoren wird, an einem Extra-Spieß.

Jetzt aber wurde mir mit einem Schlag klar, dass in Wahrheit der General für die hinterhältigen Angriffe gegen Mr. Twain verantwortlich war. Nicht direkt, das wohl kaum. Denn selbstverständlich hatte er sich nicht selbst um die Details der Ausführung gekümmert. Nein, sein Mittelsmann für dieses schmutzige Geschäft war natürlich sein junger Adjutant gewesen, der ihm vollkommen ergeben war. Daran hatten auch Claras schöne Augen nichts geändert. Erst recht nicht, nachdem er in der Körnerstraße an Mark Twains väterlichem Querkopf kläglich gescheitert war.

Dennoch, der Urheber des Ganzen war von Versen. Aber was hatte den General zu einer so drastischen, hinterhältigen, fortgesetzten Aktion gegen seinen amerikanischen Verwandten veranlasst?

Von Versen, überlegte ich, war preußischer Offizier. Er sah durch Mr. Twains provozierende Bemerkungen und freimütiges Verhalten in seinem Haus – beim Gesellschaftstee und später auch beim Kaiser-Bankett – offenbar seine Familienehre verletzt. Und sich selbst in seiner Rolle als Gastgeber lächerlich gemacht. Von Versen verstand keinen Spaß und war gewiss kein Mann des offenen Visiers. Er bevorzugte andere Methoden, wie man nun sehen konnte: den Angriff aus dem Hinterhalt, zur Not auch durch einen Heckenschützen. So hatte sein Adjutant den Auftrag erhalten, dafür zu sorgen, dass Mr. Twain eine Lektion erteilt wurde, die ihm Berlin auf lange Sicht verleiden sollte. Der Zirkus-Mann, auf den die Wahl für den schmutzigen Job wie auch immer gefallen war, hatte mich also nicht einmal angelogen. Und wer weiß, vielleicht hatte der General sich im Offizierskasino schon mit seiner Racheaktion gegen seinen ungeliebten ausländischen Verwandten gebrüstet.

Das Lachen war ihm inzwischen jedoch vergangen. Als der General nach diesem kurzen, aber aufschlussreichen Besuch mit Frau und Helfershelfer wieder hinaushumpelte, war der Fall für mich endgültig erledigt. Egal, was eine Katy Leary dazu sagte.

Nämlich: »Sie sind ja noch verrückter als mein Onkel Pat, Mr. Harris. Am Ende schreiben Sie den ganzen Unsinn noch auf, den Sie sich zusammenreimen, und wollen Geld dafür. Aber machen Sie, was Sie wollen. Hauptsache, Sie lassen mich aus dem Spiel!«

»Im Gegenteil, Katy, ich verpasse Ihnen die Hauptrolle!«

Sie lachte darüber. Damals noch.

»Vergiss mir nicht«

Mr. Twains Gesundheitszustand besserte sich, wie ich schon sagte, nur langsam. Und selbst als er das Bett wieder verlassen konnte, wir befanden uns bereits in der Vorweihnachtszeit, sah er mager und um Jahre gealtert aus. Es war daher naheliegend, dass Olivia ihm vorschlug, den Winter in Südeuropa, in Frankreich und Norditalien, zu verbringen, wo das Klima zuträglicher war als die raue Berliner

Luft. Ungewöhnlich an dem Vorschlag war lediglich, dass die Eltern bereit waren, ihre beiden älteren Töchter in Berlin zurückzulassen. Lediglich betreut und beaufsichtigt durch Katy Leary. Susie und Clara sollten ihre Musikstudien in Berlin nicht unterbrechen müssen, nur Jean sollte mit ihren Eltern in den Süden reisen, ich die Twains begleiten. Das zeigt wohl am besten, wie sicher sich die Familie inzwischen in der deutschen Hauptstadt fühlte. Mommsen und meine Derringer hatten das Wunder bewirkt.

Aus bestimmten (finanziellen) Gründen sollte sich die Reise nach Frankreich und Italien aber noch um einige Zeit verzögern, und das war ganz nach dem Geschmack der jungen Damen, besonders von Jean, die so noch in den Genuss des Berliner Christmarkts kam. Die flimmernde Budenstadt rund um den Schlossplatz und den Lustgarten hatte es den Mädchen angetan. Es duftete überall verführerisch nach ›Braunschweiger Pfefferkuchen‹, ›Salzwedeler Waffeln‹ und fettigem ›Eberswalder Spritzkuchen‹; ich bekam allerdings Sodbrennen davon, Katy Durchfall.

Zwischen den Zeltreihen konnte man sich leicht verirren, deshalb blieb man besser dicht beisammen. Doch mit dem Zirkus-Mann oder mit Pöbeleien gegen die Familie Twain hatte das nichts zu tun. Sie blieben aus. Berlin zeigte sich friedlich, weihnachtlich, freundlich, geschäftig. Die ganze Familie war jetzt nicht nur froh, sie schien sogar glücklich und beschenkte sich am Weihnachtstag reichlicher, als es der Familienkasse guttat. Zumindest soweit ich es beurteilen konnte. Denn an Heiligabend hatte ich im Grunde nur Augen für das Geschenk, das mir zu meiner allergrößten Überraschung Katy machte. Ich hatte leider keins für sie.

Es war eine Taschenuhr, die sie auf dem Christmarkt erstanden hatte. In der Verpackung lag ein Zettel mit einem Spruch: »Wenn de jehst, denn jeht se. Wenn de stehst, denn steht se.« Als ich ihn las, an jenem denkwürdigen Heiligabend im Hotel Royal, konnte ich nicht ahnen, dass man den Spruch wörtlich zu nehmen hatte.

Und einen Tag später zeigte mir Ernst stolz die Hosenträger, die *er* von Katy geschenkt bekommen hatte. Es waren Blumen darauf gestickt und der Herzenswunsch: »Vergiss mir nicht!«

Luiseninsel

Edda

Ende Februar schliesslich war es so weit, die Reisevorbereitungen waren abgeschlossen, die Finanzen geklärt, die Abreise Mark Twains nach Frankreich, dann Italien, zusammen mit Olivia und Jean, stand unmittelbar bevor. Es war ein Sonntag, nicht einmal kalt, die Luft klar und durchsonnt, als Mr. Twain beschloss, einen letzten Spaziergang durch die Stadt zu unternehmen. Allein. Er zog sich seine hellen Kleider an – auch der neue Mantel war aus feinstem, sandfarbenem Kamelhaar – und nahm ein Buch mit, das ihm Fisher zu Weihnachten geschenkt hatte: ›Das Bildnis des Dorian Gray‹, geschrieben von Oscar Wilde. Ein moralisch offenbar höchst zweifelhafter Roman, wie man es von einem Geschenk Henry Fishers nicht anders erwarten konnte. Doch Mark Twain las zu meiner Überraschung mit großer Bewunderung darin. Mir war das schleierhaft, wie konnte es sein, dass ein so affektierter Autor wie dieser Ire etwas Lesbares zustande brachte? Zum Glück drängte mir niemand die Lektüre auf.

Etwa zwei Stunden nach seinem Aufbruch zum Spaziergang erschien Mr. Twain wieder im Hotel mit einem merkwürdigen Strahlen im Gesicht. Aber ohne das Wilde-Buch. Nicht dass es mir gleich auffiel, er wies mich ausdrücklich darauf hin.

»Ich habe das Buch verschenkt, Harris«, verkündete er munter.

»Recht so«, gab ich zurück.

»An Edda, alias Adele«, fügte er trocken hinzu.

Ich fuhr beinahe aus der Haut bei diesem Namen: »Ade… Sie meinen unsere, das heißt *jene* Adele? Sie lebt also?«

»Jene Adele, unsere Adele. In Wirklichkeit heißt sie Edda. Und diese Dame ist ziemlich lebendig, ja.«

»Edda?« Was für ein schrecklicher Name, wenn man sich an den anderen gewöhnt hatte. »Sir, ich verstehe kein Wort. Wenn Sie mich bitte aufklären würden?«

»Aber die Sache ist ganz einfach, Harris. Wie spät ist es jetzt?«

Ich zog meine Taschenuhr heraus, Katys Weihnachtsgeschenk, und schaute nach. »Neun Uhr. Morgens oder abends. Wie Sie wollen.«

Er lachte. Die Uhr war natürlich wieder stehen geblieben. Er zog seine eigene Uhr hervor und sagte: »Gleich halb fünf. Nun, und wann habe ich das Hotel verlassen?«

»Gegen halb drei, schätze ich, Sir.«

»Richtig. Ich spazierte die Linden entlang, bog in die Wilhelmstraße ein, glaube ich, sah mir ein bisschen die Leute an, viele Leute, und schlenderte dann durch die Tiergartenstraße, bis ungefähr zur Bendlerstraße.«

»Sir, ich muss sagen, Sie kennen Berlin inzwischen wie Ihre Westentasche.«

Er winkte ab und sagte: »Hören Sie zu, Harris.

Ich überquerte die Straße und ging ohne groß nachzudenken, das Wilde-Buch in der Hand, auf den Wasserlauf zu, der die Luiseninsel umschließt. Ich schritt gedankenlos auf eine der Ruhebänke zu, die dort einladend von der Sonne beschienen wurden, um kurz zu verschnaufen und vielleicht ein bisschen im Dorian Gray zu blättern. Ein ausgezeichnetes Werk, übrigens.«

»Nun, und, Sir?« Er spannte mich ganz schön auf die Folter. Und wie ich ihn kannte, tat er es mit Absicht. Er testete gern den Effekt von Pausen im Gespräch mit mir.

»Ich ging also auf die Bank zu, ganz entzückt von dem in der Sonne strahlenden Marmor der Königin Luise. Erst als ich mich setzte, achtete ich darauf, dass auf der Nachbarbank ebenfalls jemand saß. Eine Dame in mittlerem Alter, unscheinbar gekleidet, sie hatte die Augen leicht geschlossen und genoss die Sonne.«

»Und, Sir? Es war Adele, nicht wahr?«

»Wie ich schon sagte, Harris, sie nannte sich jetzt Edda.«

»Wie haben Sie das erfahren, Sir?«

Er lachte. »Ich sprach sie an, Harris. Einfach so. Sie blinzelte mit den Augen. Wegen der Sonne, nicht meinetwegen! Ich sagte rasch meinen Namen, doch sie runzelte die Stirn, als hätte sie mich nicht verstanden. Aber wenigstens blieb sie diesmal brav sitzen, die Hände in ihrem schwarzen Muff auf dem Schoß.«

Und nun schilderte er mir endlich, was ich so gierig war, zu erfahren. Adele, oder von mir aus auch Edda – nein bleiben wir bei Adele! –, sie lief wirklich nicht vor ihm davon. Doch war sie höchst erstaunt, als Mr. Twain sie damit konfrontierte, dass sie es bereits mehrfach *getan* hätte. Fortlaufen meine ich. Und plötzlich erkannte sie ihn wieder! Trotz seines radikal veränderten Äußeren. Als den Mann, dem sie tatsächlich schon mehrfach begegnet war – ganz und gar unverhofft, wie sie jetzt betonte. Dem Auge in Auge zu begegnen, sie aber gescheut habe, weil sie ihn für einen ganz anderen gehalten hatte. Doch das begriff sie erst jetzt, in diesem Moment, da sie ihn wegen seines schrecklichen Deutsch als Ausländer erkannte. Denn dieser andere, für den sie Mr. Twain früher gehalten hatte, war ein Schriftsteller von lokaler Bedeutung, Fontane oder ähnlich mit Namen.

»Sie bewundert den Kollegen. Hat alles von ihm gelesen«, sagte Mr. Twain. »Und sie weiß, dass er in der Nähe wohnt. Irgendwo nahe dem Potsdamer Platz. Sonntags, meist am Nachmittag, dreht Mr. Fontane seine Runden durch den Tiergarten. Genau wie sie selbst, um an der Luiseninsel ein kurzes Päuschen einzulegen, wenn es das Wetter erlaubt. – Aber niemals, versicherte sie mir, würde sie sich ihrem Idol aufdrängen, ihm auf keinen Fall persönlich begegnen, mit ihm sprechen wollen, sagte sie. Nur seine Silhouette betrachten. Aus der Distanz. Mehr nicht.«

»Nun, aus der Distanz lässt sich ein Idol gewiss am bequemsten bewundern, Sir.«

»Sie sagen es, Harris. Allerdings birgt auch die Distanz ein Risiko. Die Dame sah damals und bei den späteren Begegnungen mit mir den gleichen schwarzen Anzug, den auch der deutsche Kollege immer trug, den Bowler-Hut …«

»Den freilich alle Welt trägt«, warf ich ein.

»Richtig. Unter dem aber meine grauen Haare angeblich ebenso wirr hervorschauten wie das bei Fontane der Fall sei.«

»Das hat sie gesagt?«

»Mehr oder weniger.«

»Und als Sie sie auch noch anstarrten, Sir«, spann ich den Faden weiter, »schon damals ein Buch in der Hand, wenn ich mich recht erinnere …«

»Ich starrte sie nicht an, Harris!«, widersprach er mir erbost. »Aber das mit dem Buch in der Hand stimmt«, räumte er ein.

»Sehen Sie, Sir.«

»Nun, das Ergebnis war jedenfalls«, sprach er etwas ungehalten weiter, »dass sie mich für *ihn* gehalten hat. Und mich deshalb mied wie den Teufel.«

»Versteh einer die Frauen, Sir.«

»Da halten Sie sich an George, Harris.«

»Vielleicht sehen sich alle Schriftsteller irgendwie ähnlich?«, wagte ich eine Vermutung.

Er verzog den Mund. »Sehe ich etwa aus wie Oscar Wilde?«

Beinahe hätte ich geantwortet: Inzwischen schon. Denn sein weißes Outfit grenzte ans Dandyhafte. Ich schluckte die Bemerkung lieber hinunter und fragte nach dem, was mich mehr interessierte: »Damals am Landwehrkanal, Sir? Wie wurde Adele, vielmehr Edda errettet? Hat sie sich dazu geäußert?«

Mr. Twain entglitten die Gesichtszüge. »Glauben Sie im Ernst, Harris«, blaffte er mich an, »ich würde eine Dame unverblümt danach fragen, wie es war, im Kanal zu baden? In vollem Ornat? Wie genau sie dort hineingeriet und wieder hinausfand? Wenn sie es denn überhaupt *war*! Aber das können Sie sie das nächste Mal persönlich fragen, Harris.«

»Vor mir würde sie sicher nur wieder davonrennen, Sir.«

»Zu Recht, Harris.« Er nahm eine Zigarre aus dem Kasten, kratzte sich damit am Kopf und steckte sie an. Zum Glück tat er es nicht in umgekehrter Reihenfolge.

»Sie erwähnten vorhin, dass Sie Adele Ihr Buch geschenkt hätten, Sir!«, fiel mir jetzt wieder ein.

»Nicht Adele. Edda hab ich es geschenkt«, korrigierte er mich unwirsch. »Nun ja, ich bekannte, dass ich ebenfalls ein Schriftsteller sei. Und sie zeigte auf den ›Dorian Gray‹ in meiner Hand und fragte, ob das vielleicht mein Buch sei. Ich nickte. Kann ich was dafür, dass sie es falsch verstand?«

»Und ob, Sir.«

»Na, und? Das erreichte Ziel rechtfertigt das

Mittel. Sie hätten sehen sollen, wie ihre Augen mit einem Mal glänzten! Ihr Gesicht erstrahlte wie die Morgensonne über den Kentucky Mountains.«

»Sie haben Sie selbstverständlich darüber aufgeklärt, dass Sie nur der Eigner, nicht der Autor des Buchs sind, Sir?«

»Aber nein! Niemals hätte ich das getan!«, rief er heftig aus. »Wie hätte ich es übers Herz bringen sollen, eine begeisterte Leserin derart zu enttäuschen. Ihrem Lieblingsautor, diesem Fontane, unter die Augen zu treten, hielt sie nicht aus. Na, schön. Aber einem ihr unbekannten Schriftsteller aus Irland ins Auge zu sehen, machte ihr Freude. Eine Liebhaberin der Literatur eben, nicht von Literaten.«

»Aber Sir!«, ließ ich dennoch nicht locker. »Haben Sie am Ende ernsthaft behauptet, Sie seien Oscar Wilde?«

»Natürlich nicht. Wie käme ich dazu?«

»Das erleichtert mich, Sir.«

Er zog ein paar Mal kräftig an seiner Zigarre, bevor er in schleppendem Ton hinzufügte: »Ich bat die Dame um die Erlaubnis, ihr zum Abschied mein Buch schenken zu dürfen. Schließlich *war* es meines, es gehörte mir!«

»Schon richtig, Sir, aber …«

»Still!«, unterbrach er mich barsch und fuhr fort: »Zuerst hat sie sich natürlich gesträubt und gewunden, wie es sich gehört. Bis sie auf einmal nachgab. Und annahm. Ich zog also meinen Stift aus der Manteltasche und schrieb auf die Titelseite den Namen des Autors, der ja schon dort stand. Außerdem das Datum des heutigen Tages. Das war alles.«

»Aber Sir, Adele, ich meine Edda, hielt das selbstverständlich für die Unterschrift des Autors. Sie muss jetzt wirklich glauben, Sie wären Oscar Wilde!«

»Wenn es die Frau glücklich gemacht hätte, Harris, ich hätte sogar mit ›Kaiser Wilhelm‹ unterschrieben. Aber der ist nun mal nicht der geniale Verfasser des Dorian Gray, soviel ich weiß. – So, und jetzt Schluss damit. Ich will meine Ruhe vor weiteren Fragen von Ihnen!«

Ich erfüllte ihm den Wunsch und ging hinaus. Was sollte man nun davon halten? Niemals hätte ich gedacht, dass Mark Twain zu einer solchen Selbstverleugnung fähig wäre.

Als ich Katy kurz darauf die Geschichte erzählte, meinte sie, Mr. Twain habe mich sicher nur zum Narren gehalten und sich das alles bloß ausgedacht.

Nein, von mir dazu keinen Kommentar! Nicht ein Sterbenswörtchen.

Verbrechen oder Wahnsinn

Wenige Tage später, Anfang März, reisten wir endlich ab.

Susie, Clara und Katy blieben wie geplant in Berlin zurück. Doch die deutsche Hauptstadt warf einen langen Schatten, der uns sogar Monate später noch einholte, als wir uns nach kurzen Aufenthalten in Menton, Pisa und Rom bereits in Florenz befanden.

Zunächst erreichten uns zwei Zeitungsberichte, die in beiden Fällen für erhebliche Unruhe sorgten. Dabei waren die Anlässe so grundverschieden, wie sie nur sein konnten.

Der erste Bericht, geschrieben von, wie konnte es anders sein, Henry W. Fisher, brachte den neuesten Klatsch und Tratsch aus Berlin. Nur ein Absatz darin war von Belang. Er beschrieb schwülstig, dass »Miss Marian Phelps sich mit dem bedeutenden deutschen Adligen und Politiker Dr. Franz von Rottweil verlobt« habe. Fisher schrieb über die Feier im Gelben Salon der Botschafter-Residenz wie über ein Märchen aus Tausendundeiner Nacht.

Die Nachricht rief in der Familie die unterschiedlichsten Reaktionen hervor. Olivia schien überrascht, äußerte sich aber nicht dazu, Jean dagegen schimpfte wie ein Rohrspatz über »den hässlichen alten Mann, der jetzt Marian kriegt«. Mr. Twain war vor allem verärgert darüber, dass niemand ihn persönlich informiert hatte. Nicht seine beiden Töchter, die doch sicher zur Feier eingeladen waren, nicht Walter Phelps, sein Freund, und auch nicht Fisher, aber das hätte ich ihm gleich sagen können.

Der zweite Zeitungsbericht wurde uns kommentarlos von Katy zugeschickt. Sie hatte ihn, vermittelt durch die Hotelverwaltung, vom Autor des Artikels, dem Journalisten Paul Lindau, erhalten, den wir damals in Berlin im Café Josty getroffen hatten. Der Text war in einer deutschen Zeitung, dem Berliner Tageblatt, erschienen. Es handelte sich um eine Gerichtsreportage, überschrieben mit: ›Verbrechen oder Wahnsinn?‹

Kurz zusammengefasst handelte der mehrere Spalten umfassende Artikel von dem Prozess gegen ein zwölfjähriges Mädchen, das ein dreieinhalbjähriges Kind, die kleine Margarete Fiebich aus der Berliner Körnerstraße, ermordet hatte. Die blutjunge Täterin hatte das kleine Mädchen zu einer Bauruine gelockt und dort aus einem der oberen Stockwerke in die Tiefe gestürzt, nachdem sie dem Kind die hübschen Ohrringe abgenommen hatte. Die Zwölfjährige war aufgefallen, als sie die Ringe, an denen sie nach kurzer Zeit nicht mehr interessiert war, in einer nahe gelegenen Bäckerei in der Steglitzer Straße als Zahlungsmittel für einige Stücke Königskuchen einsetzen wollte. Die Bäckerei-Verkäuferin hatte sich an das von der Polizei veröffentlichte Detail erinnert, dass dem getöteten Mädchen die nahezu wertlosen Ohrringe geraubt worden waren.

Die Angeklagte Christine Bartoschek – denn um niemand anderen handelte es sich – gab ohne Gefühle des Bedauerns oder der Reue, ja ohne irgendeine andere Art von Emotion zu zeigen, die Tat in vollem Umfang zu.

Christine wurde zu acht Jahren Zuchthaus verurteilt.

»Kein Verbrechen«, schrieb Lindau, »könnte so schwarz und schauerlich sein, dass es diesem Mädchen nicht zuzutrauen wäre!«

»Kein Verbrechen wäre schauerlich genug, es *irgendeinem* Menschen nicht zuzutrauen!«, kommentierte Mark Twain den Satz mit bitterer Miene. »Ich mochte Christine«, schob er langsam nach. »Und daran wird sich nichts ändern. Was auch immer sie getan hat.«

Dem war wirklich nichts hinzuzufügen.

Louise

KURZE ZEIT SPÄTER meldete sich Katy mit einem Brief aus Berlin, der das ganze Ausmaß ihrer Überforderung mit den jungen Damen zeigte. Zum einen bat sie Mr. Twain darum, Clara ein paar mahnende Worte zu schreiben, da sie sich von ihr, Katy, nicht daran hindern lasse, bedenkenlos die Gesellschaft von Offizieren zu suchen oder zu dulden. Kürzlich habe Clara bei den von Versens mit vierzig Offizieren gleichzeitig gespeist – »als einzige anwesende Dame«.

Olivia fand die Entwicklung bedenklich, doch Mr. Twain lachte herzlich darüber, weil ihm auffiel, dass Katy die Gastgeberin Alice von Versen offenbar nicht für eine Dame hielt. Er schrieb dennoch ein paar mahnende Zeilen an Clara. Mit welchem Erfolg, ist mir nicht bekannt.

Die zweite Sache betraf Susie und schien gesellschaftlich weit weniger bedeutsam. Persönlich dafür umso mehr. Susie hatte am 19. März ihren zwanzigsten Geburtstag gehabt und litt darunter, dass ein Brief mit Glückwünschen von Louise Brownell, einer amerikanischen Studienfreundin vom Bryn Mawr College, versehentlich nach Menton in Frankreich geschickt worden war, wo er jetzt vermutlich postlagernd auf Abholung wartete. Louise hatte Susies spaßeshalber auf Deutsch geschriebene Mitteilung, dass die Twains bald nach Frankreich zögen, falsch verstanden und ihren Brief verkehrt adressiert, weil sie glaubte, Susie sei gemeinsam mit ihren Eltern nach Frankreich abgereist.

Da ließ sich nun leider nichts machen, schrieb ich bedauernd zurück nach Berlin. Nur um kurz darauf einen Brief von Susie persönlich zu erhalten. Darin bat sie mich – nicht etwa ihre Eltern – mit heißen Worten, mich nach Louise Brownells Brief in Menton zu erkundigen und alles zu versuchen, damit er ihr doch noch zugeschickt würde. Ich kümmerte mich um die Sache, musste ihr aber leider mitteilen, dass es für mich sehr schwierig sei, Louises Brief, obwohl noch vorhanden, von Italien aus umzudirigieren. Es dauerte nicht lange, da erhielt ich den nächsten Brief. Diesmal wieder von Katy.

Er hatte einen völlig anderen Charakter als der

erste, eher förmlich gehaltene an Susies Eltern. Darin gab mir Katy unter Androhung von Folter zu verstehen, dass ich nichts, aber auch gar nichts unversucht lassen sollte, »um Louises Brief zu retten«. Jede einzelne Zeile von Louise sei für Susie »unersättlich und überlegenswichtig!!!«.

Ich tauschte im Geiste einige der mittleren Buchstaben aus und kam sehr ins Grübeln, nicht nur wegen Katies drei Ausrufezeichen: War es möglich, dass Susies »Verehrer« in Amerika, der Empfänger ihrer innigen Liebesbriefe, niemand anderes war als – Louise? Klang das nicht alles so, als ob sich die beiden Mädchen wirklich liebten und ein Paar waren? Und lag hier vielleicht sogar der wahre Grund für den plötzlichen Aufbruch der Twains zur Reise nach Europa, die Susie vom College und damit von Louise trennte und einen ganzen Ozean zwischen die Liebenden legte?

Es ist schon eine Krankheit mit der Liebe. Ich werde nie verstehen, warum alle so scharf darauf sind, sich damit anzustecken. Aber ich wollte, dass Susie glücklich war, und so kabelte ich nun so oft nach Menton, bis die Poststation dort den von Susie so ersehnten Brief endlich doch nach Berlin weiterschickte.

Zum Schluss: die Tatsachen

Im Herbst und Winter 1891/92 hielt sich Mark Twain zusammen mit seiner Familie in Berlin auf. Wenig ist darüber bekannt, und die Tatsache selbst ist heute weitgehend vergessen. Mark Twain hatte Verwandte in der Stadt, die Familie von Versen; er wurde zu Empfängen und Feiern eingeladen und traf Wissenschaftler wie Virchow und Helmholtz. Verbürgt ist zudem, dass er mehrfach mit dem Althistoriker Theodor Mommsen verwechselt wurde, der sich damals vehement gegen den Antisemitismus in Deutschland einsetzte und später den Nobelpreis bekam – den für Literatur.

Ja, und auch der Kaiser war ganz erpicht darauf, »den berühmten Humoristen« aus Amerika zu treffen. Doch die Herren verstanden sich nicht. Das Zusammentreffen der beiden ungleichen Männer endete in frostiger Atmosphäre. Die Angaben darüber sind spärlich und widersprüchlich.

So ist das meiste in dieser Geschichte frei erfunden, wenngleich streng nach der Natur: »Lernen Sie zuerst die Tatsachen kennen. Dann können Sie sie verdrehen, wie Sie Lust haben«, riet Mark Twain dem jungen Rudyard Kipling. An diesen Rat habe auch ich mich bei der Arbeit an diesem Roman gehalten. Obwohl ich nicht Rudyard Kipling bin. Zum Glück, denn er ist schon tot.

H.B., Berlin, November 2009

Weitere Krimis finden Sie auf den folgenden Seiten und im Internet: www.gmeiner-verlag.de

HERBERT BECKMANN

Die indiskr. Briefe d. G. C.

373 Seiten, Paperback.
ISBN 978-3-8392-1005-5.

PREUSSISCHE AFFÄREN Giacomo Casanova, der selbsternannte Chevalier de Seingalt, kommt im Sommer 1764 nach Berlin und Potsdam, um dort sein Glück zu machen. Restlos pleite, lediglich unterstützt von seiner geheimnisvollen Brieffreundin Terese, trifft er dort auf das Preußen Friedrichs des Großen, einen Militärstaat, der nach dem Siebenjährigen Krieg nahezu bankrott ist.

Im Berliner »Hôtel de Paris« macht Casanova die Bekanntschaft des alten Barons von Ribbeck. Dessen Schwiegersohn und gleichaltriger Kriegskamerad, der Graf von Wilmerstorff, ist auf mysteriöse Weise verschwunden. Nur um seiner Gattin, der jungen Gräfin Johanna, näherzukommen, übernimmt Casanova die zwielichtige Rolle des Commissaire und begibt sich auf die Suche nach dem Vermissten …

URSULA NEEB

Madame empfängt

419 Seiten, Paperback.
ISBN 978-3-8392-1050-5.

GEFÄHRLICHE LIEBSCHAFTEN Frankfurt, 1836. Eine Serie von Giftmorden an jungen Dienstmädchen, die alle nebenbei der Prostitution nachgingen, erschüttert die Stadt am Main. Augenzeugen haben keine Zweifel, dass der Täter der besseren Gesellschaft angehört. Der ebenso verschlafenen wie korrupten Polizeibehörde gelingt es aber nicht, dem Mörder auf die Spur zu kommen.

Empört über so viel Unfähigkeit und Ignoranz beginnt die Frankfurter Dichterin Sidonie Weiß, gemeinsam mit ihrem Jugendfreund Johann Konrad Friedrich, auf eigene Faust zu ermitteln …

GMEINER

Wir machen's spannend

RUBEN P. WICKENHÄUSER

Die Seele des Wolfes

412 Seiten, Paperback.
ISBN 978-3-8392-1038-3.

IM BLUTRAUSCH Eine Serie grausamer Morde erschüttert in der zweiten Hälfte des 16. Jahrhunderts die Umgebung von Köln. Als ein Opfer mit herausgerissener Kehle gefunden wird und wenig später weitere Menschen auf ähnliche Weise ermordet werden, macht bald das Gerücht von einem Werwolf die Runde.

Bei einer Wolfsjagd im Wald wird der angesehene Protestant Peter Stubbe gefasst – ein Glücksfall für den katholischen Grafen Reifferscheidt, der nun seine gerade unter Mühen errungene Macht durch einen Schauprozess festigen kann …

BETTINA SZRAMA

Die Konkubine d. Mörders

321 Seiten, Paperback.
ISBN 978-3-8392-1040-6.

VON RACHE GETRIEBEN Bayern im Jahre 1632. Die Bauern leiden unter den Schrecken des Dreißigjährigen Krieges. Versprengte Truppen des gefallenen Feldherrn Johann t'Serclaes von Tilly ziehen plündernd und mordend durch das Land. Auch Marie, die in einem kleinen Dorf bei Ingolstadt lebt, muss mit ansehen, wie ihre Familie getötet und die Pferde geraubt werden.

Jahre später trifft sie in Hannover auf den skrupellosen Dieb, Vergewaltiger und Mörder Jaspar Hanebuth. Seine Stimme kommt Marie verdächtig vor – doch sein wildes, zügelloses Wesen zieht sie auch magisch an …

GMEINER

Wir machen's spannend

UWE KLAUSNER

Pilger des Zorns

322 Seiten, Paperback.
ISBN 978-3-8392-1019-2.

TOD AUF DEM MAIN Mainfranken 1416. Auf der Suche nach Ruhe und Kontemplation macht sich Zisterziensermönch Hilpert von Maulbronn per Schiff auf den Weg von Würzburg in das weit entfernte Kloster Himmerod in der Eifel.

Kaum an Bord, muss Bruder Hilpert die Hoffnung auf eine geruhsame Reise begraben. Anscheinend gibt es keinen Passagier auf der »Charon«, der nicht irgendetwas zu verbergen hätte, und so kommt es, dass die Kette mysteriöser Vorfälle an Bord des Zweimasters einfach nicht abreißen will.

Hilpert wäre nicht Hilpert, wenn er sich damit zufriedengeben würde. Doch muss der Detektiv im Mönchshabit bald einsehen, dass er auf verlorenem Posten steht. Was als Pilgerreise begann, wird zu einer Fahrt ins Ungewisse. Schon bald beschleicht ihn das Gefühl, dass sich auf dem Main eine Katastrophe anbahnt …

DAGMAR FOHL

Das Mädchen u. s. Henker

274 Seiten, Paperback.
ISBN 978-3-8392-1003-1.

GEWISSENSFRAGEN Hamburg im 18. Jahrhundert: Jan Anton Kock, Sohn des Scharfrichters Anton Kock, muss nach dem plötzlichen Tod seines Vaters dessen Amt übernehmen und schon im Alter von 16 seine erste Hinrichtung vollziehen. Viele Jahre erfüllt er seine Arbeit pflichtbewusst, obwohl er dem Scharfrichterberuf zwiespältig gegenübersteht.

Doch als er sich in das Lachen eines Mädchens verliebt, gerät seine Welt ins Wanken. Denn die junge Hanna Kranz, Dienstmädchen einer reichen Familie, ist des Kindsmordes angeklagt und bis zu ihrer Hinrichtung bleiben nur noch wenige Tage. Eine qualvolle Zeit für Jan Kock, aber auch für Dr. Friedrich König. Der Anwalt ist als Defensor der Hanna Kranz berufen. Als aufgeklärter Geist und Gegner der Todesstrafe versucht er ihr Leben um jeden Preis zu retten …

GMEINER

Wir machen's spannend

GÜNTHER THÖMMES

Das Erbe des Bierzauberers

421 Seiten, Paperback.
ISBN 978-3-89977-788-8.

BRAUER, TOD UND KAISER
Fünf weite Bierreisen durch das Heilige Römische Reich, vier ermordete Bierbrauer, drei mächtige Herzöge und zwei Habsburger-Kaiser liegen auf dem Weg zu einem Gesetz, das die Jahrhunderte überdauern sollte: das Reinheitsgebot für Bier.

Auf seiner Reise durch die wichtigsten Bierstädte des 15. Jahrhunderts ist der »Kaiserliche Bierkieser« Georg den Geheimnissen seiner Zeit auf der Spur: Was bedeutet Kaiser Friedrichs mystisches Rätsel AEIOU? Gab es bereits im Mittelalter bewusstseinserweiternde Drogen? Und wer hat die Brauer aus vier verschiedenen Städten ermordet?

Ein epochaler Mittelalter-Krimi um Habsburger, Wittelsbacher und das liebe Bier.

BETTINA SZRAMA

Die Giftmischerin

324 Seiten, Paperback.
ISBN 978-3-89977-791-8.

DER ENGEL VON BREMEN
Die Hansestadt Bremen im frühen 19. Jahrhundert. In ärmlichen Verhältnissen aufgewachsen, intelligent und schön, sehnt sich die junge Gesche Margarethe Timm nach Glanz und Reichtum. Um dieses Ziel zu erreichen, ist ihr jedes Mittel recht. Frühzeitig bestiehlt sie ihre Eltern und beginnt, skrupellos und heimtückisch alle zu töten, die ihrem Erfolg im Weg stehen. Manche ihrer Opfer pflegt sie dabei bis zum Gifttod aufopferungsvoll – als »Engel von Bremen«.

Der erste historische Kriminalroman über Gesche Gottfried, Deutschlands berühmteste Serienmörderin.

GMEINER

Wir machen's spannend

Das neue KrimiJournal ist da!

2 x jährlich das Neueste aus der Gmeiner-Krimi-Bibliothek

In jeder Ausgabe:

- Vorstellung der Neuerscheinungen
- Hintergrundinfos zu den Themen der Krimis
- Interviews mit den Autoren und Porträts
- Allgemeine Krimi-Infos
- Großes Gewinnspiel mit ›spannenden‹ Buchpreisen

ISBN 978-3-89977-950-9
kostenlos erhältlich in jeder Buchhandlung

KrimiNewsletter

Neues aus der Welt des Krimis

Haben Sie schon unseren KrimiNewsletter abonniert?
Alle zwei Monate erhalten Sie per E-Mail aktuelle Informationen aus der Welt des Krimis: Buchtipps, Berichte über Krimiautoren und ihre Arbeit, Veranstaltungshinweise, neue Krimiseiten im Internet, interessante Neuigkeiten zum Krimi im Allgemeinen.
Die Anmeldung zum KrimiNewsletter ist ganz einfach. Direkt auf der Homepage des Gmeiner-Verlags (www.gmeiner-verlag.de) finden Sie das entsprechende Anmeldeformular.

Ihre Meinung ist gefragt!

Mitmachen und gewinnen

Wir möchten Ihnen mit unseren Romanen immer beste Unterhaltung bieten. Sie können uns dabei unterstützen, indem Sie uns Ihre Meinung zu den Gmeiner-Romanen sagen! Senden Sie eine E-Mail an gewinnspiel@gmeiner-verlag.de und teilen Sie uns mit, welches Buch Sie gelesen haben und wie es Ihnen gefallen hat. Alle Einsendungen nehmen automatisch am großen Jahresgewinnspiel mit ›spannenden‹ Buchpreisen teil.

GMEINER

Wir machen's spannend